USA TODAY BESTSELLING AUTHOR

DALE MAYER

De l'arsenic dans les Azalées

Jolis Jardins Maudits 1

De l'arsenic dans les azalées : Jolis Jardins Maudits, tome 1
Beverly Dale Mayer
Valley Publishing Ltd.
Traduit de l'anglais par Marie-Camille Brault et Valentin Translation.

ISBN-13 : 978-1-773366-17-3
Format Print

Résumé du livre

Un nouveau polar « cozy mystery », par Dale Mayer, auteure de best-sellers au classement du USA Today. Suivez les aventures de Doreen Montgomery, jardinière et détective en herbe, et de ses adorables assistants (un chat, un chien et un perroquet) dans leurs enquêtes criminelles dans la jolie ville de Kelowna au Canada.

Du luxe à la misère… Du contrôle total au chaos absolu… Mais un meurtre, sérieusement ?

Alors que son ex-mari l'a laissée sans le sou, l'ancienne mondaine Doreen Montgomery va prendre un nouveau départ dans le vieux manoir délabré de sa grand-mère, Nan, dans la ville pittoresque de Kelowna… à la condition qu'elle s'occupe des animaux que Nan n'a pas pu emmener avec elle en maison de retraite : Thaddeus, le perroquet africain gris volubile au langage fleuri et son copain, Goliath, un chat aux proportions monstrueuses et à l'attitude haute en couleur.

C'est la nouvelle vie dont Doreen et Mugs, son basset bien aimé, avaient désespérément besoin. Mais alors que l'existence semble à nouveau sourire à Doreen, Goliath le chat et Mugs le chien déterrent un doigt humain dans les herbes folles du jardin de Nan.

Et pas seulement un doigt. Quand la police se met à creuser, elle découvre le reste d'un corps qui rappelle un vieux crime non résolu.

Avec sa grand-mère en tant que principale suspecte, Doreen commence bientôt à accumuler les indices, au grand désarroi du caporal Mack Moreau. Elle va tout tenter pour prouver l'innocence de sa Nan chérie.

Inscrivez-vous ici pour être informés de toutes les nouveautés de Dale !

https://geni.us/DaleNews

Chapitre 1

ELLE EN ETAIT donc arrivée là ? Une femme de trente-cinq ans, bientôt divorcée, sans le sou, vivant dans la maison délabrée de sa grand-mère ? Doreen Merriweather, de nouveau Doreen Montgomery, gara sa Honda Civic vieillissante dans l'allée de sa nouvelle résidence dans le quartier de Lower Mission à Kelowna, en Colombie-Britannique. Et elle la regarda fixement.

Bonté divine. Ce n'était pas le souvenir qu'elle en avait. Un nouvel obstacle à surmonter sur la longue route de l'adversité sur laquelle elle s'était engagée.

Elle souffla pour dégager les boucles blondes de son visage. Le chaud soleil printanier mettait en évidence le vieux bardage de la maison composée d'un seul étage, et les fenêtres avaient désespérément besoin d'être nettoyées. Les volets nécessitaient d'être repeints ou réparés, et le toit était plus couvert de mousse que de bardeaux. Elle avait ce style d'un autre temps, oubliée du reste du monde.

Elle pouvait le comprendre.

Pendant un instant, elle se laissa aller à l'apitoiement. Sa précédente maison était un manoir de 800 m² à l'ouest de

Vancouver, abritant une piscine creusée et quatre employés pour s'en occuper, ainsi que son futur ex-mari — et maintenant la jeune remplaçante de Doreen. Une poupée Barbie intelligente de vingt-huit ans. Une poupée Barbie très intelligente, comme Doreen l'avait découvert tardivement.

— Sois simplement reconnaissante d'avoir un toit, se rappela-t-elle. Si Nan ne m'avait pas donné cet endroit, nous serions à la rue à l'heure qu'il est.

Revigorée, elle se tourna vers son basset pure race, Mugford Horace III, qu'elle appelait Mugs.

— Pas vrai, mon garçon ? demanda-t-elle, et il lui jeta un regard abattu. Je sais. Tu n'es pas impressionné non plus. Mais c'est tout ce que nous avons, et nous sommes reconnaissants envers Nan pour sa générosité.

Ce n'est pas parce que la vie de Doreen avait changé qu'elle n'était pas prête à relever le défi. Elle savait qu'il y aurait des jours où tout lui semblerait excessif. Mais elle aurait dû y être habituée, car c'est ce qui décrirait la plupart des six dernières années de son mariage.

Doreen avait signé les formulaires de séparation environ deux semaines après que son mari lui avait demandé de quitter leur maison et d'abandonner leur mariage. Juste avant Thanksgiving, en fait. Sur les conseils de son avocate, Doreen avait également signé les papiers du divorce pour en finir avec tout ça, même si le divorce ne pouvait pas être prononcé avant qu'elle et son mari ne soient séparés depuis un an minimum. *Cette façon de faire te permet de moins souffrir d'un point de vue émotionnel, Doreen. Tu peux aller de l'avant sans avoir à revenir sur cette période douloureuse de ta vie.*

Sauf que, peu après avoir signé tous ces papiers, Doreen avait découvert que l'avocate qu'elle avait engagée était la maîtresse de son mari… Ouais, la vie est une garce.

Tout comme son avocate.

Elle n'avait pas encore trouvé de solution à ce sujet, s'il en existait une. Une partie d'elle voulait s'en aller et le laisser avec son argent et sa nouvelle petite amie. Une autre voulait le combattre bec et ongles et lui chaparder la maison.

Mais comment ?

Elle n'avait pas d'argent. Ni de relations. Et même si son avocate était on ne peut plus malhonnête, comment pouvait-elle faire confiance à quelqu'un d'autre pour l'aider à réparer les torts causés ?

L'argent achète les gens. Et apparemment leur loyauté aussi. Elle ne pouvait pas se permettre d'en perdre plus.

Mugs frotta sa main avec sa truffe. Elle secoua la tête, pour revenir à l'instant présent, assise dans sa voiture toujours garée devant la maison de sa grand-mère. La nouvelle réalité de Doreen. Elle retira les clés du contact et sortit avant de se diriger vers la porte d'entrée.

Sa grand-mère — Nan, comme elle préférait être appelée pour éviter les stigmates de vieillesse entourant l'appellation « grand-mère » et toutes les autres étiquettes de ce genre — avait dit que les clés se trouvaient au-dessus de la porte. Doreen leva le bras et trouva le trousseau de clés. Avec soulagement, elle déverrouilla la porte et l'ouvrit en grand.

Pour le meilleur ou pour le pire, c'était le premier jour du reste de sa vie.

Elle sortit son téléphone de la poche de sa veste et composa le numéro de Nan.

— Nan, nous sommes arrivés. Je voulais juste que tu le saches.

— Merci d'avoir appelé, ma chère.

Doreen entendit un bruissement dans le téléphone, comme si Nan couvrait le micro, puis cette dernière parla à quelqu'un d'autre dans la pièce.

— Elle vient d'arriver. Quelques minutes avant midi. Notez-le.

Ce qui n'avait aucun sens. Doreen essayait de comprendre ce que sa grand-mère voulait dire, quand elle se remit à parler.

— Contente que tu sois arrivée saine et sauve, ma chérie. Maintenant, prépare-toi une tasse de thé et installe-toi. Nous parlerons demain quand tu seras reposée.

Doreen s'apprêtait à raccrocher, mais Nan continua.

— C'est bien que tu sois proche de moi. Je vais demander à Marge de passer dans quelques jours. Elle est partie en vacances, ça tombe bien.

Clic.

Doreen raccrocha en secouant la tête. Nan était toujours aussi excentrique. Qui était Marge ? Elle se creusa les méninges pour essayer de se rappeler si elle avait déjà entendu ce nom et fit chou blanc. Elle le découvrirait plus tard. Elle avait des problèmes plus urgents pour le moment. Elle retourna à la voiture, vers son fidèle animal.

— Viens, Mugs.

Elle ouvrit la portière passager et attendit qu'il descende. Il s'élança sur la pelouse, le museau au sol, les grandes oreilles rebondissant à chaque pas.

— Mugs, par ici.

Il aboya et accourut derrière elle en direction de la porte d'entrée.

Elle franchit le seuil de la porte avec son chien à ses côtés. Elle fut immédiatement frappée par cette charmante odeur de vieux qui se dégageait de la maison ancienne.

Au courant de sa situation, Nan avait convaincu Doreen d'emménager avec elle jusqu'à ce qu'une place se libère à

Rosemoor et qu'elle puisse avoir la maison pour elle toute seule. Contre toute attente, une place s'était libérée et la vieille dame avait déménagé avant que Doreen n'ait eu le temps d'adapter ses plans. Doreen vivait chez des amis — ou dans leurs appartements vides — depuis qu'elle avait quitté son ancienne demeure. Le dernier appartement appartenait à une femme dont elle était proche. Malheureusement, elle n'avait pas réalisé que sans le mari, le prestige, l'argent… la femme ne considérait plus Doreen comme une amie. Et l'espoir que le frère de cette femme, un avocat, puisse l'aider à réparer son erreur de divorce, était passé à la trappe.

Elle avait prolongé la durée de son séjour en attendant qu'il revienne en ville. Mais elle avait fini par se rendre compte qu'il s'y trouvait depuis le début et qu'il attendait qu'elle parte… Elle était partie le jour suivant.

Dans le cadre de sa décision de vivre à Rosemoor, Nan avait également décidé de léguer la maison à Doreen, sa seule parente vivante, afin qu'elle ait toujours un pied-à-terre.

Et la jeune femme était incroyablement reconnaissante d'avoir cette maison. Elle se dirigea vers la fenêtre la plus proche dans le salon et l'ouvrit en grand, laissant entrer l'air printanier, puis passa à la pièce suivante, la salle à manger formelle. Cela faisait longtemps qu'elle n'était pas venue ici, et la réalité était en conflit avec ses souvenirs.

Il y avait quelque chose de particulier dans la maison d'une personne âgée, qui y avait vécu pendant les quarante dernières années. Le salon et la salle à manger débordaient de meubles, tous recouverts de couvertures aux couleurs vives. Les murs étaient remplis de souvenirs, les étagères pleines de bibelots. Des décennies d'objets qui apportaient de la joie dans la vie de Nan.

Elle parcourut le petit espace du regard, qui avait l'air

encore plus petit à cause du désordre. Dans les semaines qui avaient suivi l'absence de sa grand-mère, une fine couche de poussière s'était déposée sur tous les meubles… Il faudrait des heures pour nettoyer tout ça…

Cela prendrait encore plus de temps pour désencombrer les pièces, et Doreen se sentirait terriblement coupable si elle se débarrassait de quoi que ce soit sans la permission de Nan.

Celle-ci aimait peut-être tous ces souvenirs, mais sa petite fille avait l'impression d'étouffer avec tous ces gros meubles sombres entassés dans les deux pièces principales. Elle marcha jusqu'à la cuisine et s'arrêta. C'était mignon, pittoresque et vieux. Mais, si elle était utilisable, c'était plus que tout ce qu'elle possédait. Elle ouvrit la porte arrière et sortit sur la terrasse qui longeait l'arrière de la maison.

À l'extérieur, elle trouva le jardin aux couleurs éclatantes, envahi de mauvaises herbes à hauteur de genoux et de buissons sauvages.

Alors que son regard se promenait le long des plantations, elle soupira de plaisir.

— Oh, bon sang, Mugs, dit-elle. On a du pain sur la planche.

Pourtant, les jardins la ravissaient. Le jardinage, c'était son truc. Dans son ancienne vie, elle avait des jardiniers qui faisaient le travail. Chaque fois qu'elle avait réussi à se salir les mains, elle avait été réprimandée parce que les coupures des épines lui meurtrissaient la peau et que creuser dans la terre lui cassait les ongles.

Elle jeta un coup d'œil à sa manucure. Ses ongles ne ressemblaient en rien à ceux qu'elle avait l'habitude d'arborer et qui étaient parfaits.

— Eh bien, ils sont déjà en sale état, alors qu'importe.

Mugs se tenait dans l'embrasure de la porte arrière et

humait l'air. Lorsqu'il émit un grognement du fond de sa poitrine, Doreen s'empressa de reculer et de scruter l'extérieur depuis le cadre de la porte. Bien que la maison se trouvait dans un cul-de-sac et fut prise en sandwich par des habitations voisines, le jardin semblait s'étendre à l'infini. Même au niveau de la clôture à moitié effondrée à l'arrière de la propriété de Nan, d'autres terres s'étendaient au-delà, sans constructions.

— Qu'est-ce qu'il y a, Mugs ?

Doreen regarda nerveusement autour d'elle. Il était pleinement dans son nouveau rôle de protecteur.

Avant cela, elle n'avait jamais prêté attention à ses sourcils fortement plissés qui bougeaient lorsqu'il était contrarié. C'était vraiment un chien de garde. Et quelque chose dehors le dérangeait. Légèrement effrayée, elle l'attrapa par le collier, le traîna à l'intérieur et ferma la porte.

— La première chose à faire est de décharger la voiture. Ensuite, je veux une tasse de thé. Après, nous pourrons explorer.

Elle retourna à son véhicule. Après avoir vidé le contenu de la banquette arrière et du coffre de sa Honda garée dans l'allée en béton, elle surplomba son maigre tas d'affaires et secoua la tête. Quatorze années de mariage réduites à cinq valises et deux bagages à main. Quel changement ! Elle attrapa résolument plusieurs de ses valises, les monta sur les marches du porche avant de les rentrer dans la maison.

Elle les laissa tomber en bas de l'escalier. Elle ne se rappelait même pas combien de pièces il y avait à l'étage depuis sa dernière visite, des années auparavant. Ça n'avait pas d'importance pour le moment. Sa grand-mère aurait très bien pu faire tomber les murs et transformer les deux chambres en une seule, Doreen n'en savait rien. Elle se demanda s'il y avait un lit utilisable dans l'une d'elles.

Elle récupéra le reste de ses bagages dans l'allée et les ajouta à la pile croissante à l'intérieur. Puis, elle attrapa les gamelles de Mugs du côté passager à l'avant de la voiture. Lors de son dernier voyage, elle prit son sac de nourriture et de friandises, avant de passer l'intérieur de la Honda au peigne fin afin de s'assurer qu'elle n'avait rien oublié. Elle verrouilla la voiture, entra dans la maison et ferma la porte d'entrée.

Elle s'appuya sur cette dernière et examina sa nouvelle maison.

Nan avait parlé de s'occuper de son Maine Coon qui vivait généralement dehors. Aucun signe de lui jusqu'à présent.

— Oh, s'exclama Doreen. Mugs, c'est ça que tu as senti à l'arrière ? C'était le chat ?

Elle s'y dirigea à nouveau et l'ouvrit.

— Hé, minou, minou. C'est ta maison, minou, mais Mugs vit ici aussi maintenant.

Mugs grogna. Puis vinrent un rugissement et un feulement, avant qu'un chat hurlant se déchaîne à l'intérieur de la maison entre Doreen et Mugs.

Le chien aboya sur-le-champ et se mit en chasse. Debout, dos à la porte, dans son tailleur Chanel à trois mille dollars dans lequel elle avait voyagé, Doreen regardait son chien professionnellement toiletté chasser joyeusement le chat qui semblait avoir la taille d'un lynx.

Dans quel pétrin s'était-elle fourrée ?

Chapitre 2

APRES S'ETRE PROMIS une tasse de thé chaud dans un avenir proche, Doreen prit son verre d'eau et laissa la porte de derrière ouverte — pour que Mugs puisse la rejoindre s'il le voulait, et surtout pour éviter ce chat.

— Goliath, murmura-t-elle, se souvenant enfin du nom du chat de Nan.

Doreen se promena à l'extérieur, sur la véranda, qui s'étendait sur toute la largeur de la maison, notant un ensemble de marches qui menaient à la terrasse, une de chaque côté de la véranda.

Elle n'avait pas faim, même s'il devait être midi, voire plus. Après tout, elle avait passé toute la matinée à conduire jusqu'ici.

Une fois la paix établie à l'intérieur — le chat de sa grand-mère s'étant réfugié sous l'un des nombreux meubles qui encombraient le salon et Mugs n'aboyant plus mais se sentant fier de lui, Doreen s'effondra dans la plus proche des deux chaises en bois de la véranda et admira le jardin. Une belle terrasse reliait l'arrière de la maison à ce dernier.

C'était un après-midi magnifique. Le soleil projetait de magnifiques rayons de lumière sur la propriété, et le jardin envahi par la végétation montant jusqu'à la taille ajoutait aussi quelques ombres.

La propriété de Nan.

Maintenant la propriété de Doreen.

Légalement. Ou bientôt. Nan avait déjà commencé à remplir les documents de cession.

Il était étrange de penser que c'était la première maison que Doreen posséderait seule. Jamais elle n'aurait pensé se retrouver ici à ce stade de sa vie. C'était à la fois décourageant et exaltant. Son mariage était en difficulté depuis des années, et elle avait désespérément besoin de changement… mais waouh. Méfiez-vous de ce que vous souhaitez.

En y repensant, elle se sentait un peu coupable et se demandait à quoi avait ressemblé la vie de Nan pendant son mariage, tandis qu'elle avait parcouru le monde au bras de son mari pendant des années. Pendant son enfance, sa grand-mère avait été sa meilleure amie, jusqu'à ce que sa mère se marie et qu'elle soit envoyée en pension.

La mort de sa mère, des années plus tard, avait rapproché les deux femmes, jusqu'à ce que sa grand-mère épouse son propre cauchemar fortuné. Puis la relation entre les deux femmes s'était réduite à des appels téléphoniques et à quelques visites en solo. La plupart du temps quand elle pouvait obtenir de son mari qu'il lui accorde du temps libre. Maintenant Doreen n'avait plus que Nan, et inversement. Et déménager pour se rapprocher afin qu'elles puissent passer le maximum du temps qu'il leur restait ensemble rendait ça charmant.

La vie passée de Doreen semblait si éloignée de ce qu'elle était devenue. Bien que cette maison soit payée, elle devait encore trouver un moyen de gagner sa vie pour régler ses factures mensuelles et mettre de la nourriture sur la table ainsi que dans la gamelle du chien. Selon Nan, la facture d'eau était horrible, et les compagnies d'électricité des voleurs. Doreen n'avait jamais travaillé pendant toute la durée de son mariage. Son mari autoritaire avait jugé cela « dégradant ». Doreen devait donc s'attendre à des recherches d'emploi, des demandes d'emploi et des entretiens d'embauche.

Mais que voulait-elle vraiment faire du reste de sa vie ?

Elle soupira et secoua la tête. Ces problèmes seraient à régler le lendemain. Cette journée rimait avec emménagement et installation pour la nuit.

Mugs s'approcha et s'assit à côté d'elle.

Il avait quelque chose dans la gueule, mais elle ignorait quoi. Quand il le croqua et qu'un bruit semblable à un os qui se brise s'échappa, elle se leva d'un bond et le regarda fixement, horrifiée.

— Où as-tu trouvé ça ?

Un peu d'herbe sortait d'un coin de son museau.

Quoi que ce soit, ça venait de l'extérieur. Mais, comme Mugs n'avait pas encore été dans le jardin à l'arrière de la maison ni à l'avant, il y avait des chances que le chat l'ait apporté à l'intérieur. Et cela pouvait signifier toutes sortes de choses horribles. Doreen n'avait aucune expérience avec les chats, mais elle avait entendu des histoires d'horreur…

— Mugs, c'est dégoûtant. Crache ça.

Face au refus de son chien, le visage de Doreen se tordit de dégoût, et elle se pencha pour regarder de plus près. Était-ce un os ? Mais quel genre d'os ?

— Mugs, donne-le-moi. Laisse-moi regarder.

Il grogna avant de reculer.

Zut.

Elle se mit à quatre pattes pour l'examiner de plus près.

Ce ne serait pas si grave si c'était un os, mais quelque chose semblait accroché à son extrémité. Elle essaya de l'attraper, mais le chien recula de plus belle.

Lentement, elle le suivit en rampant.

— Viens, mon chien. Tu ne veux pas de ce vilain os. Donne-le-moi, et je vais te préparer un bon dîner.

Inspirée par l'idée qu'elle venait d'avoir, elle sauta sur ses pieds et courut à l'intérieur jusqu'à sa cachette de friandises, et se mit à secouer le sac en courant vers la porte arrière.

Mugs laissa immédiatement tomber l'os et leva son museau pour renifler l'air. Lorsque Doreen lui tendit un morceau de poulet, il le sentit, puis décida qu'il préférait l'os à ses pieds.

— Non ! Attends, Mugs. Non.

Elle secoua la friandise devant lui une seconde fois.

Il lui lança un regard offensé mais attrapa lentement la friandise, laissant tomber l'os une fois de plus.

Elle l'arracha de sa portée d'un coup. Elle le retourna et cria, jetant la petite chose charnue sur le plancher en bois de la véranda. Mugs courut pour l'attraper, mais elle le repoussa d'un coup de pied. Elle ramassa l'os avec un vieux carton trouvé sur le côté de la véranda, et le plaça sur la petite table extérieure. Le cœur battant la chamade et à bout de souffle, elle y regarda de plus près.

Il y avait de la peau sur l'os, et un ongle au bout. Un ongle d'homme joliment manucuré.

Mugs venait de mâchouiller un doigt.

Chapitre 3

UNE HEURE PLUS tard, Doreen fut confrontée à une autre première.

La police. Ils lui étaient aussi étrangers que le monde dans lequel ils travaillaient. Elle n'avait jamais rencontré quelqu'un qui travaillait pour la police. Et n'avait jamais eu besoin de leur aide. Devait-elle suivre un protocole spécifique ? Compte tenu du besoin de son mari de diriger sa vie et ses actions, Doreen n'aurait pas dû être si surprise de se poser une telle question.

Elle ne s'attendait quand même pas à se débarrasser de toutes ses mauvaises habitudes acquises au cours de ses quatorze années de mariage en seulement six mois. Mais, elle y travaillait.

En attendant l'arrivée de la police, Doreen avait transféré le doigt de la petite table de la véranda à l'arrière de la maison, à celle sous le porche à l'avant. Elle avait également fait en sorte que Mugs reste à l'intérieur, loin du membre, mais elle avait perdu la trace de Goliath.

Lorsque la voiture de la GRC1 s'arrêta dans son allée derrière sa Honda, elle sortit tout en s'interrogeant sur la tournure étrange que venait de prendre sa « nouvelle » vie. Le conducteur descendit, et elle afficha un sourire radieux sur son visage avant de se reprendre. Il ne s'agissait pas d'un événement mondain. Elle pouvait leur serrer la main. C'était un geste professionnel, non ?

— Je crois qu'il y a un corps sur la propriété, lâcha-t-elle, ne sachant quelle expression adopter pour l'occasion quand le premier agent arriva sur le perron.

Le vieil homme resta silencieux, la surprise éclairant son visage taciturne.

Elle le regarda, fascinée, tandis que ses sourcils broussail-leux se soulevèrent sur son front. Comment était-ce possible ? Ils étaient de la même taille que ceux de Groucho Marx, mais plus longs. Elle frissonna. Elle avait envie de courir à l'intérieur, prendre des ciseaux et de les tailler. Si elle agissait de la sorte, il l'enfermerait pour cause de folie. À moitié hystérique, elle se demanda si elle pouvait lancer un business dans l'épilation des sourcils. Cette ville avait manifestement besoin de ses services, mais est-ce qu'ils la paieraient ou est-ce qu'elle devrait les payer pour qu'on lui offre cette opportunité ?

— Je suis désolé, madame. Qu'est-ce que vous avez dit ?

Elle prit une grande inspiration, serra les poings contre son ventre, raidit sa colonne vertébrale et reprit.

— Vous devriez venir sur le porche, et je pourrai vous montrer.

Il semblait attendre son collègue, qui était penché sur la voiture de police et parlait dans une radio tirée par la fenêtre ouverte, à côté de la portière. Le premier homme était aussi vieux et grisonnant que le second était jeune et dynamique : un grand adonis blond.

Son souffle s'échappa lentement alors qu'elle essayait de deviner son âge.

La trentaine, selon elle.

Immédiatement, son esprit calcula leur différence d'âge. Il y avait toutes sortes de règles dans une telle relation. Elle voulait rentrer en courant et vérifier. Elle les avait écrites quelque part. Elle aurait dû les connaître par cœur. Mais après que Sally Browning eut une relation avec quelqu'un de treize ans son cadet et fut ostracisée de tous les salons de thé, Doreen n'était pas sûre d'être en possession des règles appropriées à suivre dans ce cas. Après tout, Doreen n'avait que quelques années de plus qu'Adonis, non ?

N'est-ce pas ?

Quoi qu'il en soit, elle pensait que Sally aurait dû assumer de sortir avec un type plus jeune. Ce n'était pas tant sa liaison avec son petit ami beaucoup plus jeune qui posait problème. Tout le monde savait que, dans une liaison, l'âge ne compte pas. Ce fut seulement quand cette liaison avec une grande différence d'âge s'était transformée en une relation sur le long terme que les sourcils avaient commencé à se froncer.

Sauf si, bien sûr, de l'argent est impliqué — alors toutes les règles sont abolies. Parce que tout le monde sait que l'âge disparaît avec l'argent.

Et fait aller et venir les épouses — futures et anciennes — aussi.

— Madame, qu'est-ce que vous vouliez me montrer ? demanda l'officier le plus âgé.

Elle détourna son regard du jeune agent quand il jeta le combiné sur le siège passager et se redressa. Mince. Il était aussi mignon debout qu'affalé. Mais plus grand qu'elle pensait. Beaucoup plus grand.

Ramenant finalement son attention sur l'agent en face d'elle, elle désigna la petite table sur le côté de son porche où elle avait soigneusement placé l'os incriminé.

— C'est ça.

Il jeta un coup d'œil vers la table, puis vers elle, avant de demander :

— Qu'est-ce que c'est ?

Elle se retourna à moitié et désigna de nouveau la table.

— Je l'ai mis sur la table.

Le second officier les rejoignit, et elle sourit à Adonis.

Les deux policiers la regardèrent fixement.

— La table ? interrogea l'homme le plus âgé.

— Pas la table mais ce qu'il y a dessus, expliqua-t-elle après avoir soupiré avec force.

Les deux hommes fixèrent la table de l'endroit où ils se tenaient, à côté du perron.

— Il y a juste un morceau de vieux carton sur la table, dit le jeune homme d'une voix légère et joyeuse.

Trop joyeuse. Comme s'il se moquait d'elle. Instantanément, sa cote de mignonnerie chuta de plusieurs échelons. Elle regarda la table et se figea. Non. Non, impossible.

— Oh, mon Dieu, il a disparu.

— Qu'est-ce qui a disparu ?

Elle se retourna et fixa le jeune officier.

— J'ai dit à l'opérateur que je pense qu'il y a un corps ici.

— Et qu'est-ce qui… vous a fait penser… ça ? demanda l'officier le plus âgé d'une voix lente et patiente.

— À cause du doigt.

À ce mot, les deux hommes se redressèrent.

Elle hocha la tête avec satisfaction.

— J'aurais dû penser à ça. Ce satané chat l'a ramené à l'intérieur. Je jure que c'était lui. Mugs ne l'aurait jamais touché en premier. Mais Mugs le lui a pris, expliqua-t-elle. Je l'ai apporté ici et je l'ai posé sur la table du porche, en attendant que vous arriviez. Je parie que c'est l'œuvre de Goliath. Il n'a jamais pardonné à Mugs de le lui avoir volé.

— Mugs ? Goliath ? répéta l'aîné des deux agents.

Elle leva les deux mains, paumes vers le haut.

— Vous n'écoutez pas ? Le chat l'a apporté.

— Goliath ne serait pas le chat par hasard ? s'enquit le jeune policier en souriant.

— C'est ce que je viens de dire, non ?

Elle leur tourna le dos, à présent si troublée qu'elle ne savait plus quoi faire. Si elle ne pouvait pas leur fournir le doigt, personne ne la croirait. Par conséquent, personne ne vérifierait le jardin à l'arrière, car elle n'allait certainement pas le faire elle-même avant d'avoir obtenu le feu vert de quelqu'un. Elle n'allait pas non plus laisser ce chat revenir dans la maison avec d'autres morceaux de corps.

— Nous devons retrouver le doigt. Le chat a probablement volé ce fichu truc à nouveau, annonça-t-elle fermement en se retournant.

— Quand l'avez-vous vu pour la dernière fois ?

Elle fixa le jeune homme qu'elle avait trouvé mignon. Sa joliesse était seulement à l'extérieur. Il devait avoir un cerveau en parfait état de marche à l'intérieur pour mériter cette étiquette.

— Je l'ai vu tout à l'heure, bien sûr. Il n'a pas pu aller bien loin, dit-elle en secouant la tête. Peu importe. Le doigt doit être quelque part par ici.

Elle se mit à fouiller les meubles sur le porche.

— Vérifiez le plancher. Le chat l'a peut-être fait tomber. Ou peut-être qu'il l'a emmené à l'intérieur, annonça-t-elle en ouvrant la porte d'entrée avant de s'arrêter. Non, ça ne peut pas être à l'intérieur. Il était là quand je vous ai entendu arriver.

Elle ferma la porte et fronça les sourcils, faisant à nouveau face aux officiers.

— Je n'ai pas vu le chat depuis notre arrivée, madame, déclara le plus jeune agent.

L'homme plus âgé marchait de long en large sur le porche, supposément à la recherche d'un doigt, mais il ne semblait pas y mettre trop d'efforts.

Elle soupira. Bruyamment. Elle n'avait vraiment pas besoin de ça.

— Nan avait un gros chat Maine Coon. Elle avait l'habitude de l'emmener partout avec elle, ajouta le jeune homme. C'était un personnage. Tout comme Nan.

— C'est ma grand-mère. C'est aussi la vôtre ? demanda-t-elle en étudiant l'homme de plus près. Sommes-nous parents ?

— Non, elle est aussi connue sous le nom de Nan dans le quartier, expliqua le plus jeune officier en riant.

— Super. Ça va être quelques semaines déroutantes.

Mais cela lui faisait plaisir que Nan soit si connue et apparemment aimée.

Sans compter qu'elle et Adonis n'avaient pas de lien de parenté.

— Elle avait un chat et un perroquet, murmura l'homme plus âgé, les yeux rivés sur le sol du porche.

— Eh bien, si un perroquet se trouve ici, je ne l'ai pas encore rencontré, dit Doreen avant de continuer en fronçant les sourcils. Je viens juste d'arriver. Je suis encore en train de me repérer dans la maison. C'est un labyrinthe de désordre. Mais je crois que Nan m'a dit qu'un oiseau était ici. J'ai supposé qu'il était dehors.

— Thaddeus a tendance à errer où il veut. Il vole, mais pas vraiment bien. Une fois que vous l'avez vu, impossible de l'oublier.

Les officiers se regardèrent et sourirent.

De l'autre côté du porche, elle entendit un cri sauvage. Elle pivota et vit un magnifique oiseau bleu-gris debout sur la balustrade, face à elle. Il mesurait au moins trente centimètres et avait de longues plumes rouges au niveau de la queue.

— Oh, mon Dieu ! C'est lui ?

Les flics rirent.

— Oui, c'est Thaddeus, répondit le plus jeune.

— Thaddeus est là, dit l'oiseau avec une grande présence scénique, en se pavanant sur le haut de la balustrade. Thaddeus est là.

— Oh, génial. Il parle, marmonna Doreen en le fixant.

C'était la dernière chose dont elle avait besoin, après que Goliath eut traîné des morceaux de corps humain dans la maison.

Comme s'il lisait dans ses pensées, l'énorme félin roux surgit de sous le porche. Il courut sur le perron, puis s'arrêta et dévisagea les humains avec dédain. Il fit deux pas de plus, laissa tomber son derrière, lança sa patte arrière en l'air et commença à se lécher l'arrière-train.

Devant tout le monde.

La seule chose à laquelle Doreen put penser, c'était à quel point son mari serait horrifié par cette scène en ce moment même. Elle gloussa en l'imaginant.

Au bon moment, Thaddeus cria avant de parler.

— Thaddeus est là. Thaddeus est là.

— Ça va vite devenir lassant, grogna la jeune femme en secouant la tête.

— Il ne dit pas grand-chose, mais c'est un personnage.

Le jeune officier s'approcha et effleura les plumes sur la

joue et le cou de l'oiseau.

— Il est très agréable à vivre. La plupart des habitants de la ville le connaissent. Nan, bien sûr, l'a emmené partout avec elle aussi.

— Merveilleux, dit Doreen à voix basse. J'espère vraiment qu'il n'y aura pas d'autres animaux domestiques. Mugs a déjà assez de mal à s'adapter au chat. J'ai du mal à l'imaginer avec un perroquet, surtout s'il parle.

— Mugs ? demanda le vieil homme. Qui c'est ?

— Mon chien.

— Du bon temps en perspective, pouffa-t-il.

— Ce ne sera pas si amusant si je ne retrouve pas ce satané doigt, rétorqua-t-elle en haussant les épaules. Vous ne me croirez jamais sans preuve.

Elle jeta un coup d'œil au plancher et trouva un petit trou. Elle plongea au sol et étudia les ombres sous les lames.

— Il y a quelque chose là-dessous. Ce n'est pas atteignable, et même deux de mes doigts ne peuvent pas entrer en même temps dans ce trou. En plus, c'est difficile de voir avec précision.

Elle pensait que c'était le doigt. Elle espérait bien que ce soit le cas. Elle s'était déjà ridiculisée. Elle ne voulait pas qu'ils pensent aussi qu'elle était une menteuse.

— J'ai accidentellement heurté la table quand je suis sortie. Il a dû rouler à ce moment-là.

— Laissez-moi regarder, lança l'officier le plus âgé avant de se mettre à quatre pattes. Eh bien, il y a bien quelque chose là.

Il tourna sa tête sur le côté.

— Mais je ne peux pas dire avec certitude que c'est un os.

— J'ai une pince à épiler dans mon sac à main. Je vais

aller la chercher.

Elle se précipita à l'intérieur de la maison, laissant la porte ouverte un instant. Elle trouva la pince à épiler et retourna sur le porche où elle constata que Mugs était sorti, sa queue remuant, tandis qu'il bavait de joie sur les deux agents.

— Mince… Je suis rentrée deux secondes. Quel genre de chien de garde es-tu, Mugs ?

— Alors il aboie seulement quand il en a envie ? plaisanta le policier d'âge mûr.

— Jusqu'à présent, seulement quand ce satané chat a traversé la maison avec le doigt. Probablement jaloux parce qu'il voulait lui aussi un os frais, à mon avis.

Les deux hommes se regardèrent avec fascination.

— Désolée, s'excusa-t-elle en grimaçant. Je suppose que vous pensez tous les deux que je suis un peu bizarre.

Les deux officiers secouèrent la tête très lentement.

— Non, madame. Nous connaissons bien Nan. Vous lui ressemblez beaucoup.

L'homme le plus âgé sourit et tendit une main.

— Je m'appelle Arnold, agent Arnold Depruis. Bienvenue en ville.

Elle rougit et lui serra la main, encore toute troublée. Elle brossa ses cheveux en arrière et sourit au jeune homme.

— Et vous êtes ?

— Agent Chester Pearson. Mais vous pouvez nous appeler Arnold et Chester. Ravi de vous rencontrer.

Après lui avoir lancé un sourire éclatant, elle se laissa tomber à genoux sur le plancher, se positionnant à nouveau au-dessus du trou. Le doigt était tombé dedans et reposait sur une poutre transversale en dessous. S'il était tombé plus loin, il aurait probablement été perdu à tout jamais.

Elle se concentra et retira très soigneusement le membre incriminé entre les planches.

— Eh bien, Arnold et Chester, pensez-vous que je dise la vérité à présent ? demanda-t-elle en brandissant le doigt d'un air triomphant avant d'ajouter : Vous voyez ? Je ne mentais pas.

Les deux hommes se penchèrent pour regarder de plus près et devinrent immédiatement plus professionnels.

— Regardez-moi ça. C'est bien un doigt, dit Arnold en poussant son chapeau en arrière.

Mugs aboyait aux pieds de Doreen et essayait d'attraper sa main, et quelque part à proximité, un chat miaulait. C'était probablement Goliath, furieux d'avoir perdu sa friandise.

Doreen sourit en reposant de manière victorieuse la vilaine chose sur le carton.

— Vous voyez ? Le reste de son corps doit bien se trouver quelque part par ici.

Mais Thaddeus posa la cerise sur le gâteau. Il cria fort et longtemps, avant de cancaner.

— Corps dans le jardin. Corps dans le jardin.

1. Abréviation de Gendarmerie Royale du Canada.

Chapitre 4

TANDIS QUE LA police inspectait la propriété, Doreen cherchait en vain une bouilloire dans la cuisine. La police était là depuis ce qui lui semblait être des heures, et elle avait besoin de se réconforter avec une tasse de thé chaude. Après avoir fouillé dans les placards, elle n'avait trouvé qu'un garde-manger bien rempli, confirmant que Nan avait vécu de conserves. Il y avait des haricots en conserve, de la soupe en conserve et du poisson en conserve. Doreen vit ce qui semblait être des pommes de terre en conserve. Elle fixa la boîte, frissonna et referma le placard rapidement. Nan avait-elle encore des dents ? C'était peut-être ça le problème.

La jeune femme savait que sa grand-mère était une grande buveuse de thé, mais elle ne trouva pas de bouilloire à brancher. En ouvrant un autre placard, elle tomba sur une bouilloire à l'ancienne. Le problème étant que Doreen et les cuisinières ne s'entendaient pas. Et puis, bien sûr, elle n'avait pas beaucoup échangé avec une cuisinière non plus. Elle n'avait jamais eu à cuisiner pendant tout son mariage, et elle n'avait jamais cuisiné en grandissant non plus. Maintenant qu'elle était célibataire et indépendante, elle n'avait pas encore compris comment fonctionnait toute cette histoire de production de nourriture merveilleuse.

Mais, s'il y avait un moment pour se forcer à essayer, c'était maintenant. Parce qu'elle voulait désespérément une tasse de thé. Seulement si un double latte sans matière grasse ou un latte saupoudré de cannelle ne se trouvait pas à portée de main. Et, compte tenu de son manque de moyens financiers, ces cafés fantaisie ne lui seraient probablement plus jamais accessibles.

Elle sortit la drôle de bouilloire, appuya sur le bouton en haut pour ouvrir le couvercle et la remplit d'eau du robinet. Elle s'approcha de la vieille cuisinière et posa la bouilloire sur l'une des plaques. Elle étudia l'engin pendant un long moment, mais ne savait pas sur quel bouton appuyer pour allumer le brûleur en bas à droite. L'âge avait fait des ravages sur la cuisinière, effaçant toutes les inscriptions utiles — tout comme le reste de la maison, elle avait vieilli.

Elle devait juste expérimenter. Elle tourna les deux boutons du côté droit, là où elle avait mis la bouilloire. C'était sûrement intuitif. Malheureusement, l'odeur de gaz se fit immédiatement sentir. Elle remit les deux boutons en place et fit de même avec les deux autres à l'extrême gauche. Lorsqu'elle sentit à nouveau une odeur de gaz, elle éteignit rapidement ceux-là aussi.

De retour dans l'un des placards, elle sortit deux tasses de thé pour chercher plus loin à l'intérieur, puis sourit. Elle atteignit le fond et en sortit une bouilloire électrique brillante. Nan ne l'avait peut-être pas appréciée ou utilisée, mais Doreen était ravie. Elle la remplit d'eau et la brancha.

— Voilà qui est mieux.

Pour les deux femmes, l'heure du thé était un passe-temps très apprécié. Pourtant, il n'y avait aucune théière à portée de main. Du moins, elle n'en avait pas trouvé. Mais il y avait des tasses à thé. Elle en sortit une grande, puis trouva un tiroir rempli de sachets de thé différents et des boîtes pleines de feuilles de thé.

En étudiant les variétés, elle s'étonna de leurs noms, comme thé à la camomille et thé aux feuilles de pissenlit. Pourquoi quelqu'un voudrait-il verser de l'eau chaude sur des feuilles de pissenlit ? Les pissenlits étaient considérés comme de mauvaises herbes, le fléau des jardiniers de son mari. Elle ne comprenait pas. Mais elle aperçut une boîte de sachets de thé noir, et selon elle, c'était sa meilleure option. Elle en déposa un dans la tasse et attendit que l'eau bouille.

Adossée contre l'évier, elle ne voulait délibérément pas regarder par la fenêtre, car des policiers rampaient partout sur la propriété. Ce bel os venait bien de quelque part.

Comme elle l'avait découvert en arrivant en ville dans la matinée, Kelowna était une petite bourgade, et la région de Mission minuscule. De ce fait, comme l'avait expliqué Chester, le détachement de la GRC de Kelowna ne comptait que dix employés à temps plein. Elle était certaine qu'ils étaient tous ici, dans son jardin. Ils auraient sûrement bientôt fini. La propriété n'était pas si grande. Mais elle avait peur que, si elle sortait, avec sa chance, ce soit elle qui trouve le corps.

Et Arnold et Chester seraient encore plus suspicieux.

À côté d'elle, la bouilloire siffla. Elle fronça les sourcils quand le petit couvercle argenté claqua de haut en bas. Elle comprit que cela signifiait que l'eau bouillait. Elle versa de l'eau chaude dans la tasse à thé, qu'elle renifla de façon expérimentale. Ça sentait effectivement le thé, un bon vieux thé noir. Enhardie par ce simple succès, elle ouvrit la porte de derrière et avança sur la véranda.

Aucun des officiers ne se trouvait près d'elle à présent.

Elle pensa qu'il était prudent de s'asseoir et de regarder leurs manigances. Qui aurait cru qu'elle possédait en elle une telle curiosité macabre ? De plus, ses pieds lui faisaient mal, et elle ressentait le besoin de les soulager. Elle avait l'habitude de porter des talons hauts toute la journée, mais elle en était incapable dans la maison de Nan, pour une raison quelconque. Peut-être que c'était le sol inégal. Elle ne savait pas.

Toute sa garde-robe était complètement inadaptée à son nouveau style de vie. À cela s'ajoutait un autre fait : elle n'avait pas d'argent pour la changer. Et elle n'avait pas la moindre idée de l'endroit où acheter un jean. Les seuls jeans qu'elle possédait étaient griffés, moulants et surtout, n'étaient pas faits pour être portés. Alors que toutes les personnes qu'elle avait croisées jusqu'ici dans cette ville portaient des jeans ou des leggings qui avaient l'air résistants.

C'était ce dont elle avait besoin. Quelque chose dans son budget et qui durerait dans le temps. Elle devrait peut-être suivre le conseil de Nan et se rendre à la vente de charité de l'église pour y trouver quelque chose d'occasion. Rien que cette idée la faisait frémir.

Elle n'était pas snob ou trop fière. Mais elle n'en était pas encore à entreprendre cette démarche. Porter les vêtements des autres la ferait s'interroger sur le propriétaire d'origine. Qui était-il ? Pourquoi s'en était-il débarrassé ? Avait-il pris du poids ? Ou perdu ? Changé de travail ? En parlant de ça, combien pouvait-elle espérer gagner en travaillant ici à Mission ? Elle n'avait aucune idée du genre de profession qui lui conviendrait. Quelqu'un voudrait-il l'embaucher ? Elle, la femme trophée d'un homme riche qui s'était fait jeter ?

En regardant son tailleur Chanel, elle se dit qu'il lui faudrait probablement un an de salaire dans sa nouvelle carrière au sein de cette petite ville pour s'en payer un autre. D'un autre côté, elle n'avait pas besoin d'un autre tailleur Chanel. Elle en avait déjà un, si jamais elle en avait besoin à Lower Mission. Pourtant, il lui faudrait probablement un an pour ne plus s'inquiéter de savoir si elle était parfaitement coiffée, tout ça pour éviter les remarques désagréables et désobligeantes de son mari.

Ce ne fut qu'après s'être totalement détachée de son mariage qu'elle avait réalisé le stress et la douleur qu'impliquait le fait de sauver les apparences pour lui. Et comment ses critiques constantes — lorsqu'elle n'atteignait pas le niveau de perfection requis — le concernaient lui et pas tellement elle.

Ses ongles étaient toujours de la mauvaise couleur, son rouge à lèvres toujours trop vif. Son fard à paupières n'avait jamais été assez élégant. La dernière fois qu'elle s'était rendue chez le coiffeur, il lui avait dit que ses cheveux lui donnaient l'air d'une vieille femme.

Bien sûr, ça ne l'avait pas vieillie, mais, à ses yeux, il était prêt pour une femme trophée plus jeune. Eh bien, il l'avait trouvée… l'avocate de Doreen.

C'était de l'ironie, ça ?

Une chose que Doreen avait apprise de ce désastre était de rire d'elle-même. Elle savait qu'elle était une exception. Personne n'aurait pitié d'elle après ses années de vie riche et somptueuse. Mais les gens voyaient rarement le côté opposé de ce style de vie. Comment Doreen avait besoin d'être parfaitement en forme, une décoration parfaite en permanence. Sourire, même si elle détestait les gens que son mari amenait à la maison. Et, quand sa main touchait ses fesses de manière flagrante devant les autres, comme il était difficile de ne pas se retourner et le gifler pour son manque de respect.

Elle l'avait supporté parce que, la plupart du temps, il

était gentil. Son comportement s'empirait devant ses camarades. Quand elle l'avait rencontré pour la première fois, elle était tombée follement amoureuse de lui. Cela s'était vite estompé. Mais, à ce moment-là, elle avait déjà été préparée pour son rôle de femme. Une autre jolie babiole qu'il pouvait exhiber. Peu importe qu'elle ait un cerveau.

Que faire de son évolution en tant que personne ? Personne ne s'en était jamais vraiment soucié. Dix ans après son mariage, c'était une tout autre histoire. Elle s'était finalement réveillée en voyant tout ce qui lui manquait dans la vie. Des choses qu'elle n'aurait jamais la chance d'expérimenter. Elle ne savait pas qui elle était, ce qu'elle était, ou qui elle voulait être. Son mari s'attendait à ce qu'elle se comporte comme une épouse, et c'était tout ce qu'elle savait. Mais que s'attendait-elle à devenir, à faire ?

— Prends le temps de le découvrir, petite sotte, dit-elle à voix haute mais avec affection. Et tu as promis de ne plus jamais te rabaisser.

Son mari l'avait bien assez fait. Sa belle-sœur était pire. Cette femme détestait Doreen. Le sentiment était réciproque. Elle n'avait jamais eu le droit de dire quoi que ce soit de méchant sur elle à l'époque. Bien sûr que non. Son fichu mari ne l'aurait pas permis. Il faisait la loi.

— M'dame ?

Surprise, elle se leva, et son thé faillit se renverser sur son tailleur. Elle se dirigea vers la balustrade et vit le plus jeune officier, Chester, debout au pied des marches les plus proches de la véranda, qui menait à la terrasse non couverte du jardin arrière.

— Oui ?

— Avez-vous été dans le jardin ?

Elle secoua la tête.

— Je vous ai dit que je suis arrivée aujourd'hui, vers midi, pour emménager dans la maison.

Elle se demandait vraiment pourquoi les habitants de cette ville ne comprenaient pas ce qu'elle disait. Elle était une Canadienne anglophone vivant dans une ville canadienne britannique. Ce n'était pas comme si elle était une Canadienne francophone avec un accent. Auparavant, elle avait vécu à seulement cinq heures de route, dans le quartier anglophone de West Vancouver. Pourtant, elle devait répéter tout ce qu'elle disait trois ou quatre fois depuis son arrivée ici.

— Je peux prouver que j'ai fait la route depuis Vancouver ce matin, dit-elle, si vous ne me croyez pas.

Il lui lança un regard surpris avant de secouer la tête.

— Ce n'est pas que je ne vous crois pas. Mais nous avons trouvé beaucoup d'empreintes de pas par là-bas.

— Comment ?

Elle se pencha en avant mais ne vit rien là où il indiquait avec son doigt. Elle posa sa tasse de thé sur la petite table et descendit les marches de la véranda en s'appuyant sur la balustrade branlante. La vieille maison tombait en ruine. Dès qu'elle posait le pied sur l'une des planches de bois de la terrasse, celle-ci grinçait et gémissait sous son poids. Et elle savait avec certitude que, du haut de son mètre soixante-dix et de ses 55 kilos, elle n'était pas en surpoids. Quoi qu'en dise son mari.

Faisant fi des insultes de celui-ci, elle se dirigea vers l'officier, qui se trouvait maintenant à l'autre bout de la terrasse, et remarqua qu'il lui indiquait plusieurs empreintes de pas dans le jardin. La zone avait été bouclée pour éviter toute contamination supplémentaire du lieu.

— Mais elles pourraient être là depuis longtemps. Peut-être que ce sont celles de Nan.

Il la regarda, la tête penchée.

— Vous n'avez rien à quoi les comparer pour le moment. Mais elles sont grandes, une taille 45 je dirais.

Les sourcils de Doreen se soulevèrent.

— Non, pas celles de Nan. Ce sont de grands pieds.

— Je fais du 42, dit-il en montrant les siens. Ces empreintes sont plus grandes que les miennes.

— Peut-être qu'elles appartiennent à l'homme mort ? demanda-t-elle, sa voix s'élevant avec horreur.

Il s'arrêta et la regarda fixement.

— Savez-vous qui est l'homme mort ?

— Non, répondit-elle en fronçant les sourcils.

Sois patiente, Doreen.

— Vous vous souvenez ? Je viens juste d'arriver.

Bon sang, elle voulait enregistrer cette phrase pour n'avoir qu'à appuyer sur les boutons *retour* et *lecture*. Cela lui ferait gagner beaucoup de temps et d'effort.

Mais Chester la fixait toujours comme s'il n'arrivait pas à comprendre ce qui la faisait tiquer.

Bonne chance avec ça. Comment pouvait-il savoir alors qu'elle ne le savait pas elle-même ?

Finalement, il secoua la tête et continua.

— Aucun signe de corps pour le moment.

— Eh bien, à moins que quelqu'un ne se promène en ville avec un doigt amputé et n'ait accidentellement laissé son membre ici, sur ma propriété, je vous suggère de continuer à chercher, dit-elle avant de jeter un coup d'œil à ses talons et de dire : « je pourrais changer de chaussures et sortir pour chercher aussi ».

— Non, restez où vous êtes. Moins il y a de gens ici, mieux c'est.

Elle gloussa et regarda la douzaine de personnes déjà présentes sur sa propriété.

— Y aurait-il une si grande différence avec une personne de plus ?

— Nous sommes tous des professionnels, madame. Nous savons ce que nous faisons.

— On ne dirait pas, étant donné que vous n'avez toujours pas retrouvé le corps, dit-elle avec exaspération avant de lever une main pour l'empêcher de parler. Bon, d'accord. Je vais aller m'asseoir sur la véranda.

Elle se dirigea doucement vers les marches.

— Avez-vous vérifié sous la terrasse ? demanda-t-elle à Chester après s'être retournée.

Il se retourna d'un coup pour s'adresser à elle.

— Pourquoi est-ce que je vérifierais sous la terrasse ?

Elle le dévisagea sans dire un mot pendant un bon moment, maîtrisant sa frustration.

— Parce que c'est un bon endroit pour cacher un corps ?

Au vu de son air dubitatif, elle ne put imaginer une quelconque communion d'esprits.

— Bien sûr que c'est une bonne cachette. J'ai juste pensé que vous saviez que le corps était là.

— Laissez-moi vous le dire une fois de plus. Je ne suis pas entrée dans cette maison depuis des années jusqu'à ce que j'arrive vers midi aujourd'hui de Vancouver. Je ne sais pas qui est l'homme à qui appartient ce doigt. Pendant les trois heures que j'ai passées ici aujourd'hui — dont les deux dernières heures avec des policiers rampant sur ma propriété — je n'ai jamais vu personne d'autre, et je n'ai pas mis de cadavre sous la terrasse.

Sur ce, elle se détourna, monta les marches avec précaution, prit son thé et rentra dans la maison. Son dernier coup d'éclat fut de claquer la porte. Avec ardeur.

Chapitre 5

DE RETOUR A l'intérieur, elle décida d'aller promener Mugs. Elle troqua ses talons pour les chaussures de jardin rose vif de Nan qu'elle avait trouvées sur la véranda arrière, attacha Mugs, attrapa son sac à main et sortit par la porte d'entrée. Si la police voulait lui parler, ils n'avaient qu'à l'appeler. Parce qu'elle en avait assez d'eux. Elle descendit la rue en faisant signe à quelques voisins qui l'interpellaient. Elle fit semblant de ne pas les entendre quand ils posèrent des questions, et elle continua sa route.

Qu'était-elle censée dire ? Oh, la police ? *Pas de problème. Il y a juste un corps dans le jardin.* Ou alors, *Oh, ce n'est rien. Je suis sûre que le doigt que j'ai trouvé n'est pas lié à quoi que ce soit d'important.*

Elle refusait de réfléchir à ce qui était arrivé au pauvre homme normalement relié à ce doigt. Le meilleur scénario aurait été qu'un voisin ait perdu le doigt dans un accident en utilisant des outils électriques. Son mari disait toujours que c'étaient des choses dangereuses.

Alors qu'un véhicule ralentit en la dépassant, et que le conducteur curieux la dévisageait, elle regarda résolument devant elle. Ce n'était pas le meilleur premier jour de son nouveau départ qu'elle avait espéré. Ces gens la connaissaient à peine, et Nan était déjà assez excentrique. Apparemment, tout le monde regardait Doreen de travers pour voir si elle était faite du même bois. Selon Chester et Arnold, elle l'était certainement.

Arrivée au bout du pâté de maisons, elle entendit un claquement derrière elle. Elle se retourna et vit Thaddeus voler — enfin, en se la coulant douce — vers elle. Il atterrit sur Mugs, qui se tordit sans délai pour essayer d'atteindre l'oiseau qui le chevauchait tel un cheval.

Goliath passa lui aussi à toute vitesse. L'énorme chat frôla le mollet de Doreen au passage.

— Oh, pour l'amour de Dieu.

Elle enleva l'oiseau du dos de Mugs du revers de la main. Il sauta instantanément sur son bras et glissa étrangement jusqu'à son épaule.

— Thaddeus est là. Thaddeus est là, lui cria-t-il à l'oreille.

— Vraiment ? Comme si je n'étais pas au courant ? s'écria-t-elle en essayant de le fixer, et il lui fit un signe de tête. Tu ne peux pas rester assis là.

Elle s'était arrêtée sur le trottoir. Comment était-elle censée marcher avec lui sur son épaule ? Mais ça ne posait aucun problème à Thaddeus. Ses griffes s'enfonçaient dans son articulation, mais pas assez fort pour lui faire mal. Nan l'avait manifestement bien dressé. En plus, il était beau.

Il la regarda… comme s'il attendait qu'elle se remette les idées en place.

— OK. Mais tu te tiens bien.

— Thaddeus est là. Thaddeus est là.

Au lieu de le crier, il le chantonnait doucement en frottant sa tête contre la sienne.

Elle lui rendit la pareille, en souriant malgré elle, puis se mit en route vers le centre-ville.

Au lieu d'être contrariée par les inepties qui se passaient dans son jardin, elle était pleine d'entrain. Peut-être que ça allait fonctionner après tout. Elle n'avait pas de direction précise ni de but définitif pour se rendre en ville. Elle avait juste besoin de promener Mugs et de s'éloigner de la folie qui régnait chez elle.

Elle tourna à droite, et prit un chemin le long du ruisseau.

Elle traversa l'une des petites passerelles et s'arrêta, regardant l'eau en contrebas. C'était vraiment beau ici. Elle comprenait pourquoi Nan avait apprécié ses années passées dans cette ville. Doreen s'illumina. Peut-être que c'était ce qu'elle devait faire, rendre visite à Nan. La maison de retraite n'était pas très loin. Sa grand-mère possédait un des studios extérieurs dans un angle avec beaucoup de lumière où elle avait des portes-fenêtres menant à un patio et un petit jardin. Elle pouvait prendre ses repas au foyer principal, ou cuisiner elle-même. Mais Doreen connaissait Nan. Elle ne cuisinait pas beaucoup. Et le cas échéant, uniquement ce qui provenait d'une boîte de conserve, apparemment.

La jeune femme prit son téléphone et appela Nan.

— Tu es prête à avoir un peu de compagnie ?

— Oh, mon Dieu. J'en serais ravie, dit Nan. Quand ?

Doreen s'esclaffa.

— Je suis en marche en ce moment même. Thaddeus est sur mon épaule, et j'ai Mugs à côté de moi. Et le chat se promène tout près aussi.

— Oh, ma chère, ce serait absolument merveilleux. Je vais mettre l'eau à chauffer.

Quand sa grand-mère raccrocha, Doreen ne put

s'empêcher de rire. Nan n'était pas du genre à tenir le téléphone à son oreille en préparant le thé. Mais elle avait tardé à entrer dans l'ère du numérique. Pour elle, la place du téléphone — fixe et branché — était dans le couloir près de la porte d'entrée, et nulle part ailleurs.

Elle changea de direction et continua à marcher jusqu'à ce qu'elle puisse voir Rosemoor, la maison de retraite, droit devant. Celle-ci possédait des centres de soins complets et de soins partiels. Elle ne savait rien d'autre à ce sujet. Elle n'avait jamais connu personne qui y vivait, jusqu'à ce que ce soit le cas de Nan. Et celle-ci semblait être l'exclusivité dans une ville avec une faible population, donc ils avaient rassemblé beaucoup de personnes avec des besoins divers dans un seul bâtiment. D'un côté, il y avait une maison de retraite complète pour les personnes principalement alitées. De l'autre côté, il y avait de petits appartements indépendants. C'est là que Nan vivait actuellement. Doreen supposa que lorsque l'état des personnes se détériorait, elles étaient déplacées dans l'extrémité nord du complexe.

C'était un peu déprimant. Mais, d'un autre côté, Nan avait encore toute sa tête, alors c'était sûrement une bonne chose.

Alors qu'elle marchait vers l'appartement de la vieille dame, cette dernière sortit dans son patio et la salua. Thaddeus quitta l'épaule de Doreen sur-le-champ et vola au-dessus de la belle pelouse vers Nan avant de se poser sur son épaule. Même à cette distance, elle pouvait voir l'affection entre les deux. Son cœur se réchauffa. Compter sur la présence de Thaddeus ne serait peut-être pas si mal après tout.

Doreen devait passer par l'entrée principale pour arriver à la porte d'entrée de l'appartement de Nan, mais, avec

Mugs, l'oiseau et le chat, elle savait qu'elle n'y serait pas autorisée. Alors, ignorant le panneau « Ne pas marcher sur l'herbe », elle traversa la pelouse et arriva rapidement sur le patio en pierre.

Lorsqu'elle entendit le souffle horrifié en périphérie du patio de Nan, Doreen tourna la tête et vit un homme plus âgé. Elle ne l'avait pas vu depuis le trottoir alors qu'il travaillait dans les jardins. Il lui lança un regard furieux et désigna le panneau.

Elle grimaça, lui lança un sourire d'excuse et se détourna en hâte. Mince. Elle ne voulait pas faire mauvaise impression dans sa nouvelle vie, mais, jusqu'à présent, elle n'avait fait que ça.

— Ne t'inquiète pas. C'est George le Grincheux, dit Nan en riant. Il est très à cheval sur les règles et surveille les brins d'herbe ici, comme un fermier surveille ses moutons.

Après avoir ri en entendant ce surnom, Doreen se pencha pour serrer Nan dans ses bras, étonnée de la force de l'étreinte de sa grand-mère. Nan, bien que vieillissant avec grâce même avec ses doigts quelque peu noueux, était petite et avait des petits poignets. Et le sourire sur son visage était, comme toujours, rempli d'un amour pur. Cela fit monter les larmes aux yeux de Doreen. Cette femme lui avait beaucoup manqué.

— Assieds-toi, ma chérie.

Doreen tira l'autre chaise en fer forgé et s'assit à la petite table de style bistro. Le patio ne faisait pas plus d'un mètre carré, donc il n'y avait pas beaucoup de place pour les éléments extérieurs. C'était confortable et convenait à cette version réduite de Nan. En regardant la théière, Doreen fronça les sourcils. Elle ressemblait à une fleur à l'envers avec sa tige comme bec.

— C'est une sacrée théière, Nan.

Elle rit, sa voix se répandant dans le jardin, semblant même rendre le soleil plus lumineux.

— N'est-ce pas ? Je l'ai achetée dans un magasin d'occasion. Il faut que tu ailles là-bas, ma chère. Ils ont des trésors qu'on ne peut trouver nulle part ailleurs dans ce monde, déclara sa grand-mère avant de secouer la tête et de sourire en tapotant la petite théière. Je sais que c'est une bizarrerie, mais, à mon âge, je devrais avoir le droit d'en avoir quelques-unes.

— Nous devrions avoir le droit, quel que soit notre âge, renchérit Doreen avec un grand sourire.

— Et pourtant, toi tu n'as pas le droit, cingla Nan, son éclat de rire ayant disparu et continua d'une voix aiguisée. Tu étais à peine vivante avant, ma chère. Mais regarde-toi maintenant. Tu n'es pas maquillée, et tes ongles donnent l'impression que tu as vécu la vie d'une personne normale au lieu de celle d'un mannequin. Ce sourire — ce que je préfère chez toi — c'est la première vraie émotion que je vois sur ton visage depuis longtemps.

— Ce n'est pas vrai, protesta Doreen.

Au fond d'elle, elle espérait que ce n'était pas vrai.

— Non, peut-être pas, admit Nan. Tes seules autres émotions ces derniers temps ont été la douleur et la perte de ton mari au profit de ton avocate et la perte de ton mariage — ou plutôt la perte d'un mode de vie et ton manque total de compréhension de ce que cela signifiait pour toi. Je n'ai jamais rien dit pendant toutes ces années où vous étiez mariés. Mais tu n'avais jamais l'air heureuse. C'est comme si tu avais été façonnée en poupée Barbie, et que c'était le rôle que tu jouais. Et tu l'as bien joué. Jusqu'à ce que ton mari ne soit plus heureux avec sa Barbie et la change pour une poupée de porcelaine.

Elle agita sa main de haut en bas vers Doreen.

— Regarde-toi. Ton tailleur super cher, et pourtant, on dirait que tu portes mes chaussures de jardinage, continua Nan avant de se pencher sous la table pour les regarder. Oh, mon Dieu, où les as-tu trouvées ?

— Elles étaient sur la véranda arrière, dit Doreen en dépliant ses jambes.

Nan pouffa.

— Tu vois ? C'est bien ce que je dis. Il y a encore un an, on ne t'aurait jamais vue avec ça.

— Mais elles sont confortables, argumenta Doreen. Et puis, j'ai dû m'enfuir de la maison pour échapper aux flics.

Le silence se fit à ces mots. La grand-mère regarda sa petite-fille, et sa mâchoire s'ouvrit lentement. Elle se pencha en avant.

— Qu'as-tu fait pour que les flics soient à la maison ?

Nan ne savait rien de tout ça.

— Oh, mon Dieu, je n'ai rien fait. C'est la faute de ton chat.

Elle expliqua rapidement ce que ce dernier avait rapporté et comment Mugs avait volé le doigt du félin.

Quand Doreen arriva à la partie où cette fichue bête avait laissé tomber l'os sur la terrasse avant qui avait disparu dans les interstices du plancher, Nan secoua la tête et gloussa.

— Tu es une catastrophe ambulante, s'exclama-t-elle avant que ses gloussements ne se transforment en un véritable éclat de rire. J'adore.

— Tu adores qu'un corps se trouve sur ta propriété ?

Doreen fixa sa grand-mère pendant un long moment, en se demandant d'où venait la réaction humoristique de cette dernière. Pour autant que Doreen sache, sa grand-mère était l'une des vieilles dames les plus gentilles qui soient. D'un autre côté, les gentilles vieilles dames pouvaient avoir un côté sombre. Doreen se pencha en avant et demanda :

— Nan, as-tu tué quelqu'un et l'as-tu enterré dans le jardin ?

Cela provoqua l'hilarité absolue de Nan. Quand elle finit par se calmer, la jeune femme se demanda si elle devait appeler quelqu'un. Des larmes coulaient sur le visage de la vieille femme, et elle se tenait les côtes au point qu'elle semblait avoir une crise cardiaque.

Au moment où Doreen se leva pour courir à l'intérieur afin d'obtenir une aide médicale, Nan dit :

— Oh, mon Dieu, j'en avais besoin. Tu n'as pas idée à quel point ma vie est devenue ennuyeuse ces derniers temps. Je suis si heureuse que tu aies décidé de déménager en ville, ma chère.

Doreen s'installa à nouveau sur sa chaise et fixa sa grand-mère.

— Alors, est-ce que ça veut dire que tu as assassiné quelqu'un et l'as enterré dans le jardin ou pas ? demanda-t-elle en jetant un regard méfiant à sa grand-mère.

Plusieurs autres gloussements s'échappèrent alors que Nan se reprenait. Elle s'essuya les yeux avec une serviette.

— Ne t'inquiète pas. Je n'ai jamais assassiné personne, répondit-elle en pointant un doigt vers Doreen. Cependant, il se peut que j'aie désiré la mort de beaucoup de personnes. Mais c'est tellement compliqué.

Doreen se raidit en entendant ces derniers mots. Elle savait que sa grand-mère n'aurait jamais été impliquée dans un meurtre. Mais, lorsqu'elle avait dit que c'était trop compliqué, la jeune femme fixa son dernier parent vivant et demanda :

— Comment peux-tu savoir que c'est compliqué ?

Nan se remit à rire.

Mécontente d'être à l'origine de tant de rires, Doreen prit la théière et leur versa du thé. Peut-être que ça aiderait Nan à se calmer. Ou peut-être pas. Elle avait l'air de beaucoup s'amuser.

Chapitre 6

L E CHEMIN DU retour fut lumineux et ensoleillé. Après une heure passée à plaisanter avec Nan, comme si elles n'avaient pas eu de bonne raison de rire depuis des mois, les deux femmes avaient conversé agréablement. Nan avait essayé d'expliquer le fonctionnement de la cuisinière, mais c'était un peu trop confus pour Doreen. Surtout très abstrait, vu que l'ancienne cuisinière n'était pas à portée de main pour une démonstration réelle. La discussion sur le fonctionnement de la machine à laver lui était également passée au-dessus de la tête. Mais elle promit à Nan qu'elle finirait bien par trouver une solution.

C'était Thaddeus qui avait le plus profité, car il avait passé le plus clair de son temps sur l'épaule de Nan, à chantonner et à frotter son bec sur la joue de la femme âgée.

Les larmes aux yeux, Nan caressait le bel oiseau.

— Laisser les animaux derrière moi a été de loin le plus difficile. Je te remercie de les avoir amenés me rendre visite.

Elle caressa le chat allongé, qui avait l'air sous sédatif aux côtés de la vieille dame, pas d'un démon comme quelques heures plus tôt dans la maison.

— Et je les emmènerai à nouveau. D'ailleurs, tu peux me

rendre visite quand tu veux, dit Doreen en l'étreignant pour lui dire au revoir, avant de déposer un baiser sur sa joue. Prends soin de toi.

— Fais attention à toi, ma chérie. C'est toi qui as un cadavre dans ton jardin, répliqua-t-elle en ricanant.

— Un meurtre n'a rien d'une plaisanterie, Nan, la réprimanda Doreen. Espérons qu'il n'y ait pas de corps du tout.

Elle traversa la pelouse, et Thaddeus vola pour la rejoindre, perché sur son épaule. Avec Mugs heureux d'être à nouveau en route, et le chat qui traînait derrière, tous les quatre marchèrent lentement vers sa maison.

Elle s'arrêta sur la petite passerelle et fixa le ruisseau joyeux qui bouillonnait en contrebas. Cette ville était vraiment un endroit magnifique. Elle n'avait toujours pas passé de nuit dans la maison ni acheté de quoi manger, donc son dîner serait composé de ce qu'il lui restait de son voyage en voiture.

Doreen avait vécu dans un monde où la nourriture arrivait sur des plateaux, joliment présentée. Et maintenant elle vivait dans le monde de Nan, où les repas étaient préparés pendant la nuit, et où quelque chose de magique était fait le lendemain. *Ou on ouvrait des boîtes de conserve*, pensa-t-elle avec un frisson.

Depuis sa séparation, les plats à emporter et les sandwiches étaient devenus une habitude, jusqu'à ce que même les plats à emporter coûtent trop cher.

Et toute la magie de la cuisine qu'elle avait apprise à l'époque où elle vivait dans un manoir était de la magie noire pour elle à présent, car Doreen n'avait pas encore réussi à faire fonctionner quoi que ce soit dans la cuisine de sa grand-mère, à part une bouilloire électrique. Elle soupira. Sa nouvelle vie représentait un défi. Mais elle avait souvent pensé qu'elle s'ennuyait auparavant, alors peut-être était-ce un bon challenge pour elle.

Lorsqu'elle aperçut sa petite maison, sa bonne humeur s'envola. Des gens traînaient dans les jardins voisins, à surveiller son habitation. Et la police était toujours là. Vraiment ? Combien de temps leur faudrait-il ? Comment était-elle censée s'adapter et passer sa première nuit seule dans cette maison comme dans le film *Alone* alors qu'elle n'était même pas seule ?

Elle monta les marches de la terrasse avant en soupirant bruyamment, et entra dans la maison. Elle détacha la laisse de Mugs, qui courut vers la porte arrière en aboyant. Thaddeus sauta de son épaule et s'envola vers un haut perchoir dans le salon. C'était donc à ça que ça servait. Sans ça, elle l'aurait probablement jeté. Mais Thaddeus se tenait fièrement, tout en surveillant le monde en dessous de lui. Goliath s'immisça dans la cuisine, probablement pour faire peur à Mugs. Ils étaient presque de la même taille. Elle ferma la porte d'entrée, traversa la cuisine pour mettre son sac à main dans un placard et regarda le jardin à l'arrière.

Elle poussa la porte arrière et s'engagea sur la véranda, qui menait à la terrasse adjacente dans le jardin. Une demi-douzaine d'hommes travaillaient sous les lattes de bois.

— Vous avez trouvé quelque chose ? demanda-t-elle.

Chester, le policier le plus jeune, sortit sa tête de sous la terrasse et lui sourit.

— Vous voilà. Oui, on dirait qu'on a trouvé quelque chose.

— Sous la terrasse ?

Il hocha la tête.

— Il semble que quelqu'un ait été enterré en dessous.

C'était un jardin fut un temps. Et cette terrasse a été cons-truite par-dessus.

Elle recula et la regarda, probablement deux mètres de large. De nouvelles planches étaient posées de l'autre côté, au-dessus de l'endroit où ils avaient cherché. Et, bien sûr, un corps avait presque la même taille que cette extension de la terrasse.

De plus, une grande encoche sur la terrasse accueillait un énorme buisson d'azalées. Comme c'était étrange.

Elle n'avait pas vraiment remarqué l'azalée qui poussait à travers la terrasse ou la nouvelle extension avant ce moment. Mais ça paraissait logique, vu les circonstances. Et la police détruirait sûrement l'extension pour atteindre ce qui se trouvait en dessous.

Pendant qu'elle les regardait, un des officiers testa les supports et trouva plusieurs poutres perpendiculaires au sol sur lesquelles se trouvait la toute nouvelle section de la terrasse. Avec quatre hommes forts et grands, stratégique-ment positionnés, ils la soulevèrent et la déplacèrent sur le côté. Tout le monde observa l'espace en dessous. Plusieurs bulbes avaient poussé dans le sol mais souffraient sans la lumière du soleil.

— Oh, mon Dieu. Ce sont des bégonias.

Un agent sortit les pousses vert-brunâtre et la dévisagea avec surprise. Puis la poignée de bulbes noueux qu'il tenait.

— Qu'est-ce que c'est ?

— Des bégonias, dit-elle avec plaisir. Je ne savais pas qu'elles poussaient ici. Je pensais que les hivers seraient trop durs.

— Madame, je n'ai pas la moindre idée de ce dont vous parlez.

Puis il jeta la poignée de bulbes au sol, sur le côté.

— Oh, faites attention, s'écria-t-elle. Ce sont de belles plantes. Nous devons leur offrir une chance de pousser.

Tous les hommes s'arrêtèrent pour la dévisager, puis ils se tournèrent vers l'immense jardin à l'arrière, rempli de mauvaises herbes et de buissons envahissants, et enfin ils se regardèrent les uns les autres.

— Je viens juste d'arriver ici, dit-elle en fronçant les sourcils. Il y a cinq ou six heures. Vous devez me donner l'occasion de sublimer le jardin avant de me juger.

Un morceau de carton similaire à celui sur lequel reposait le doigt avait été jeté à mi-chemin sous la balustrade. Elle l'attrapa et descendit les marches de la terrasse. Elle ramassa tous les bégonias jetés par terre et les plaça sur le carton.

— Si vous en sortez d'autres, dit-elle au policier, mettez-les tous ici.

— Madame, c'est une enquête pour meurtre, rétorqua l'officier. Nous ne nous soucions pas de l'endroit où nous mettons les ordures.

— Ce ne sont pas des ordures, s'indigna-t-elle. Et si vous sortez de vrais déchets de cet endroit et que vous avez l'intention de les jeter sur ma propriété, réfléchissez. Vous pouvez très bien prendre une poubelle ou un sac et y mettre les détritus. Me suis-je bien fait comprendre ?

Sa dernière question était accompagnée d'un regard noir.

Le flic qui avait parlé se retourna pour regarder les autres. Puis il haussa les épaules. Il retira quelques bulbes supplémentaires et dit :

— Peu importe.

Mais il les posa sur le carton indiqué.

— C'est beaucoup mieux. Merci.

Les autres officiers levèrent les yeux au ciel.

— Ce n'est pas si difficile de sauver une vie.

Personne n'appréciait les plantes. Elle l'avait découvert il y a longtemps. C'était l'une des choses les plus difficiles à accepter avec son personnel de jardinage. Souvent, ils étaient là pour le travail et ne se souciaient pas des plantes. Elle en avait assez de cette attitude.

Ce n'était pas sa façon d'être. Et, si elle pouvait s'entendre avec ces policiers, alors ils devraient s'entendre avec elle aussi.

Soudain, l'un des hommes s'étonna.

Les autres se précipitèrent à ses côtés. Elle scruta où il regardait. Tous les hommes se rassemblèrent, et s'accroupirent autour de quelque chose. Elle s'approcha et regarda par-dessus leurs épaules.

Et, bien sûr, une main à laquelle il manquait un doigt apparut dans la terre.

— Oh, vous l'avez finalement trouvé. C'est excellent, dit-elle d'un air rayonnant. Maintenant, enlevez-le s'il vous plaît.

— Chaque chose en son temps, objecta Arnold, le vieux flic grisonnant qu'elle avait rencontré en premier, en se levant. Ça n'arrivera pas si vite. Vous devez vous y préparer. Le médecin légiste sera bientôt là. Déterrer correctement un corps prend beaucoup de temps, et nous devons recueillir des preuves médico-légales tout en le faisant.

Il parlait d'un ton si pesant, comme si c'était super important.

Elle renifla.

— Ça ne prendrait pas dix minutes pour déterrer ce corps, si vous en aviez quelque chose à faire.

— C'est parce qu'on en a quelque chose à faire qu'on ne le fait pas aussi vite, rétorqua-t-il en lui lançant un regard noir. Si une preuve médico-légale se trouve dans cette terre, nous devons la trouver. Nous devons savoir qui a mis ce corps ici et ce qui l'a tué.

Elle fixa Arnold pendant un long moment, sa mâchoire s'ouvrant au fur et à mesure qu'elle réalisait.

— Vous parlez de jours, n'est-ce pas ?

— Potentiellement, dit-il en haussant les épaules. Mais probablement ce soir et demain. Alors pourquoi ne pas retourner à l'intérieur et nous laisser faire notre travail.

Elle mit ses mains sur ses hanches et examina le groupe d'hommes, qui secouaient tous la tête dans sa direction.

— D'accord, s'exclama-t-elle en tapant du pied. Mais si vous trouvez d'autres bégonias, rassemblez-les tous dans un seul et même tas. Je les ramasserai plus tard et leur donnerai de l'eau. Ne les tuez pas. Il faut que je trouve un endroit où je puisse les mettre et les garder en vie sans que la police les détruise.

Elle se retourna et se dirigea vers l'intérieur. Ce dont elle avait vraiment besoin, c'était de manger et d'une tasse de café. Son taux de glycémie était en train de chuter. C'était la seule explication pour qu'elle soit plus préoccupée par les bégonias que par le cadavre. Mais sérieusement, il était tellement plus facile de penser aux bégonias qu'à un cadavre dans son jardin.

Pas vraiment un accueil chaleureux dans sa nouvelle maison. Et un début plutôt sinistre à sa nouvelle vie.

Pourtant, elle était là, et elle devait en tirer le meilleur parti. Et pendant que les hommes travaillaient dehors, elle chercha des grains de café dans un tiroir. Heureusement, elle avait également trouvé une cafetière assez simple. Maintenant, si seulement elle pouvait trouver ce satané café, déterminer les portions, et trouver quelque chose pour moudre les grains. Pendant ce temps, la maîtresse de maison en elle se demandait si elle devait partager son café avec les officiers en uniforme à l'extérieur. Parce que cela mettrait à rude épreuve ses ressources et sa patience. Était-elle censée les nourrir aussi ? Elle n'était pas sûre qu'il y ait assez de nourriture pour son propre dîner.

Son café passa aux oubliettes lorsqu'elle entendit plusieurs autres véhicules se garer dans son allée. Un coup d'œil à l'extérieur depuis la fenêtre de son salon confirma que d'autres personnes s'étaient rassemblées devant la maison. Et deux autres voitures de police s'étaient garées derrière sa Honda, lui assurant qu'elle ne pourrait en aucun cas préparer un repas si elle ne pouvait pas conduire sa voiture pour aller faire des courses. Mince. Elle avait des noix, du fromage et des crackers, des restes de ses snacks de voyage. Ce serait un dîner pitoyable, mais c'était tout ce qu'elle avait. Au moins jusqu'à ce que les hommes aient fini. Ou peut-être qu'elle pourrait commander à manger. Une promenade jusqu'au centre n'était pas envisageable. Elle était déjà fatiguée, et ses pieds lui faisaient encore mal.

Nan était sa meilleure source d'information pour les plats à emporter.

Sur cette idée brillante, elle prit le téléphone et l'appela.

— Nan, je ne peux pas sortir à cause de toutes les voitures de police ici. Y a-t-il un endroit qui peut me livrer un repas ?

— Il y a un charmant petit restaurant chinois au coin de la rue, répondit-elle. Je commandais toujours leur soupe de wontons. Il est tenu par Win et Len Yee. Un couple adorable.

Nan dicta rapidement le numéro de téléphone pendant que Doreen le notait tout aussi rapidement.

— Merci, Nan.

Elle raccrocha, et se demanda si ce serait trop cher pour sa situation actuelle. Mais elle devait manger. Et, jusqu'à présent, la journée avait été un échec total. Elle avait le sentiment que cette nuit serait tout aussi mauvaise. Elle se demandait aussi si elle allait pouvoir dormir en voyant les nouveaux arrivants sortir ce qui semblait être de grands projecteurs et des bâches.

À présent, un groupe plus important de badauds se tenait dans la rue, observant également toute l'activité. Ce n'était pas du tout l'impression qu'elle voulait donner pour son premier jour en ville.

— Mission ne se remettra jamais de mon arrivée, murmura-t-elle après avoir soupiré.

Chapitre 7

APRES AVOIR PASSE une trop grande partie de sa vie à se
soucier des apparences, cela n'augurait rien de bon. Elle
jeta un coup d'œil par la fenêtre du salon et vit des douzaines
d'inconnus à l'extérieur en train de regarder ce qui se passait
chez elle. Elle voulait se faufiler par l'arrière, courir et les
rejoindre, se fondre dans la masse pour qu'ils ne sachent pas
qui elle était.

Elle retourna dans la cuisine, Mugs sur ses talons. Le
pauvre avait faim après avoir fait l'aller-retour en ville. Elle
aurait dû lui donner à manger avant leur départ, mais elle
était trop en colère pour avoir les idées claires. Pourtant, il
était facile de s'occuper de sa nourriture. Elle avait des
croquettes et de la pâtée pour Mugs.

Elle posa le sac approprié sur la table, et rassembla ses
gamelles. Enfin remplies, elle chercha un endroit à l'écart
dans la cuisine où il pourrait manger en paix. Il n'y avait pas
vraiment d'endroit qui convenait à une circulation naturelle
dans cette pièce.

Elle pourrait mettre les bols d'eau et de nourriture de
Mugs sur la terrasse, mais pas maintenant, car des dizaines de
personnes travaillaient autour de la maison. Et ce n'était

probablement pas une bonne idée de toute façon, car elle ne savait pas quels autres animaux se trouvaient là. Il y avait un banc dans le couloir de l'entrée où les gens pouvaient s'asseoir pour mettre leurs chaussures, et l'espace vacant sous le banc ferait l'affaire, mais ce ne serait qu'une solution temporaire — ce n'était pas exactement l'endroit idéal pour les gamelles du chien quand elle aurait de la compagnie. Elle revint dans la cuisine et étudia les placards du bas.

L'une des portes était légèrement inclinée. Elle l'ouvrit et découvrit que l'étagère à l'intérieur était aussi de travers. Cette maison tombait en ruine. Comment Nan avait-elle pu rester ici si longtemps sans réparer ces choses ? Doreen essaya de redresser l'étagère pour qu'elle soit à nouveau utilisable, mais elle se brisa en deux morceaux.

— Super.

Elle tira sur les morceaux de bois pour les libérer, et ils se détachèrent soudainement, l'envoyant voler sur ses fesses. Doreen resta assise, à fixer l'espace à présent vide. C'était un placard assez grand, accessible.

— Mugs, cria-t-elle.

Ce dernier se mit à renifler, déjà à ses côtés, ses grosses bajoues s'agitant d'avant en arrière dans la joie. Elle jeta un coup d'œil à son tailleur souillé, aux vieilles chaussures de jardinage de sa grand-mère à ses pieds, tout en considérant le fait qu'elle était assise sur le sol sale de la cuisine, à tenir une étagère cassée. Les larmes lui montèrent aux yeux alors qu'elle laissait tomber les morceaux de l'étagère à côté d'elle. Elle lança ses bras autour de son chien adoré et le serra contre elle. Mais il ne put supporter cela que quelques minutes avant de se libérer en gigotant. Elle écarta ses jambes de son chemin, et instantanément, Mugs entra dans le placard.

Le placard faisait au moins un mètre de large. Il n'avait

rien à faire ici. La porte n'était pas bien ajustée. Elle supposa qu'une autre porte avait été placée ici à un moment donné. Le plancher n'allait pas non plus jusqu'au bout du placard. Comment était-ce possible ? D'un autre côté, c'était un endroit envisageable pour mettre les gamelles et l'eau de Mugs.

Au moins, à l'intérieur, l'oiseau ne risquait pas de tout manger non plus. Elle l'espérait. Elle se débarrassa des vieilles chaussures de Nan, se leva pour récupérer les bols du chien, et les mit dans le placard. Peu soucieux, Mugs y plongea.

— Allez, c'est l'heure du dîner.

Elle se retourna et vit Thaddeus se pavaner sur la table de la cuisine. Il s'arrêta à côté de la boîte de pâté pour chien ouverte et picora les petits morceaux encore collés au fond. Comme s'il avait senti l'odeur des croquettes, il releva la tête. Il l'inclina sur le côté pour regarder Doreen d'abord, puis pour regarder le sac d'où provenaient les croquettes, et il avança prudemment, le cou complètement tendu. Quand il arriva au niveau du sac, il mit la tête à l'intérieur, la retira, puis la replongea encore une fois. Cette fois, il ressortit avec une croquette. Il la posa sur la table et la picora avant de dire :

— Heure du dîner. Heure du dîner pour Thaddeus.

Elle n'était pas certaine de survivre face à toute cette domesticité, à s'occuper non seulement d'elle-même et de Mugs mais maintenant d'un oiseau et d'un chat. C'était probablement comme s'occuper d'enfants. Encore une chose dont elle n'avait aucune expérience directe. Ni même indirecte. Dommage qu'elle et Nan ne puissent pas partager cette vieille maison maintenant que Doreen était là, et partager aussi les responsabilités liées aux animaux. Mais avec un peu de chance, elle aurait un travail la journée, loin de la maison, et elle savait qu'il était préférable que Nan ait une assistance 24 heures sur 24 à Rosemoor.

Ses jambes fatiguées par sa marche, Doreen gémit en se traînant jusqu'à la table, tandis que Thaddeus sortit une nouvelle croquette du sac et la posa sur la table.

— C'est le dîner de Mugs, dit-elle d'une voix ferme.

Elle referma le sac, nettoya la cuisine, puis étudia la pièce. Étonnamment, Thaddeus était resté silencieux pendant tout ce temps. Elle devait lui donner à manger, sinon ils allaient bientôt se disputer les croquettes. Mais où étaient les graines pour oiseaux, et que mangeait un perroquet comme lui ? Elle avait oublié de demander à Nan. Zut. Mugs s'était déjà adapté à une nourriture pour chien beaucoup moins chère que celle à laquelle il était habitué, mais elle n'avait pas besoin que Thaddeus la termine rapidement en mettant son nez dedans.

À qui Nan avait-elle fait confiance pour s'occuper de lui et Goliath pendant ces trois semaines avant son arrivée ? Ou Nan faisait-elle l'aller-retour chaque jour pour nourrir ses animaux ? Ou était-ce la fameuse Marge dont Nan avait parlé à l'arrivée de Doreen ? Sa grand-mère prenait scrupuleusement soin de ses animaux et ne les aurait évidemment pas laissés souffrir. Thaddeus était un Gris du Gabon, avait dit Nan. Il lui survivrait ainsi qu'à Doreen.

Ça ne valait pas la peine d'y penser.

Elle fouilla dans les placards de la cuisine, à la recherche de nourriture pour oiseaux, mais n'en trouva pas. Elle se retourna, frustrée, l'oiseau la regardant fixement, la tête penchée sur le côté.

Il reprit la parole.

— Thaddeus a faim. Thaddeus a faim.

Elle lui rendit son regard.

— Tu es obligé de tout dire deux fois de suite ?

— Oui. Oui.

— Assez, gémit-elle.

— Thaddeus a faim. Thaddeus a faim.

Elle battit en retraite, et sortit son téléphone pour appeler sa grand-mère.

— As-tu de la nourriture pour Thaddeus ?

— C'est dans le placard de devant, sur l'étagère du haut, répondit Nan en riant. Est-ce qu'il est déjà en train de manger la nourriture du chien ?

— Eh bien, il essaie en tout cas. Je suppose qu'il mange aussi la nourriture de Goliath ?

— Qui est Goliath ?

Le silence se fit et Doreen fronça les sourcils.

— Ton chat ?

— Oh, eh bien, Goliath est un meilleur nom que celui que je lui ai donné, gloussa Nan. Au même endroit que la nourriture pour oiseaux, dans le placard. Ne laisse pas la porte ouverte, ou Thaddeus va tout engloutir.

Gardant Nan au téléphone, Doreen se dirigea vers le placard et essaya de l'ouvrir.

— Pourquoi verrouilles-tu ce placard ? L'oiseau ne peut pas tourner une poignée de porte.

— Elle n'est pas verrouillée. C'est juste un ressort puissant, donc ça se ferme bien. Tourne la poignée et tire très fort.

— Vraiment ?

Elle coinça le téléphone entre son oreille et son épaule et, des deux mains, elle tourna la poignée de la porte et la tira d'un coup sec. En y repensant, elle s'ouvrit assez facilement, vu qu'elle bondit en arrière.

— Eh bien, tu as raison sur le fait que ça colle.

Elle leva les yeux vers les angles, réalisant que la porte avait gonflé, et que c'était la raison pour laquelle elle était coincée.

— Cette porte devrait être retirée de ses gonds et poncée, dit-elle à Nan. Je sais qu'il y a des choses à faire, car j'ai supervisé les travaux au domaine, mais je ne l'ai jamais fait moi-même.

— Ce n'est qu'une question de détail, rit sa grand-mère. Attends de voir le reste des choses qui tombent en ruine dans la maison.

— Oh, super.

Mais il y avait des sacs pour animaux sur l'étagère. Elle sortit les croquettes pour chats et un peu de nourriture pour oiseaux. Elle trouva un autre ensemble de gamelles qu'elle pourrait utiliser pour nourrir le chat, puisque Doreen n'en avait pas vu d'autres dans la maison. Est-ce que Thaddeus mangeait et buvait dans un bol ? Jusqu'à présent, elle l'avait vu manger sur le sol et sur la table. Le reste de sa conversation avec sa grand-mère consista à connaître les quantités pour Thaddeus et Goliath et où les nourrir.

— Il a deux bols. Un pour l'eau, mais il préfère mon thé, gloussa-t-elle. Et il adore le bol bleu avec des anses sur le côté. Il a un faible pour celui-là, mais il mange dans n'importe quel bol. Il est important que tu mettes Thaddeus sur son perchoir après avoir mangé. En général, il est doué pour faire le ménage dans la maison, mais tu dois changer les journaux autour de la base de son support.

Pendant que Thaddeus mangeait sur la table de la cuisine — une habitude qu'elle ne voulait vraiment pas qu'il garde — Doreen se dirigea vers le perchoir de l'oiseau et resta debout à fixer les journaux souillés placés autour de la base du support, et vit ce dont Nan parlait. Le long soupir de

Doreen fit ricaner la vieille dame à l'autre bout du fil.

— Tu pensais vraiment qu'il n'avait pas besoin d'aller aux toilettes quand il était dans la maison ?

— Combien de fois par jour y va-t-il ? demanda Doreen avec suspicion.

— Pas trop souvent, répondit Nan d'une voix trop innocente. Change juste les journaux quand tu peux. Tous les jours, ce serait bien.

Puis elle raccrocha.

— Zut.

Après la journée que Doreen venait de passer, que représentait un petit excrément ? Elle retroussa ses manches, rassembla les journaux sales et disposa des journaux propres provenant d'une pile voisine. Elle comprenait maintenant pourquoi ils étaient dans ce coin. Accompagnés d'une collection de sacs de courses en plastique. Elle en prit un et le remplit avec les journaux à jeter.

Elle ne voulait certainement pas de ce désordre dans la cuisine. Elle regarda les gens qui se tenaient dehors autour de la poubelle. Quelle longue marche ce serait de descendre les papiers couverts de fiente d'oiseau avec le regard de tout le monde sur elle. Et combien il serait difficile de passer devant ces gens qui la regardent sans qu'ils la remarquent.

Puis elle se mit en colère. Qu'importe qu'ils regardent ? Elle avait traversé bien pire depuis les vacances de l'année dernière. Tant de gens avaient scruté, pouffé et carrément ri de sa situation.

Il était hors de question qu'elle laisse ces curieux la faire dormir dans la même maison que la collection de crottes d'oiseaux. Elle retourna dans la cuisine, glissa ses pieds dans les chaussures de Nan, ramassa le sac de journaux couverts de fientes et ouvrit la porte d'entrée. Instantanément, un murmure s'éleva de la foule au bout de l'allée. Elle referma la porte derrière elle et se dirigea, le regard fixe, vers la poubelle. Elle souleva le couvercle, mit les ordures à l'intérieur et enfonça le couvercle un peu plus fort que nécessaire.

Instantanément, le silence l'entoura.

Et le bruit du métal sur le métal résonnait encore. Elle grimaça puis marcha en direction de la maison. Pas une âme ne dit un mot. Quand elle franchit la porte d'entrée, elle n'avait rien dit non plus.

Elle s'arrêta sur le seuil, se demandant comment redresser la situation. Normalement, elle aurait dit qu'elle était une maîtresse de maison merveilleuse, sachant comment gérer tout moment gênant. Elle s'enorgueillissait de cela pour faire fonctionner les soirées mondaines de son mari. Pourtant, elle était là, entre deux mondes, sur un pont qu'elle avait traversé. Mais elle n'avait pas encore trouvé le moyen d'emmener ses expériences précédentes avec elle.

Elle pivota pour lancer un dernier regard à la foule. Et essaya de sourire.

Tous les yeux étaient rivés sur elle. Personne ne bougeait.

Elle prit une profonde inspiration, se tourna pour leur faire face et dit :

— Bonjour. Je m'appelle Doreen. Nan est ma grand-mère.

Elle n'obtint aucune réponse. Elle haussa les épaules. Au moins, elle avait essayé. Elle se retourna à nouveau.

Et au moment où elle allait fermer la porte, quelqu'un au milieu de la foule cria :

— Vous l'avez tué ? Avez-vous tué l'homme dans le jardin ?

— Bien sûr que non, s'offusqua-t-elle. Je suis arrivée dans la journée.

— Et pourtant, il y a un homme mort dans votre jardin.

— Non, s'époumona-t-elle. Il y a un homme mort dans le jardin de Nan.

Cela dit, la foule fut choquée.

— Nan ne tuerait personne, s'écria quelqu'un.

— Et moi non plus, répondit Doreen en hurlant.

Elle leur lança un regard noir, tourna sur ses talons, puis claqua la porte. Si seulement elle pouvait se fermer au monde aussi simplement. Elle s'appuya contre la porte, et étouffa le cri au fond de sa gorge.

C'est alors que Mugs traversa le couloir, avec Thaddeus sur son dos, criant à tue-tête :

— Thaddeus est là. Thaddeus est là.

Doreen agrippa ses cheveux, tira et se joignit à eux en criant de toutes ses forces.

Chapitre 8

IL LUI FUT presque impossible d'entendre le coup frappé à la porte avec le vacarme à l'intérieur. Doreen se précipita à la fenêtre du salon pour y regarder tout en essuyant ses larmes de frustration. Une foule massive était restée dehors. Elle semblait être plus importante qu'auparavant.

Elle les scruta de sa cachette. Mais quelqu'un frappa à nouveau à la porte. Toute la charpente eut l'air de trembler suite à ce coup. Elle zieuta dans l'angle, mais tout ce qu'elle put voir, ce fut quelqu'un de grand ; et elle se mordilla la lèvre inférieure, tout en se demandant si elle devait répondre. À ce moment-là, Mugs pensa qu'il devait encore faire du bruit. Il aboya, encore et encore.

Quoi encore ? Je ne pourrai jamais manger à ce rythme.

Elle se dirigea vers la porte d'entrée, juste pour le faire taire. Le menton haut, elle ouvrit. Et sa mâchoire tomba. Un homme — grand, large, incroyablement sexy, et un peu plus âgé qu'elle — occupait la totalité de l'encadrement de la porte.

— Doreen Montgomery, je présume ? demanda-t-il en souriant.

— Comment connaissez-vous mon nom ? rétorqua-t-elle

en le fixant d'un air suspicieux.

— Je travaille avec les forces de l'ordre. Donc je sais déjà qui vous êtes. De plus, vous êtes dans la maison de Nan Montgomery.

— Mais mon nom d'épouse était Merriweather.

— Êtes-vous revenue à votre nom de jeune fille ?

— La paperasse est en cours, admit-elle. Mais je ne répondrai qu'au nom de Montgomery à présent.

— Je peux entrer ? s'enquit-il en désignant le salon derrière elle.

— Pourquoi ? interrogea-t-elle en croisant les bras sur sa poitrine.

Il rit.

Cela la rendait encore plus suspecte.

— Vous êtes de ceux qui veulent rentrer pour gober les mouches ?

— Bon sang, non. Je suis l'officier chargé de l'enquête pour l'unité des crimes graves qui se trouve en ville.

Elle fit un bond en arrière.

— Ça veut dire que je suis une suspecte ? s'exclama-t-elle en tendant les bras comme pour parer à une attaque. Je n'ai rien fait, je le jure.

Puis elle s'arrêta et le regarda avec méfiance.

— Ai-je besoin d'un avocat pour vous parler ?

— Waouh, doucement. Non. Vous n'êtes pas une suspecte mais plutôt une témoin *a posteriori*. Si vous voulez parler à un avocat, mon frère l'est. J'ai failli aller en école de droit avec lui, répondit-il avec un sourire rassurant. Nous travaillons tous les deux du côté des gentils.

— Ça n'existe pas chez les avocats, dit-elle, avant de lui demander, vous avez une pièce d'identité ?

Il leva un sourcil, sortit son portefeuille de sa poche arrière et en extirpa une carte. Il la lui tendit du bout des doigts.

Mack Moreau. Il avait une tête à s'appeler Mack, car il avait la taille d'un camion Mack.2

Et la carte le présentait comme le caporal Moreau de l'unité des crimes graves de la GRC de Kelowna. Au moins, il ne mentait pas sur son identité. Quelle différence cela ferait-il ?

— Pourquoi êtes-vous ici, et dois-je prendre un avocat, que j'aurai moi-même choisi ?

Cependant, au point où elle en était, elle n'avait absolument aucune confiance dans cette profession.

— Non, vous n'êtes pas obligée, répondit-il en secouant la tête. Les choses sont faites de façon très décontractée ici. Je suis venu vous souhaiter la bienvenue dans notre ville et voir ce qui se passait dans votre jardin. D'autres flics vont arriver d'un moment à l'autre.

— Plus de flics ? demanda-t-elle en désignant son jardin. Comment peut-il y avoir plus de flics qui travaillent pour cette petite ville ? Ils sont déjà tous dans mon jardin.

— Très souvent, nous recrutons des civils si nous en avons besoin.

Elle le dévisagea alors que l'information circulait dans son cerveau.

— Donc vous pouvez me recruter pour travailler dans mon propre jardin ?

Il éclata de rire.

— Eh bien, si ce n'était pas votre jardin, et qu'il n'y avait pas de corps retrouvé sur votre propriété, sans ce conflit d'intérêts, si vous êtes en bonne forme physique pour nous aider selon les besoins de l'affaire, alors c'est possible.

— Je suis en bonne forme physique, rétorqua-t-elle en le

fixant d'un air mécontent.

Son regard passa du haut de ses cheveux à présent décoiffés, à son tailleur en loques, pour finir sur les chaussures de jardin roses de Nan.

— Journée difficile, hein ? sonda-t-il d'une voix très douce avant de désigner la cuisine. Pourquoi ne pas préparer une tasse de thé ?

Elle n'arrivait pas à savoir s'il était condescendant ou compatissant. Elle décida qu'elle en avait assez des méchants, et qu'elle accepterait sa compassion s'il la lui offrait.

— D'accord. Mais attention à Mugs et Goliath.

Elle se retourna et vit le policier géant occupé à frotter le ventre de Mugs qui était couché sur le dos, ses petites pattes en l'air, un gémissement sortant de sa gueule.

— Je ne pense pas l'avoir déjà entendu faire ce bruit auparavant, déclara Doreen en fixant le caporal avant de secouer la tête. Je suppose que vous pensez pouvoir charmer n'importe qui ?

— Non. Mais c'est facile avec les chiens.

— Que pensez-vous des chats ?

Goliath sortit du couloir et se faufila vers Mack. Il gratta avec vigueur le félin sur le dos et sous le menton. Et, juste comme ça, il avait aussi gagné la sympathie de Goliath, car le traître se laissa tomber au sol et ronronna comme un lion. Doreen fixa Mack. Il avait une affinité avec les animaux qu'elle n'avait jamais vraiment eu l'occasion d'explorer. Avant aujourd'hui.

— Comment va Thaddeus ?

Il se redressa et se dirigea vers elle, en jetant un coup d'œil à l'oiseau sur son perchoir.

— J'ai l'habitude de le voir tout le temps ici.

— Il a l'air d'aimer cet endroit.

Elle mit la bouilloire en marche, reconnaissante de savoir le faire. Dommage qu'elle n'ait pas fait de café. Elle aurait pu lui en offrir un maintenant. Mais qu'allait-elle lui servir avec le thé ?

— Je n'ai pas encore eu l'occasion de faire des courses, dit-elle. Je n'étais pas sûre que la foule dehors me laisserait faire.

— S'ils vous dérangent, je peux les faire disperser.

— Vraiment ? demanda-t-elle en se retournant pour lui faire face.

— Bien sûr. Ils sont juste curieux. Ce sont tous vos voisins, plus quelques-uns des quartiers environnants. Ils veulent savoir ce qui se passe. Ils sont assez inoffensifs.

— Comment pouvez-vous le savoir ? L'un d'entre eux pourrait être le meurtrier. N'est-il pas vrai que les meurtriers restent souvent dans les parages lorsque la police arrive sur les lieux de leurs crimes ?

— Avec un meurtre récent, souvent. Pas tant que ça quand il est enterré depuis un moment. Bien que celui-ci soit un meurtre relativement récent, d'après ce que j'ai compris la chair est encore sur les os, expliqua-t-il en inclinant la tête vers elle. Mais vous avez raison de dire que les criminels reviennent sur leurs scènes de crime. Et ils semblent apprécier de voir tout le monde se creuser les méninges pour résoudre le mystère.

— C'est ce que je pensais, dit-elle en ouvrant le tiroir à thé. Je ne sais pas quel thé vous servir.

— Que diriez-vous d'un café à la place ?

Elle le regarda avec méfiance. Elle avait entendu le ton plein d'espoir dans sa voix.

— La cafetière est juste là. Faites comme chez vous.

Il s'approcha, sortit un panier du dessus de la cafetière

dont elle ignorait l'existence et jeta son contenu dans la poubelle sous l'évier. Il ouvrit le tiroir sous la cafetière, en sortit un filtre à café, qu'il mit dedans, puis prit un paquet de café.

Elle ne savait même pas que c'en était. Elle s'avança et étudia le paquet.

— Il n'y a rien qui indique que c'est du café.

Elle ressentit son regard de surprise.

— C'est écrit espresso, dit-il d'une voix calme.

— Je l'ai lu, déclara-t-elle en hochant la tête. Je n'avais pas réalisé que c'était la même sorte de café que l'on pouvait utiliser pour faire du café dans une cafetière.

— Absolument. L'espresso fait l'un des meilleurs cafés.

— Tant mieux, parce qu'une tasse me ferait du bien.

Elle se dirigea vers la table et se laissa tomber sur une chaise. À ce moment-là, Thaddeus décida de traverser la cuisine depuis le sol en se pavanant.

— Où étais-tu ? demanda-t-elle d'un ton accusateur.

— Thaddeus est là. Thaddeus est là.

Il ébouriffa ses plumes avant de sauter sur la table.

Et puis elle comprit. Elle se pencha en avant et étudia la nourriture pour chien.

— Tu étais dans le placard, en train de manger toutes les croquettes, n'est-ce pas ?

— Thaddeus est là. Thaddeus est là.

— Ça risque de ne pas durer longtemps, le menaça-t-elle.

— Thaddeus est un personnage de longue date ici, dit Mack en effleurant la joue du Gris du Gabon après s'être approché de lui. Bonjour, Thaddeus. Comment tu vas ?

Thaddeus leva une patte vers le doigt de l'homme, hocha la tête, entreprit de sauter dessus, puis marcha jusqu'à l'épaule de Mack, où il s'assit assez confortablement.

— Thaddeus va bien. Thaddeus va bien.

— Content de l'entendre, mon grand. Je suis sûr que ça a dû être difficile de t'adapter sans Nan.

— Nan est partie. Nan est partie.

Le ton de Thaddeus était devenu mélancolique, à tel point que Doreen pouvait ressentir son chagrin.

— Nan n'est pas partie, le rassura-t-elle. Tu te souviens ? Je t'ai emmené voir Nan aujourd'hui.

— Ah bon ? Comment va-t-elle ?

— Honnêtement, elle semble assez heureuse là-bas. Je m'attendais à ce qu'elle soit en plus mauvais état.

Mack tira une chaise à côté de Doreen. Alors qu'il s'asseyait, Thaddeus maintenait parfaitement sa position sur son épaule.

L'odeur du café remplit l'air. Elle se retourna et le regarda.

— J'aurais dû demander plus tôt. Combien de doses de café avez-vous mis ?

— Deux cuillères, dit-il sans hésiter. Et la cuillère est dans le sac.

Elle garda cette information pour plus tard. Elle voulait tellement apprendre à faire une tasse de café décente. Même si ça lui prenait dix tasses pour y arriver. Elle était un peu en manque de caféine.

— Et votre relation avec Nan ?

Son regard se concentra sur Mack, son humeur plus douce maintenant qu'elle savait que le café allait arriver.

— C'est ma grand-mère. C'est la seule famille qu'il me reste. Je n'ai pas eu l'occasion de la voir beaucoup quand j'étais mariée. Nous nous téléphonions souvent, expliqua-t-elle en souriant. Nan me disait souvent qu'elle était très occupée et de ne pas m'inquiéter si je n'avais pas plus de temps pour elle.

— L'avez-vous crue ?

— Non, je pense qu'elle disait souvent ça pour que je me sente mieux. Mon mariage n'était pas vraiment des plus faciles. Nan semblait appeler quand j'étais au plus bas. Elle me remontait toujours le moral. Rien que d'entendre sa voix me rendait heureuse. Elle était aussi celle qui me disait constamment que j'avais le choix.

— Étiez-vous d'accord avec elle ?

Il ne chercha pas à creuser. Ses questions semblaient être de la simple curiosité. Elle lui répondit donc de la même façon.

— Sur le moment, non. Quand vous êtes au milieu d'une situation, il est très difficile de voir les options que vous avez. Mais aujourd'hui, je peux rire et réaliser, avec le recul des années, à quel point la situation était bouleversante, et pourtant, combien d'options j'avais à ce moment-là. Je regrette de ne pas l'avoir écoutée plus tôt.

Au dernier gargouillis de la cafetière, Mack lui donna un coup d'épaule, et Thaddeus se dirigea vers la table. Le policier se leva et remplit deux tasses de café, qu'il ramena sur la table de la cuisine.

— Je pense que tout le monde ressent cela à un moment ou à un autre de sa vie.

— Et, s'ils sont intelligents, ils écouteront les conseils de ceux qui sont plus âgés et plus sages.

Son regard se posa sur Thaddeus, occupé à se pomponner. Après tout, il venait juste de finir la nourriture du chien. Il était temps de se nettoyer après ça, non ?

— Je suis surpris que Nan n'ait pas trouvé une maison pour ses animaux de compagnie.

— À un détail près, dit Mack tranquillement. Elle en a trouvé une.

Elle leva le regard, surprise par ses mots.

— Moi ?

Quand il hocha la tête, elle rit.

— Je voulais dire un bon foyer, ajouta-t-elle.

Il inclina la tête sur le côté et l'étudia attentivement.

— Et pourquoi ne pouvez-vous pas leur offrir un bon foyer ?

— Je ne sais pas comment faire. Je n'ai pas eu à subvenir à mes propres besoins jusqu'à présent, et, à ce stade, avec trois animaux…

— Mais vous êtes pleine de ressources. Vous êtes une survivante. Vous pouvez le faire.

Elle le fixa ouvertement. Et elle ressentit le besoin de se poser la question. Avait-il raison ?

Elle savait une chose. Il était trop beau, trop mielleux pour être honnête la plupart du temps. Mais peut-être que ces derniers mots étaient juste ce qu'elle avait besoin d'entendre.

2. Mack Trucks est un fabricant américain de camions.

Chapitre 9

— QUELLES QUESTIONS vouliez-vous me poser, Caporal Moreau ?

Doreen étudia l'homme en se demandant ce qu'il avait compris plus tôt. Mugs s'approcha et renifla ses chaussures.

— Appelez-moi Mack. J'aimerais que vous me disiez ce que vous avez vu dehors et ce que vous avez trouvé, répondit-il en lui lançant un doux sourire. Commencez par le moment où vous êtes arrivée.

Elle leva les yeux au ciel.

— Ça va prendre du temps. Je suis ici depuis environ six heures, et des événements improbables ont pris le dessus sur ma vie.

Mais elle se lança dans son histoire. Faisant de son mieux pour ne rien omettre, elle mit Mack au courant de tout ce qui s'était passé jusqu'à présent.

— Avez-vous une idée de la raison pour laquelle il y aurait un corps dans le jardin ?

— Non.

— Vous savez pourquoi Nan aurait pu enterrer quelqu'un dans le jardin ?

Elle plissa les yeux vers lui.

— Non.

Il hocha la tête.

— Avez-vous des problèmes avec quelqu'un de cette région ?

— Peut-être avec tout le quartier, si ça se trouve, rétorqua-t-elle. Vous vous souvenez de la partie où je disais que je venais juste d'arriver ? Aujourd'hui ? À midi ?

— Et Nan ? Avait-elle des ennemis ?

Sa colère se calma instantanément.

— Pas du tout. Nan est l'une des personnes les plus gentilles que je connaisse, déclara-t-elle en désignant la maison d'un tour de main. Vous devriez sûrement parler de ça avec les voisins. Parce que je n'en sais rien. S'ils ont quelque chose à dire, vous pourrez peut-être m'en parler. Pour autant que je sache, Nan ne s'est disputée avec personne. De plus, elle est bien vivante à la maison de retraite, alors peut-être que vous devriez lui parler directement.

— Et je le ferai, dit-il en rangeant son bloc-notes.

Il avait écrit quelque chose sur ses pages. Elle le regarda ranger son stylo dans sa poche.

— Pouvez-vous dire à tous ces policiers de sortir de mon jardin à présent ?

— Pas avant qu'ils aient terminé.

— Et le désordre qu'ils causent ?

— Comment pouvez-vous le savoir ? demanda-t-il en jetant un coup d'œil au jardin, complètement envahi par la végétation.

Elle fit de même.

— Nan n'a pas beaucoup eu l'occasion de jardiner ces dernières années.

Il montra l'herbe d'une main. Elle avait largement dépassé la hauteur des genoux, tout comme les mauvaises herbes.

— Au moins à cette hauteur.

Quelques arbres à l'arrière avaient besoin d'être taillés. Quand elle aurait le temps, l'énergie et l'argent, elle s'en occuperait. Nan avait dû avoir besoin d'aide pour tout. Tout lui retombait dessus et elle n'avait plus assez d'énergie pour s'en occuper. Entre le jardin, la maison et les animaux, c'était devenu trop pour sa grand-mère vieillissante.

Doreen se sentit coupable. Pauvre Nan. Elle avait vraiment espéré rester ici dans sa propre maison jusqu'à sa mort. Peut-être que Doreen devrait demander encore une fois à Nan si elle voulait venir vivre ici avec elle.

— Une idée de ce qui l'a amenée à déménager ?

Doreen lui fit lentement face, les sourcils froncés.

— Vous savez quoi ? Je ne lui ai jamais demandé. Peut-être que je devrais.

— Peut-être que vous devriez, dit-il un ton plus bas.

Alors qu'il s'éloignait, elle étudia son dos avec méfiance.

— Qu'est-ce que vous voulez dire par là, Mack ?

Il se retourna et sourit.

— Cela pourrait avoir quelque chose à voir avec votre situation.

Elle le regarda d'un air ébahi pendant un moment, puis elle comprit. Elle sursauta d'horreur.

— Vous n'êtes pas en train de dire que Nan a déménagé dans une maison de retraite pour que je puisse avoir sa maison ? Ce serait horrible.

— Pourquoi ce serait horrible ? interrogea-t-il en s'appuyant contre le montant de la porte, avant de croiser les bras pour l'étudier. Parfois, il faut voir la situation des autres, pour comprendre qu'un changement est nécessaire.

Elle souffla, ce qui le fit sourire.

— Alors, votre situation, ça a pu être la goutte d'eau qui

a conduit Nan à prendre cette décision.

D'une certaine façon, ça sonnait mieux, mais en même temps, ce n'était pas ce qu'elle voulait entendre. Elle avait l'intention de demander à Nan… il lui fallait juste trouver le bon moment… Elle ne voulait pas donner l'impression d'être ingrate envers tout ce que Nan avait fait. Elle ne voulait pas non plus que Nan se sente obligée de l'aider. Doreen pouvait se débrouiller seule. Elle n'avait pas d'expérience en la matière, mais elle avait du cran et en gagnait de plus en plus chaque jour.

Il y avait quelque chose d'incroyablement libérateur dans sa nouvelle vie.

À ce moment-là, on frappa à la porte arrière et elle l'ouvrit, au milieu des aboiements fous de Mugs, pour laisser entrer le même policier grisonnant qu'elle avait rencontré au tout début de cette étrange journée : Arnold. Elle n'arrivait pas à se souvenir de son nom de famille. Carmichael peut-être ? Non, ce n'était pas ça. Peu importe. Chester avait dit de les appeler par leur prénom.

Il hocha la tête, constata la présence de Mack et dit :

— Bonsoir, monsieur. Je ne savais pas que vous étiez là.

Mack lui répondit par un signe de tête.

— Des découvertes médico-légales ?

— Pas pour l'instant. Le médecin légiste est prêt à emmener le corps. Vous vouliez voir le jardin arrière ?

— Oui, j'aimerais bien, répondit Mack.

— Moi aussi, grogna Doreen.

Elle les suivit en direction de la véranda. Elle grimaça quand elle vit la partie du jardin qu'ils avaient creusée pour atteindre le corps.

— Vous auriez pu tout déterrer, ça aurait été la moindre des choses.

Plusieurs regards vides se levèrent dans sa direction, et elle soupira.

— Oubliez ce que je viens de dire.

— Ils comprendront la blague plus tard, déclara Mack en ricanant.

Elle suivit ce dernier depuis la porte arrière de la cuisine jusqu'aux marches de la véranda qui descendaient vers la terrasse la plus proche de la tombe. Elle resta sur les marches de la véranda pendant que Mack faisait le tour d'une fosse d'un mètre quatre-vingts de long, de soixante centimètres de large, juste assez grande pour un corps, et d'à peine un mètre de profondeur.

— Je croyais que les corps étaient censés être enterrés à un minimum de deux mètres de profondeur pour que les animaux ne puissent pas les sentir ?

Un des officiers se retourna pour la regarder.

— Ce serait dans des circonstances idéales.

Elle hocha la tête.

— Donc quelqu'un avait l'intention de déplacer ce corps sous peu ?

Arnold lui fit face.

— Peut-être que quelqu'un l'a enterré récemment.

Un bémol était apparu dans sa voix. Comme si Doreen était en quelque sorte responsable. Elle le fixa du regard.

— Ce n'était pas moi. Vous vous rappelez que je n'étais pas là il y a six heures ?

— Mais vous auriez pu être ici il y a quelques jours, venir en secret, enterrer un homme dans le jardin et revenir quand vous avez emménagé. Avec votre air innocent, cingla-t-il en balayant les saletés de ses mains et de ses vêtements.

Elle lui lança un regard noir.

— Pourquoi est-ce que j'enterrerais un corps chez moi ?

— Je ne le sais pas encore. Mais je le saurai bientôt.

Arnold lui jeta un regard hargneux et fit le tour de la maison.

Plusieurs des autres hommes étaient occupés à parcourir le reste de sa propriété.

Elle les désigna d'une main.

— Que cherchent-ils ?

— Tout et n'importe quoi, dit le plus jeune policier, Chester. Nous devons chercher toute preuve médico-légale qui expliquerait comment et pourquoi cela s'est produit. Et, le plus important, par qui.

— Je comprends, mais est-ce que vous devez vérifier dans le jardin, à cinquante mètres de là ?

— Si vous vous teniez sur cette terrasse, commença Mack, et que vous lanciez l'arme du crime dans ce désordre, à quelle distance pensez-vous pouvoir la lancer ?

Elle se tourna vers lui et répondit à sa question.

— Je ne sais pas. Peut-être 20 à 30 mètres ?

— Si vous étiez un adolescent en pleine forme, à quelle distance pensez-vous pouvoir la lancer ?

Elle étudia le fond du jardin et dit :

— Bien. Je suppose que quelqu'un de bon au lancer de softball pourrait aller jusqu'au bout de la propriété. Mais il commence à faire trop sombre pour voir quoi que ce soit.

— C'est pourquoi nous reviendrons à la première heure demain matin, déclara le jeune policier.

Elle le regarda d'un air surpris.

— Vous serez encore là demain ?

Mack s'éclaircit la gorge à côté d'elle.

— Nous serons ici tous les jours jusqu'à ce que nous ayons fouillé toute la zone.

— Pourquoi ?

— Parce qu'un cadavre a été trouvé sur votre propriété.

Elle ferma les yeux, détestant l'idée de commencer une toute nouvelle vie qui soit immédiatement ravagée par quelque chose d'aussi désagréable qu'un meurtre. Puis elle acquiesça.

— C'est d'accord, mais je veux savoir exactement ce que vous emportez avec vous.

— Ça peut se faire. Nous vous donnerons une liste d'articles avant de partir avec.

— Si vous partez maintenant et revenez demain matin, comment saurez-vous si le tueur est revenu pour prendre tout ce qu'il a pu jeter à l'extérieur ? demanda-t-elle à Mack, ce qui le fit sourire.

Elle secoua la tête face à son manque de réponse et s'apprêtait à retourner à l'intérieur, mais Mugs renifla autour de la marche inférieure.

— Avez-vous vérifié sous les marches de la véranda ?

Tous ceux qui étaient encore dans les environs s'arrêtèrent pour regarder Mugs. Il flaira la marche de tous les côtés. Puis il sauta dans la tombe.

— Non, Mugs, non.

Mais Mugs ignora son ordre. Avec ses petites jambes trapues, il creusa plus profondément à l'endroit où les policiers avaient eux-mêmes creusé. Instantanément, plusieurs policiers revinrent avec des lampes de poche pour regarder de plus près sous cette dernière marche près de la fosse. Et elle avait le sentiment désagréable qu'ils avaient trouvé quelque chose.

Mack, faisant fi de son costume, sauta lui aussi, attrapa Mugs et le posa en haut des marches de la véranda à côté d'elle.

— Pouvez-vous le garder ici jusqu'à ce que nous trouvions ce qu'il a senti ?

Elle acquiesça et retint Mugs par le col. Goliath sortit, se fichant du fait qu'une douzaine d'hommes entouraient la véranda.

— Qu'y a-t-il, Goliath ?

Elle ne s'attendait pas à ce que le chat réponde, mais il faisait des allers-retours sur la même marche que Mugs avait flairée et se mit à remuer la queue. Elle n'était pas sûre de ce que cela signifiait en langage félin, mais elle présumait que c'était non négligeable. Entre leurs découvertes à tous les deux, il devait y avoir quelque chose là-dessous.

Lorsque quelqu'un arracha la dernière marche de la véranda, la posa sur le côté et creusa en dessous, elle grimaça et dit :

— S'il vous plaît, dites-moi qu'il n'y a pas un deuxième corps.

— Je ne pense pas.

Le flic sortit ce qui ressemblait à une mallette.

— Un sac d'ordinateur portable d'homme ou quelque chose de similaire.

Dans le noir, c'était difficile à voir, mais l'objet était noir et de la taille d'une mallette.

Les hommes continuèrent à creuser un peu plus et trouvèrent un écureuil mort.

— Oh, ça doit être ce que le chien cherchait.

Les flics haussèrent les épaules. L'écureuil fut jeté dans le sac poubelle le plus proche. L'un des hommes interrogea le policier qui tenait la mallette.

— Cette mallette, c'est une autre histoire. Les animaux n'étaient pas spécialement intéressés par elle. Mais est-ce la mallette du mort ?

— Il est raisonnable de penser que c'est le cas, dit le policier qui tenait la nouvelle preuve.

Avec une lampe de poche braquée sur la mallette, les flics l'ouvrirent et y trouvèrent des papiers. Beaucoup, beaucoup de papiers.

Doreen se pencha pour s'assurer que rien ne concernait Nan. Quelques agents la regardèrent bizarrement, mais aucun ne lui demanda de partir. Ils n'avaient pas intérêt. Sans elle et Mugs, ils n'auraient jamais su que la mallette était là.

Mack sortit plusieurs documents.

— Ça ressemble à des investissements, des portefeuilles d'actions.

— Et est-ce que le nom de Nan est dessus ou pas ? s'enquit Doreen.

Mack la regarda et comprit. Il monta les marches et alluma la lampe extérieure pour mieux éclairer la véranda et la terrasse puis il parcourut du regard plusieurs des papiers.

— Je ne vois le nom de Nan sur aucun de ces formulaires.

Les épaules de Doreen s'affaissèrent de soulagement.

— Merci. Je voulais juste m'assurer que ce type ne l'avait pas arnaquée ou autre. Nan a dû passer des moments difficiles financièrement ces dernières années, et je ne voudrais pas que quelqu'un profite d'elle.

— La police scientifique sera la première à examiner ces documents originaux. J'aurai des copies et je les examinerai en détail, déclara Mack. S'il y a la moindre mention de Nan sur ces documents, je vous le ferai savoir.

Il rassembla les pages, les remit dans la mallette, lui donna un bon coup pour s'assurer qu'une partie de la saleté se détache, puis rejoignit les autres policiers dans le jardin.

Chapitre 10

UNE FOIS QUE Mack et quelques autres officiers furent partis, Doreen verrouilla la porte d'entrée. Ressentant le besoin de se débarrasser de sa frustration croissante, elle s'en servit d'exutoire et y mit un coup de pied.

— Aïe.

OK, c'était stupide. Elle se dirigea vers la fenêtre de la cuisine en boitillant, d'où elle observa, de derrière les rideaux, les policiers ramasser lentement leurs outils et leurs affaires, puis quitter son jardin. Lorsque le jardin fut dégagé, elle entra dans le salon, juste à temps pour voir plusieurs voitures de police s'éloigner.

Il restait quelques retardataires de la foule à l'extérieur, qui scrutaient et discutaient. Plusieurs avaient même ce qui semblait être des tasses de thé ou de café. Elle supposa que c'était leur divertissement local. Elle se tourna vers la cafetière en secouant tristement la tête.

Au moins, elle avait appris à faire du café. Si elle avait de la chance, il resterait de quoi remplir une tasse.

Elle se ragaillardit à cette idée et se dirigea vers la machine. Pas de chance. C'était une petite cafetière, juste suffisante pour Mack et elle. Doreen sortit le café du tiroir où elle avait vu le policier le prendre, et, comme il l'avait dit, la cuillère était à l'intérieur. Donc maintenant, elle pouvait faire du café elle-même. Mais, juste au cas où, elle avait noté ses instructions sur un bloc-notes pour ne pas oublier.

Elle aussi avait faim et devait encore faire face à son problème de manque de nourriture. La livraison du restaurant chinois serait pour un autre jour. Elle était si fatiguée, mais elle se força à s'asseoir et à manger le reste de son casse-croûte de voyage. Après les premières bouchées, elle se sentit mieux. Le temps de finir son maigre repas, elle était plus que prête à aller se coucher.

Elle attrapa plusieurs de ses valises et monta à l'étage. Elle n'avait pas encore déballé ses sacs, pas avec tout ce qui s'était passé durant son premier jour ici.

Tous les animaux sur ses talons, elle ouvrit la première porte et tomba sur une petite chambre avec un papier peint ancien et des rideaux miteux aux fenêtres. Elle sourit, malgré la décoration. C'était la chambre dans laquelle elle séjournait quand elle était enfant. Il y avait une salle de bains de l'autre côté du couloir. En traversant ce dernier, elle trouva la fameuse salle de bains dont elle se souvenait, qui avait au moins l'air utilisable. La chambre principale était au bout du couloir. C'était la chambre de Nan. Elle soupira de plaisir en entrant. Elle était immense. Cela allait marcher.

Bien sûr, elle était aussi remplie de toutes sortes d'étagères et de vieux meubles. Elle ne savait pas pourquoi sa grand-mère gardait tous ces trucs. Mais au milieu de tout ce désordre, il y avait un très grand lit. Elle s'en approcha et s'assit pour le tester. De bruyants grincements de ressorts métalliques jaillirent du dessous. Elle ferma les yeux en signe de défaite.

— Vraiment, Nan ?

Était-ce le même vieux lit qu'elle avait toujours eu ? N'avait-elle rien amélioré ? Doreen le fixa avec incrédulité.

— Ce truc va me briser le dos. Je le sais.

Elle se réprimanda immédiatement pour cette pensée peu charitable. C'était probablement tout ce que Nan pouvait se permettre.

Elle tira la couverture et vit qu'il y avait des draps propres en dessous. La vieille dame avait probablement tout préparé pour l'arrivée de Doreen. Ce que cette dernière appréciait, mais, en même temps, elle se demandait s'il ne valait mieux pas retirer le matelas des ressorts en acier bruyants et le mettre sur le sol. Elle n'était pas sûre de pouvoir dormir sur le lit tel quel. Elle commençait à se sentir comme *La Princesse au petit pois* — sauf que pour l'instant, elle était plus pauvre que princesse.

Deux très grandes portes de placard se trouvaient sur le mur opposé, ce qui était un plus. Mais lorsqu'elle ouvrit les portes, elle vit que celui-ci était rempli de tout ce qui ne logeait pas dans cette maison. Il faudrait des jours, voire des semaines ou des mois, pour trier et jeter tout ce fatras. Pourquoi Nan ne l'avait-elle pas fait ? Elle savait qu'elle allait quitter cette maison.

Quand elle en aurait l'occasion, Doreen lui poserait la question. Sa petite Honda était trop petite pour tout transporter, et elle n'avait pas les moyens de payer quelqu'un pour se débarrasser de tout ça. Le salon et la salle à manger en bas étaient pleins également. Mais elle ne s'attendait pas à ce que cette chambre le soit aussi. En se retournant, elle vit Thaddeus, assis sur l'encadrement au bout du lit.

— Oh, tu peux rêver. C'est ici que je dors, pas toi.

Mais en l'étudiant, ainsi que le journal posé au sol sous lui, elle se demanda s'il dormait vraiment là.

— Oh, mon Dieu ! S'il te plaît, ne me dis pas que tu fais aussi tes besoins ici ?

Comme s'il avait compris ce qu'elle venait de dire, Thaddeus força légèrement, et une tache blanche apparut sur le sol.

C'en était trop. Elle pouvait sentir des larmes chaudes brûler au coin de ses yeux. Elle les essuya avec impatience. Le temps que sa vue redevienne claire, elle entendit un gémissement bizarre. Elle jeta un nouveau coup d'œil au lit et aperçut Goliath au centre, recroquevillé en boule. Nan avait probablement vécu avec ses animaux de compagnie comme s'ils étaient de la famille.

Le problème étant que c'était sa famille à elle. Doreen n'était pas certaine qu'ils puissent devenir la sienne. Avait-elle le choix ?

Mugs se dressa sur ses pattes arrière, posa ses pattes avant sur le lit, avant de scruter le chat qui dormait là et d'aboyer.

— Oh que non. Tu ne vas pas sauter sur ce lit, déclara-t-elle en se précipitant sur lui.

Mais avant qu'elle ne l'atteigne, il s'élança et atterrit lui aussi sur le lit. Celui-ci grinça et le matelas rebondit. Le chat n'ouvrit même pas un œil. Le chien le renifla avec intensité, puis fit le tour avant de se laisser tomber au pied du lit, pour s'étendre, et occuper plus de la moitié de l'espace.

Si elle se demandait à quel point sa vie allait changer, elle avait sa réponse. La preuve était juste là, sous ses yeux. Elle ne serait plus jamais la même.

Elle leur tourna le dos et inspecta le reste de la pièce. Elle ne pouvait pas s'occuper des animaux pour l'instant. Plus tard. Repérant une porte de l'autre côté de la pièce, elle s'approcha et la poussa. Puis cria de joie. Parmi toutes les choses auxquelles elle ne s'attendait pas, il y avait cette énorme salle de bains avec une grande baignoire, une douche séparée et deux lavabos. Quand Nan avait-elle refait cette pièce ? Peu importe quand, Doreen lui en serait éternellement reconnaissante. Et en ce moment une douche chaude lui ferait le plus grand bien.

Elle se dirigea jusqu'à la fenêtre pour vérifier si quelqu'un pouvait la voir. La salle de bains principale donnait sur le jardin. En dehors des cours voisines, seuls les arbres et l'herbe lui faisaient face. Elle resta plantée là, déboutonnant lentement sa veste de tailleur en regardant l'immense jardin. Les traces de pelle et l'herbe piétinée remontaient jusqu'à la clôture délabrée. Quelle atteinte à la vie privée ! Elle savait qu'elle ne devait pas se sentir lésée, car elle ne se sentait pas encore chez elle, mais elle était plus outrée pour Nan.

Pourtant, elle savait que sa grand-mère s'en fichait. Pour elle, c'était fini, et elle ne reviendrait pas à la maison. Point final.

Alors que Doreen regardait la lumière du soir par-dessus son épaule, quelque chose scintilla. Ça clignotait et brillait, comme si quelque chose de métallique, comme un miroir, avait bougé. Elle fronça les sourcils et se cacha derrière les rideaux. Y avait-il quelqu'un dehors ?

Évidemment, il y avait des gens dehors. Des curieux avaient regardé les événements se dérouler toute la soirée. Les flics étaient partis, cela signifiait-il que les badauds aussi ?

Elle n'avait aucun vis-à-vis à l'arrière de sa maison. Elle aurait dû avoir une totale intimité ici. Mis à part ce scintillement dans la nuit.

En levant les yeux, elle vit la lune se lever sur la gauche, envoyant un rayon de lumière lunaire dans le jardin. Eh bien, cela expliquait le clignotement, mais qu'est-ce que le clair de lune touchait ? Elle envisagea de sortir pour regarder, mais elle savait qu'elle ne pourrait rien voir dans le noir. Nan avait-elle une lampe de poche parmi toutes les affaires rangées dans cette maison ?

Le sommeil échapperait à Doreen tant que cette chose brillante serait à l'extérieur. Elle ne savait pas si c'était important ou un simple déchet. Et si ça avait quelque chose à voir avec le meurtre ?

C'était la maison de Nan, peu importe ce qu'elle pensait, disait ou faisait, et Doreen devait faire ce qu'elle pouvait pour la protéger. Avec un gémissement, elle boutonna à nouveau sa veste de tailleur et retourna en bas, avant d'enfoncer ses pieds dans les chaussures de Nan. Elle fouilla les tiroirs de la cuisine jusqu'à ce qu'elle trouve une lampe de poche, puis elle sortit.

Accompagnée de Goliath et Mugs qui étaient tout excités, elle ouvrit la porte arrière pour que les animaux puissent aller et venir à leur guise, puis elle sortit. Elle descendit les marches de la véranda, contournant avec précaution l'énorme trou que la police avait laissé, et se dirigea vers la zone où elle avait vu la lumière scintiller. Thaddeus s'envola, rejoignant le trio, et se posa sur son épaule. Elle le caressa, plus touchée qu'elle ne l'aurait pensé.

— Thaddeus est là. Thaddeus est là, roucoula-t-il contre sa joue.

Et elle était si reconnaissante de ne pas être totalement seule dans cette maison.

Avec les animaux à ses côtés, la lampe de poche lui offrant une visibilité limitée, elle se fraya lentement un chemin dans le jardin. Se basant sur les points de repère qu'elle avait mémorisés en regardant par la fenêtre de l'étage, elle se concentra sur la grande fenêtre de la salle de bains principale, et évalua l'endroit où elle trouverait la chose brillante. Elle braqua la lampe de poche autour d'elle mais ne vit rien. Elle parcourut la zone pendant dix bonnes minutes mais ne réussit pas à le localiser.

— Eh bien, Goliath, tu es celui qui a apporté le doigt à l'intérieur. Peux-tu trouver cette autre chose ? Et toi, Thaddeus ? Peux-tu trouver ce qui brille ?

Peut-être que son espèce était attirée par les choses brillantes. Ou c'étaient les pies qui volaient les objets brillants ? Les corbeaux ? Elle secoua la tête, n'ayant aucune réponse à ses propres questions.

— Et toi, Mugs ? Que dirais-tu de fouiller partout et de déterrer des trucs ? Ce n'est pas pour ça que tu voulais un jardin à toi ?

Elle savait qu'elle parlait à voix haute pour se concentrer sur la raison de sa présence ici. Dans l'obscurité. Près d'une tombe vide.

Mugs s'était vu refuser l'accès au jardin de la grande maison où ils vivaient. Il avait son propre petit parcours pour chien où les gens nettoyaient derrière lui tous les jours. Mais maintenant il avait un vrai jardin, où il pouvait se rouler dans la terre. Elle savait qu'il serait beaucoup plus heureux ici. Tout comme elle.

Elle s'arrêta, évalua à nouveau l'angle en haut où elle s'était trouvée et bougea d'environ deux mètres. Alors qu'elle avançait, Mugs plongea dans l'herbe devant elle. Elle était assez haute et assez profonde pour qu'elle soit presque fendue et aplatie en deux sous son poids. Doreen dirigea la lumière pour voir ce qu'il avait trouvé. Et, bien sûr, il y avait quelque chose dans sa gueule. Elle attrapa son collier pour qu'il ne s'enfuie pas avec. Elle en avait eu plus qu'assez tout à l'heure avec l'os. Elle braqua la lampe de poche sur ce qui était dans sa gueule, et c'était bien du métal. C'était un petit morceau plat. Mais Mugs ne le laisserait pas tomber facilement.

Elle trouva un bâton et fit un échange.

À contrecœur, il accepta le bâton. Elle fixa le métal et se demanda ce que c'était. Probablement rien d'autre qu'un déchet. Elle vérifia l'endroit où il se trouvait, et elle trouva le reste tandis que le chien mâchait joyeusement le bâton à côté d'elle, le chat errait dans le jardin et Thaddeus regardait par-dessus son épaule.

C'était une petite boîte métallique à moitié enterrée. Elle ne savait pas si elle avait été déracinée par la police, si l'un des volontaires l'avait trouvée, ou si elle reposait là depuis des décennies. Elle creusa autour et la sortit de son emplacement étonnamment profond, réalisant qu'elle était dans la même position depuis longtemps. Il n'y avait rien à l'intérieur de la boîte métallique, mais en la retirant, elle trouva quelque chose en dessous. Petit à petit, elle gratta plus de terre et d'herbe, puis atteignit l'intérieur du trou. Et ce qu'elle en sortit lui glaça le sang.

— Meurtre dans le jardin. Meurtre dans le jardin, cancana Thaddeus dans son oreille.

Chapitre 11

— MACK ? Caporal Mack Moreau ? dit-elle dans le téléphone.

Doreen se frotta le front avec une main et fixa l'objet qu'elle avait apporté dans la maison.

— Oui, Mack à l'appareil. Qui est-ce ?

— C'est Doreen, répondit-elle en levant les yeux au ciel.

— Doreen ? demanda-t-il prudemment.

— Vous vous souvenez de la folle avec l'oiseau, le chien, le chat et le cadavre dans le jardin ?

Il y eut un silence total avant qu'il ne dise, sur un ton beaucoup plus chaleureux :

— Oui ! Que puis-je faire pour vous ?

— J'ai trouvé quelque chose dans le jardin. Honnêtement, je ne cherchais rien du tout. Je n'essayais pas d'interférer dans l'enquête. Mais je me préparais à aller au lit, et j'ai vu quelque chose briller dans l'angle au fond du jardin. Je suppose que le clair de lune a touché le métal. Bref, on est sortis tous les quatre, et j'ai trouvé une boîte métallique. On dirait qu'elle a été déterrée pendant que tout le monde cherchait, mais à mon avis, personne ne l'a vue parce qu'elle était couverte de terre.

— Et qu'y avait-il dans la boîte ?

— Rien, répondit-elle. Mais une bouteille d'arsenic était enterrée en dessous.

— Quoi ? renchérit-il d'une voix désormais professionnelle. Dites-moi que vous l'avez laissée dans le jardin.

— Oups, déclara-t-elle en plein milieu du silence grandissant.

— J'aurais dû m'en douter. Vous avez tout ramené à l'intérieur ?

— Non, juste la bouteille d'arsenic. Mais elle a l'air vide, ajouta-t-elle à la hâte. Honnêtement, je ne voulais pas la laisser dehors. Et si un animal s'en emparait ?

Elle pouvait presque le voir prêt à s'arracher les cheveux de sa tête. C'était de très beaux cheveux. Elle ne voulait vraiment pas qu'il les arrache. Mais elle comprenait que son manque de self-control soit un peu frustrant.

— Comprenez-moi. C'est ma propriété, et cela reflète la réputation de Nan, donc je me sens un peu responsable de ce qui se passe ici.

— Où est l'arsenic à présent, Doreen ?

— Devant moi, répondit-elle. Sur le comptoir de la cuisine.

— J'arrive tout de suite.

— Non, vous n'êtes pas…

Mais c'était trop tard. Le téléphone sonnait dans le vide.

— Merveilleux, dit-elle en baissant le regard sur ses vêtements. Et ma douche devra attendre. Encore.

Pas moyen d'échapper à cette visite. Elle l'avait appelé, et il fallait qu'elle aille jusqu'au bout. Elle se dirigea vers la porte d'entrée, l'ouvrit pour laisser entrer l'air du soir et s'installa sur le porche, en attendant que Mack arrive.

Elle était reconnaissante qu'à cette heure du soir, les voisins aient perdu tout intérêt pour sa maison. Pour la première fois, elle put voir la beauté de la petite impasse avec sa ribambelle de petites maisons. Tout le monde prenait soin de son jardin. C'étaient de grandes propriétés. Personne n'avait de vis-à-vis. Il y avait beaucoup de choses à dire sur cet endroit. Elle aimerait en voir davantage en allant rendre visite à Nan tous les jours en ville, ou plus. Elle ne savait juste que penser de cette histoire de commérage.

Ou du cadavre.

Bien sûr, si elle n'avait pas été sur la scène du crime, tout se serait peut-être bien passé. Elle était assise avec Goliath dans ses bras, Thaddeus qui faisait des allers-retours sur la balustrade du porche et Mugs dormant à ses pieds, jusqu'à ce qu'elle voie des phares arriver. Une voiture remonta son allée et s'arrêta.

Mack en sortit avant de s'approcher d'elle.

— Vous allez bien ?

— Je suis épuisée, répondit-elle en haussant les épaules. J'aimerais vraiment en finir avec tout ça.

Elle se leva lentement, et lui tendit Goliath.

— L'arsenic est à l'intérieur.

Elle lui montra le chemin.

Le chat ne semblait pas se soucier d'être passé dans les bras du grand homme. Et ce dernier non plus. Elle observa Mack caler le gros chat contre lui avant de la suivre.

C'était un type bien. Son mari aurait reculé avant que le chat ne touche son costume. Il aurait lancé à Doreen un regard horrifié, comme si elle avait essayé de le tuer. Il détestait les chats. Apparemment, ce n'était pas le cas de Mack. Et elle faisait confiance à Goliath pour reconnaître un homme bon quand il en voyait un. Bien qu'elle n'ait aucune idée de l'endroit où elle avait entendu ce conte de vieille femme sur les chats capables de discerner cela. Jusqu'à présent, Goliath n'avait pas été en contact avec beaucoup de gens. Mais qu'en savait-elle ? Elle était propriétaire d'un chat depuis moins d'une demi-journée. Et il s'était passé tellement de choses durant cette période qu'elle n'avait pas pu observer la réaction de Goliath face à différentes personnes.

Dans la cuisine, elle montra la bouteille du doigt. Mack la regarda.

— Je suppose que vous ne portiez pas de gants quand vous l'avez ramassée.

— Non, je n'y ai pas pensé, admit-elle en grimaçant et en secouant la tête.

— Lavez-vous bien les mains, dit-il en la dirigeant vers l'évier.

Elle ouvrit immédiatement l'eau et se savonna, tout en se reprochant de ne pas y avoir pensé avant. Elle aurait pu empoisonner ses animaux de compagnie.

— Je l'ai caressé, annonça Doreen en regardant Goliath.

— Quand vous aurez fini, prenez la brosse et brossez-le bien. Il y a plus de chances qu'il aille bien que l'inverse, mais inutile de prendre le risque. Ensuite, je veux que vous me montriez où vous l'avez trouvée dans le jardin.

Elle attrapa le torchon, se sécha rapidement les mains, et se dirigea vers le placard des animaux où elle avait vu une brosse avec la nourriture pour chats. À tour de rôle, Mack et Doreen firent croire à Goliath qu'il était de la famille royale. Ils réussirent à lui enlever une bonne couche de fourrure.

Une fois cela fait, elle le prit dans ses bras et le jeta sur son épaule pour le porter comme un bébé. À nouveau équipée de sa lampe de poche, elle alla en direction de l'angle le plus éloigné du jardin. Il lui fallut un moment pour retrouver l'endroit exact. Elle dut se retourner plusieurs fois vers la fenêtre de la salle de bains principale.

— Là, finit-elle par dire en pointant la zone du doigt.

Elle braqua la lumière sur le couvercle en métal qu'elle et Mugs avaient découvert. Bien sûr, Goliath était assis juste à côté de l'endroit qu'elle cherchait. Était-ce intentionnel ? Ou une coïncidence. Elle lui lança un regard suspicieux mais il se contenta de la fixer.

Mack s'approcha, sortit des gants de sa poche arrière, les enfila et s'accroupit à côté du couvercle. Le chien reniflait le sol à ses côtés. Le caporal se gratta doucement la nuque en étudiant la boîte.

— Avez-vous déplacé quelque chose ?

— Juste la boîte et la bouteille. La boîte en métal était sur la bouteille, dit-elle. Je pense que le couvercle a attrapé le clair de lune et a scintillé, ce qui a attiré mon attention. Quand j'ai réalisé que c'était une boîte, j'ai soulevé le couvercle. Mais la boîte était vide. Alors je l'ai déterrée, puis j'ai trouvé l'arsenic.

Elle éclaira la zone avant de s'écrier doucement :

— Oh, mon Dieu ! Ce sont des azalées.

Il se retourna pour lui faire face.

— Je parie que vous êtes horticultrice.

— J'aimerais bien. Jusqu'à présent, je n'ai fait qu'employer des jardiniers.

Il lui lança un regard interrogateur, et elle haussa les épaules en retour.

— Que puis-je dire ? Mon futur ex était extrêmement riche. Je n'avais le droit de toucher à rien, y compris de couper des fleurs du jardin pour les vases de la maison.

— Un monde différent, dit-il en secouant la tête.

— Un monde très différent.

Il souleva le couvercle, le vérifia, et n'y trouva rien. Il

souleva ensuite la boîte métallique. Il l'examina et encore une fois ne vit rien. Il fit le tour avec sa lampe de poche et regarda de plus près l'endroit où se trouvait le contenant.

— Je vais prendre la boîte et le couvercle avec moi. Je doute qu'il y ait des empreintes dessus, à part les vôtres, déclara-t-il en la regardant avec insistance.

Elle lui fit un demi-sourire d'excuse.

— Je ne suis vraiment pas au courant de toutes ces choses. Je ne sais pas exactement ce que je suis censée faire quand je trouve des choses comme du poison dans mon jardin.

Il acquiesça avant de ramasser les éléments, puis se redressa.

— Dans la matinée, je reviendrai jeter un autre coup d'œil. Je vous suis jusqu'à la maison.

Ramassant à nouveau Goliath, qui semblait tout à fait satisfait d'être porté, elle ouvrit la voie à Mugs et Mack jusqu'à chez elle. Thaddeus à leurs côtés, ce dernier n'arrivait pas à choisir entre voler et marcher.

Quand ils arrivèrent devant la grande tombe vide, Thaddeus se réveilla.

— Meurtre dans le jardin. Meurtre dans le jardin.

Mack s'esclaffa.

— C'est vous qui lui avez appris ça ?

Elle lança à Mack un regard qui en disait long.

— Vous croyez vraiment que j'ai envie qu'il répète ça ? s'enquit-elle en secouant la tête. Il a dit ça quand on a trouvé l'arsenic.

— Intéressant, déclara Mack en étudiant le volatile. J'aimerais bien savoir où il a appris ça.

— Je ne sais pas grand-chose de lui, admit-elle, puis elle réfléchit aux mots du caporal. Vous ne pensez pas réellement que quelqu'un lui a appris ça, si ?

— J'en doute. Pourquoi quelqu'un prendrait-il cette peine ? Ce n'est pas quelque chose qu'on a envie d'entendre son oiseau dire aux gens. Ils commenceraient à se demander s'il dit la vérité. Le corps est dans le jardin. Le corps est dans le jardin, finit-il en se moquant de l'oiseau.

Elle s'arrêta, et regarda Mack.

— En fait, c'est ce qu'il a dit quand on a trouvé le doigt. Corps dans le jardin. Maintenant il dit : « Meurtre dans le jardin ».

— Un oiseau intelligent.

— Pourquoi ?

— Parce que la progression des événements reflète ce qu'il dit. D'abord, c'était un corps dans le jardin. Mais maintenant, c'est la preuve d'un meurtre dans le jardin.

— Vous dites que cet homme a été assassiné… ? Bien sûr que oui !

Elle se sentait un peu mal à l'aise face à cette idée. Elle n'avait pas vraiment considéré ça comme un vrai meurtre. Un véritable meurtre.

— Je sais que j'ai dit que c'était un meurtre et que j'ai même posé des questions sur les meurtriers qui observaient la foule, mais la réalité de cet événement vient juste de m'apparaître.

Elle avait supposé, du haut de son existence agréable, facile et sûre, qu'il était mort de causes naturelles et que quelqu'un l'avait peut-être enterré. Non, ça n'avait vraiment aucun sens. Elle était tellement idiote. Pourquoi n'avait-elle pas sauté à cette conclusion immédiatement ?

Elle retourna dans la cuisine en fronçant les sourcils.

— Désolée, marmonna-t-elle. Ça ne m'a jamais traversé l'esprit. Je suppose que je suis peut-être encore sous le choc de tout ce bazar.

— Ne vous inquiétez pas pour ça. Nous n'avons pas encore de détails à ce sujet. Mais je doute fortement qu'il ait trouvé la mort de manière naturelle.

— Eh bien, c'est possible. Et s'il s'était effondré et avait eu une crise cardiaque ?

— Alors pourquoi l'enterrer ? Pourquoi ne pas appeler une ambulance pour transporter le corps ?

Elle le regarda fixement et secoua la tête.

— Je ne sais pas. Je n'arrive pas à trouver un scénario qui tienne debout.

— Exactement, ce qui signifie généralement que c'est un meurtre.

— Mais je n'arrive pas non plus à trouver une raison pour laquelle quelqu'un aurait enterré le corps si peu profondément et si près de la maison avec les animaux tout autour.

— En général, c'est une question de rapidité. Un accident se produit, ou une dispute devient incontrôlable. Quelqu'un tue quelqu'un et doit se débarrasser du corps très vite. Ou peut-être qu'ils ne pouvaient pas déplacer le corps très loin. Si on y pense, la tombe était juste en bas des marches.

— Ce qui est un endroit stupide pour mettre un corps.

— Disons qu'un jardin était déjà là.

Elle fronça les sourcils dans sa direction.

— Eh bien, les flics ont sorti des bulbes de bégonias. Normalement, ils poussent au printemps. Le mois d'avril est anormalement chaud pour la saison, mais il est encore trop tôt pour que les bégonias montrent plus que des pousses. Et, selon le climat, on peut les laisser dans le jardin. Bien qu'ils doivent être isolés dans les climats froids ou mieux encore, ils sont arrachés et replantés après le réchauffement du sol.

— Donc, le jardin est probablement fraîchement retourné, avec des bulbes qui soulèvent la terre en dessous, ce qui permet de creuser facilement, expliqua-t-il avant de s'éclaircir la gorge. Et bien sûr, il y a la nouvelle terrasse au-dessus…

Elle le regarda avec méfiance. Si quelqu'un disait quoi que ce soit à l'encontre de Nan, Doreen ne le laisserait pas faire.

— Je n'aime pas ce que vous insinuez, que ça pourrait être l'œuvre de Nan.

— Pourquoi est-ce que j'insinuerais que c'est Nan ? s'enquit-il en haussant les sourcils.

— C'est sa maison. C'est son jardin. C'est une femme petite et vieillissante qui ne pouvait pas tirer le corps très loin.

Il hocha sobrement la tête.

— Et, dans ce cas, vous auriez tout à fait raison. Cependant, cela convient aussi à d'autres personnes.

— Comme qui ?

Il lui lança un sourire sinistre avant de dire :

— Il y a bien quelqu'un d'autre. Elle se tient juste en face de moi. Elle aurait pu venir il y a plusieurs jours et faire ça. Elle n'est pas très forte, mais elle est certainement déterminée.

Chapitre 12

Jour 2, jeudi

DOREEN SE REVEILLA le lendemain matin avec un mal de dos, au son pas très musical des ressorts du lit. Mugs avait élu domicile au bout, près de ses pieds. Goliath s'était accaparé l'autre moitié du lit. Et, oui, Thaddeus semblait roupiller sur la vieille balustrade métallique à ses pieds. Et chaque fois qu'elle tournait, les ressorts du lit grinçaient.

— Je ne sais pas combien de temps je vais pouvoir vivre avec ce lit bruyant et tortueux. Il n'est pas propice au sommeil. Mais acheter un nouveau lit ne sera pas possible pendant un certain temps.

Elle fixa le vieux plafond et pensa que, même s'il faudrait beaucoup de temps, d'efforts et d'argent pour réparer la maison, c'était un cadeau au moment opportun. C'était très différent de ce qu'elle avait vécu, mais elle lui appartenait à elle seule. Cela lui procurait un sentiment de paix et de sécurité.

Avec une prise de conscience difficile, elle repensa aux années où elle avait dépensé de l'argent aveuglément parce qu'elle en avait toujours à disposition. Il était… là. Elle avait acheté des bijoux, des vêtements et des bibelots pour la maison, et elle n'avait jamais pensé à économiser. Quand elle s'était mariée, elle avait cru à l'éternité. Et, bien sûr, elle avait voulu divorcer plusieurs fois. Mais elle n'avait jamais pensé qu'elle serait remplacée. Comment cela pouvait-il être juste ? Ou légal ?

Elle était mariée depuis quatorze ans. Pendant cette période, il avait développé son entreprise, avec son aide en tant que maîtresse de maison pour tous ses événements mondains. Elle n'avait pas l'intention d'arnaquer son mari, mais elle voulait une compensation pour toutes ces années où elle avait investi son temps et ses efforts dans ses affaires. Mais, selon son avocate, Doreen n'avait droit à rien de ce qui lui appartenait, y compris la maison, les voitures et les comptes bancaires. La seule raison pour laquelle elle avait la Honda était parce qu'il s'agissait de sa voiture personnelle avant leur mariage, et elle avait convaincu son mari de la garder, ne serait-ce que pour l'avoir sous la main afin que la gouvernante puisse se rendre à l'épicerie.

Doreen était donc allongée ici, dans l'impossibilité de se payer un nouveau lit, alors que lui avait toute la maison, et tout ce qu'elle contenait, pour lui tout seul. Enfin, lui et son nouveau bras droit, l'avocate de Doreen.

Celle-ci avait gardé une chose de son mariage. Son âme de survivante.

Bien sûr, elle avait été la plus stupide en signant les papiers du divorce, mais elle ne l'avait réalisé qu'après coup, quand il était trop tard. Mais l'était-ce vraiment ? Elle y reviendrait plus tard.

Une crise à la fois, s'il vous plaît.

Elle tira les couvertures, sauta hors du lit et se dirigea vers la salle de bains. Une fois de plus, elle s'arrêta sur le seuil de la porte et sourit. Non seulement elle avait son âme, mais elle avait aussi cette salle de bains. Et c'était une des pièces de la maison qui avait de l'importance. Elle dansa en entrant à l'intérieur et fit couler l'eau de la douche, ravie de sentir de l'eau chaude presque instantanément avec une pression abondante.

Après un gommage vigoureux et plusieurs shampooings, elle se sentait presque propre à nouveau. Entre le cadavre et la fouille des mauvaises herbes, elle était sûre d'avoir ramené une bonne dose de saleté. Elle aurait aimé blâmer les animaux. Mais elle n'avait pas cessé d'entrer et de sortir elle aussi.

De retour dans sa chambre, elle ouvrit sa plus grosse valise, à la recherche d'un pantalon qu'elle pourrait porter à la maison. Elle n'avait aucune idée de ce qu'elle était censée faire avec tous ses vêtements coûteux. Ses chaussures de marque. L'idée de les porter un jour ici était hautement improbable. Pourrait-elle les vendre ? Elle savait que c'était une idée stupide. Mais elle était prête à tout pour s'offrir un nouveau lit.

Une fois de plus, les animaux l'attendaient alors qu'elle se dirigeait, maintenant habillée, vers la cuisine pour tenter de faire du café. Tandis qu'il coulait, elle nourrit les animaux. Au moins, leur nourriture leur durerait un certain temps. Puis elle se concentra sur elle-même, parce qu'après tout, le dîner avait été maigre, et ce n'était pas mieux ce matin.

Avec une tasse de café frais, elle ouvrit le réfrigérateur, un autre objet archaïque. Elle avait du mal à croire qu'il fonctionnait encore. Elle en avait vu dans de vieux films, mais n'avait jamais imaginé qu'ils seraient encore utilisés dans les foyers aujourd'hui. Il était vide, à l'exception d'une boîte de bicarbonate de soude. Elle ne comprenait pas ce qu'elle faisait là. Le freezer au-dessus était également vide.

Nan avait donc utilisé, donné ou jeté toutes les denrées périssables avant de partir, et c'était probablement une très bonne chose. Mais cela signifiait aussi que Doreen devait faire les courses. Elle rassembla tout ce qui restait de son voyage sur la table — quelques fruits secs et des noix. Ce serait son petit déjeuner, de toute évidence.

Dès qu'elle eut fini de manger, elle prit son sac à main, versa le dernier café dans sa tasse de voyage et se dirigea vers sa voiture.

En ouvrant la porte d'entrée, elle fut surprise de voir une femme plus âgée, une main en l'air, prête à frapper.

Les deux femmes se regardèrent avec surprise avant que Doreen ne se reprenne.

— Bonjour, comment puis-je vous aider ?

La femme plus âgée sourit.

— Je suis Ella, votre voisine, déclara-t-elle avant de se retourner pour désigner la maison à l'extrême droite du cul-de-sac. Je voulais juste vous dire bonjour et vous souhaiter la bienvenue dans le quartier. Ça a été un peu dur pour vous, alors je voulais vous faire savoir que nous ne sommes pas tous des fouineurs.

Comme c'était charmant. Doreen rayonnait face au premier véritable accueil qu'elle recevait.

— Merci beaucoup. Vous avez raison. La journée d'hier a été un peu dure, mais aujourd'hui est un nouveau jour.

Ella éclata de rire.

— Je vois que vous sortez, dit-elle en montrant la tasse de voyage dans les mains de Doreen tout en reculant sur les marches du porche. Alors n'hésitez pas à passer dire bonjour un jour. Nous prendrons une tasse de thé ensemble.

Elle descendit les dernières marches, la salua et rentra chez elle, laissant Doreen fixer sa voisine, tout en se demandant si elle n'aurait pas dû changer ses plans et rendre visite à cette femme. Mais le moment était passé. Haussant les épaules, elle monta dans la voiture. Nan avait dit qu'une épicerie était juste en bas de la rue. Au moins, Doreen pourrait vivre de pain et de beurre de cacahuète pendant un moment. Le beurre de cacahuète était un souvenir de son enfance. Elle n'avait jamais été autorisée à en manger pendant son mariage. Comme tant d'autres choses.

Elle détestait laisser tous les animaux à l'intérieur de la maison. De plus, elle s'attendait à ce que les flics reviennent, mais elle devait partir avant qu'ils ne la bloquent à nouveau.

Elle descendit Lakeshore Road, ignorant les nombreuses personnes qui promenaient leurs animaux et la dévisageaient. Quelques rues plus loin, elle arriva à une épicerie. Elle se gara sur une place de parking, sortit de sa voiture, prit un chariot et pénétra dans le magasin. Maintenant, elle devait entrer dans ce cauchemar alimentaire. Si elle savait cuisiner, ce serait une autre histoire, mais il y avait des chances qu'elle brûle tout. Bien que le café de ce matin avait le goût de café, ce qui était une énorme amélioration.

Elle ne comprenait toujours pas le mystère des épiceries. Elle avait compris que les aliments frais étaient censés se trouver dans le périmètre extérieur, et que les aliments qu'elle devait éviter se trouvaient à l'intérieur du magasin. Pourquoi vendraient-ils de la nourriture que vous êtes censé éviter ? Et pourquoi la mettre au milieu du magasin, exactement là où tout le monde va ? Son mari avait été un fana de produits frais, et c'était génial, car elle s'était évidemment souvenue de certaines de ses divagations. Elle se promena dans les allées du magasin, cherchant à savoir ce qu'elle pouvait acheter avec un budget encore plus restreint que les limites de la ville.

Elle rassembla rapidement des légumes frais, des épinards et du chou frisé. Peut-être qu'elle pourrait reprendre ses smoothies dans sa routine. Elle ne savait pas si Nan avait un mixeur. Chercher un mixeur dans un magasin d'occasion serait un bon début. Peut-être qu'elle pourrait trouver une théière aussi. Elle continua à parcourir les rayons frais, prit quelques fruits et se dirigea vers le rayon viande. C'est là que le mystère de la cuisine commença. Rien n'avait de sens pour elle. Mais elle avait aussi besoin de manger des protéines.

Lorsqu'elle eut fini ses courses, elle était confuse, fatiguée et frustrée. Mais elle poussa son petit chariot jusqu'à la caisse. L'employée, Cherry, d'après son badge, la regarda avec des yeux écarquillés, puis ferma la bouche et scanna les produits. Doreen supposa que Cherry avait dû entendre parler du cadavre.

Évidemment. Doreen inséra sa carte prépayée dans le lecteur de carte et tapa son code de sécurité pour accéder à ses fonds restants, et poussa un soupir de soulagement lorsque la transaction fut approuvée. Elle avait économisé la plupart de sa « pension », puis avait acheté une carte prépayée avant de faire les cinq heures de route pour venir ici. Elle ne voulait pas avoir d'argent liquide sur elle lorsqu'elle voyageait seule, et elle pensait que la carte prépayée était plus sûre, de plus elle était assurée contre le vol.

Mais elle avait besoin de vérifier son solde. Elle avait peur de regarder et voir le peu qu'il restait, mais, en même temps, elle avait besoin de connaître le chiffre exact. Elle soupira et décida de vérifier le solde une fois rentrée chez elle.

Tout aussi silencieusement, elle prit ses sacs et les mit dans le chariot. Elle remercia l'employée avec un sourire poli avant de pousser le chariot jusqu'à sa voiture. C'était un tel soulagement de retrouver l'air frais et le soleil et de ne pas avoir à s'inquiéter que quelqu'un dise quoi que ce soit. En y réfléchissant, elle constata que personne ne lui adressait la parole, comme si une conspiration du silence en ville était la meilleure solution.

Quand elle s'engagea dans son allée, deux véhicules banalisés étaient déjà garés sur le trottoir. Il devait s'agir des policiers qui travaillaient dans le jardin. Elle ouvrit son coffre, sortit ses sacs et se dirigea vers la maison. Mugs aboya sur-le-champ.

— Mugs, c'est bon. C'est juste moi.

Le chien n'écouta pas et aboya de nouveau. Elle ne pouvait pas lui en vouloir, étant donné que des étrangers se trouvaient dans la rue et dans le jardin. Elle déverrouilla la porte d'entrée, laissa le chien courir à l'extérieur pour s'assurer qu'il n'y avait rien et porta les sacs dans la cuisine. Posant tout sur la table, elle revint pour fermer la porte d'entrée. Puis elle retira son pull avant de l'abandonner sur le dossier du canapé. Elle déposa son sac à main sur la table de la cuisine, à côté des provisions, et ouvrit la porte de l'arrière-cuisine afin de sortir et voir ce qui se passait. Mugs fonça devant elle.

En effet, quatre hommes se trouvaient dans le jardin où elle avait trouvé l'arsenic la nuit dernière. Elle reconnut Mack, qui leva une main en signe de salutation. À côté de lui, elle salua Chester et Arnold d'un signe de la main et retourna dans la maison. Elle se tenait juste derrière la porte et se demanda à voix haute :

— Dois-je faire du café ? Ou du thé ? J'aurais préparé des biscuits si j'avais été à la maison.

Elle fronça les sourcils, et regarda par la fenêtre de la cuisine.

Elle avait été forcée à apprendre beaucoup de règles de savoir-vivre lorsqu'elle s'était mariée, car elles étaient différentes de celles des femmes célibataires, selon sa mère arrogante et son mari autoritaire. Il avait fallu une éternité avant que tout cela ne vienne naturellement à Doreen, mais cela avait fini par arriver. Suite à sa séparation, ce fut l'une des premières choses dont elle avait cessé de se soucier.

Jusqu'à ce qu'elle déménage ici pour une raison quelconque.

Elle décida qu'il était prudent d'avoir une cafetière pleine si Mack entrait. Au moins elle aurait une tasse prête pour lui. Elle alluma donc la machine pour lancer une deuxième tournée. C'était une petite cafetière après tout, et elle le boirait entièrement elle-même si elle le devait. Elle mit rapidement le café à couler, remplit le réfrigérateur avec les denrées périssables, puis chercha où mettre ses quelques conserves, car les placards étaient déjà pleins.

On frappa à la porte de derrière. Mack remplissait l'ouverture.

— Bonjour, lança-t-elle un sourire radieux sur les lèvres.

— Bonjour. Vous n'étiez pas là quand nous sommes arrivés, alors nous sommes allés directement dans le jardin.

Elle hocha la tête.

— J'avais besoin de faire quelques courses.

Son ton était formel. Même si elle essayait d'être amicale, c'était toujours étrange de voir quelqu'un comme lui faire ce qu'il faisait.

Il hocha la tête, lui aussi de manière formelle.

— Vous avez passé une bonne nuit ?

— En dehors du fait que vous êtes resté ici tard la nuit dernière, et que le lit dans lequel j'ai dormi doit dater du début des années 1900, et qu'à chaque fois que je me retournais, le lit grinçait et rebondissait et me pinçait la colonne vertébrale… expliqua-t-elle avant de lui lancer un sourire en coin. Je vais probablement aller faire une sieste après manger parce que c'était horrible.

— Vous m'en voyez désolé, dit-il en grimaçant. C'est vraiment important d'avoir un bon lit.

— Eh bien, je ne vais pas en avoir un de sitôt, puisque je n'ai pas d'argent pour ce genre de choses.

— Au moins, vous avez un toit, déclara-t-il en haussant les épaules.

Elle le fixa du regard.

— C'est vrai.

— Vous savez… commença Mack.

Les sourcils levés, elle attendit qu'il poursuive.

— Je ne veux pas me mêler de quoi que ce soit, ajouta-t-il.

— Continuez. Je peux au moins écouter ce que vous avez à dire, puis je me ferai mon propre avis. D'accord ?

— Vous pourriez organiser une vente de biens.

— Mais, mais… on ne fait pas ça quand quelqu'un est mort ?

— Appelez ça un vide-maison si ça vous donne bonne conscience. Débarrassez-vous de ce dont Nan ne veut plus et achetez un nouveau lit.

— Hmm.

Elle n'était pas sûre de ce que ce type de vente impliquait, mais c'était une idée. Mais elle n'était pas certaine qu'elle soit bonne. Et est-ce que ça rapporterait assez d'argent pour acheter un lit ?

— Vous pourriez l'organiser sur une journée, un week-end ou même en faire un événement de quartier d'une semaine, où les voisins pourraient se joindre à vous. Cela donnerait à la communauté une nouvelle façon de vous voir après toute cette histoire de meurtre.

Après cette dernière remarque, les sourcils de Doreen se soulevèrent.

— Je ne sais pas, dit-elle lentement. Je vais y réfléchir, mais ça va prendre du temps de trier tout ça. Je dois demander à Nan pour la plupart des meubles.

— Il n'y a pas d'urgence, n'est-ce pas ? s'enquit-il en souriant. Même si je pense que vous aimeriez acheter ce lit le plus tôt possible.

— Merci, Mack, dit-elle avec un hochement de tête.

Thaddeus entra et se dirigea droit vers Mack.

— Thaddeus est là. Thaddeus est là.

Elle sourit à l'oiseau.

— Bonjour, Thaddeus.

Il inclina sa tête sur le côté et leva un œil vers elle. Il sauta sur le comptoir de la cuisine et fit des allers-retours.

— Café. Café. Thaddeus sent le café. Thaddeus sent le café.

— Je n'ai jamais entendu ce mot de sa part, s'exclama Doreen avant de caresser le cou du volatile d'un doigt. Je n'ai vraiment aucune idée de ce que je fais avec lui.

— On dirait que vous vous en sortez très bien.

— Ça prouve que les apparences peuvent être trompeuses, objecta-t-elle, puis se redressa et sourit agréablement à Mack. Vous avez besoin de quelque chose ?

Il hocha la tête.

— C'est pour ça que je suis venu avant qu'on parte.

— Que vous partiez ? interrogea-t-elle en regardant le jardin avant de se rendre compte qu'il était effectivement vide. Oh, bien.

— Vous n'avez pas besoin d'avoir l'air si heureuse.

— Vu ce que j'ai vécu ces dernières vingt-quatre heures, j'en ai besoin. Je veux en finir avec ça, rétorqua-t-elle en désignant le café. Voulez-vous une tasse ? Il est frais.

— J'en prendrais bien une tasse, merci, répondit le caporal, et son visage s'illumina avant de tirer une chaise de cuisine et de s'asseoir à la table. D'ailleurs, j'ai quelques questions à vous poser.

Mince. Elle savait qu'elle n'aurait pas dû être si amicale.

— Des questions sur quoi ? demanda-t-elle en versant deux tasses pleines de café.

— Des questions sur l'homme assassiné.

Chapitre 13

DOREEN REGARDA MACK d'un air choqué.

— Je ne sais pas qui est l'homme assassiné, dit-elle après s'être assise.

— Son nom est James Farley. Il était courtier d'assurances.

— Eh bien, Mack, je ne suis pas du tout surprise qu'un vendeur d'assurance ait été assassiné, murmura-t-elle. Selon mon *presque ex*, ce sont tous des escrocs.

— Eh bien, vous n'êtes presque plus mariés, cingla-t-il. Faites-vous votre propre avis.

Elle plissa les yeux dans sa direction.

— Quelqu'un l'a assassiné. Pourquoi pensez-vous que je saurais quelque chose sur lui ?

— C'est pour ça que je suis là.

Il se mit à lui poser des questions, comme : reconnaissait-elle le nom de l'homme ? Connaissait-elle sa famille ? Possédait-elle une assurance ? Aurait-elle pu en souscrire une à ce Farley ? Et Nan ? Était-elle assurée ?

Les réponses étaient faciles, puisqu'elle ne savait rien de l'homme mort ou sur les assurances. Elle ne savait pas non plus si Nan connaissait la famille du défunt ou si elle avait souscrit une assurance auprès de lui.

— Vous allez devoir demander à Nan.

Quand il eut fini, elle croisa les bras et s'affaissa sur sa chaise.

— Vous m'avez dit qui il était. Ça ne change rien, je ne le connais pas.

— Avez-vous vu des lettres de Nan dans la maison avec le nom de cet homme ?

Elle secoua la tête.

— J'ai été légèrement occupée au cours des vingt dernières heures que j'ai passées depuis mon arrivée ici, alors vous devez poser ces questions à Nan.

Il hocha la tête et se leva.

— C'est ma prochaine destination.

Il se dirigea vers la porte d'entrée, et elle le suivit.

— Ne contrariez pas Nan une fois là-bas, déclara-t-elle. La dernière chose dont j'ai envie, c'est qu'elle fasse une crise cardiaque à cause de tout ça.

— Je ne ferai rien qui la contrarie si je n'y suis pas obligé. Cependant, nous devons trouver qui a tué cet homme.

Cela dit, il disparut.

Il n'y eut pas de frottement amical du ventre pour Mugs ou de caresse derrière les oreilles pour Goliath. Pas même un coup d'œil à Thaddeus. Professionnel et direct. Quelques questions et il était parti. Mais il avait laissé un froid dans son sillage.

Elle ferma la porte d'entrée derrière lui. Elle savait de quoi ça avait l'air. Mais ça ne changeait rien au fait que ni elle ni Nan n'avaient tué cet homme. Peut-être que quelqu'un savait que la maison était vide et pensait que personne ne le remarquerait, alors il ou elle a délibérément placé le corps ici pour incriminer Nan ou Doreen. Ou comme une mesure temporaire jusqu'à ce que cette personne puisse le déplacer à nouveau mais… Berk. Sans parler du fait que la terrasse au-dessus du corps avait l'air plutôt définitive.

Dans tous les cas, c'était mauvais signe. Nan était une personne merveilleuse, et elle n'avait pas besoin de ça. Et cela signifiait que quelqu'un devait trouver les bonnes réponses. Pas seulement les réponses qui serviraient à monter un dossier pour la police. Parce que, si cette affaire se refermait autour de Nan, alors la conclusion était fausse. Quelqu'un devait les remettre sur le droit chemin. Ce quelqu'un serait Doreen.

Nan avait fait beaucoup pour sa petite-fille au cours de ces derniers mois difficiles, et c'était sans compter toutes les fois où elle avait été là pour Doreen au fil des ans. Le moins qu'elle pouvait faire était de lui rendre la pareille. Elle trouverait qui avait tué cet homme. Elle retroussa ses manches imaginaires et se précipita dans la cuisine.

Elle se servit une tasse de café et s'installa sur la véranda arrière, réfléchissant à ce qu'il fallait faire pour blanchir le nom de Nan. Elle étudia la proximité de sa maison et de son jardin par rapport à ceux des voisins, tout en se demandant si elle devait leur parler. Peut-être avaient-ils vu quelque chose entre le moment où Nan avait déménagé à Rosemoor et celui où Doreen était arrivée la veille.

Mais l'état du jardin distrayait la jardinière en elle. Le jardin de Nan était entièrement clôturé, mais ces clôtures avaient grand besoin d'être réparées, tout comme les jardinets eux-mêmes. Doreen avait beaucoup d'amour à leur donner, mais elle n'était pas sûre de pouvoir réparer la clôture. Cependant, si un marteau et des clous pouvaient faire l'affaire, elle pourrait s'en accommoder. De plus, l'effort physique l'aiderait à se débarrasser d'une partie de son stress croissant.

Mais résoudre le mystère du défunt passait avant le jardinage. Son ordinateur portable était toujours dans son sac à l'étage. Elle retourna à l'intérieur pour le récupérer, l'installa sur la table de la cuisine et chercha James Farley dans un moteur de recherche. Dieu merci, la maison était raccordée à internet. Merci Nan.

Il habitait et travaillait à Kelowna, en Colombie-Britannique, au Canada. Mais il n'était pas originaire de la région de Mission. Ce qui ne faisait pas de lui un étranger. Mission faisait partie des nombreuses municipalités qui s'étaient regroupées et qui, en grandissant, s'étaient transformées en ville. Impossible de garder les zones en croissance séparées, alors elles furent rattachées à la ville de Kelowna.

Farley était employé par une compagnie d'assurance du centre-ville. Il était peut-être temps d'emmener Mugs faire une promenade sur le front de mer et de vérifier où ce type travaillait.

La compagnie d'assurance avait-elle signalé sa disparition ? Ou bien était-il un de ces employés qui voyageaient la plupart du temps et ne se présentaient à l'agence qu'occasionnellement, et la compagnie ne savait pas quand il revenait ? Ils ignoraient encore qu'il avait disparu ?

Incapable de passer à autre chose, elle fit rapidement griller un morceau de pain, puis fit monter Mugs dans la voiture. Elle enferma Thaddeus et Goliath dans la maison, puis monta dans la voiture tandis que l'oiseau et le chat les regardaient depuis la fenêtre du salon, pour se rendre en ville.

La plupart des parkings du centre-ville étaient payants, sauf le week-end. Aujourd'hui, c'était jeudi. Elle se gara donc sur une place gratuite près de la plage, sangla Mugs à sa laisse et se dirigea vers le quartier des affaires. Elle trouva la petite compagnie d'assurance plusieurs pâtés de maisons plus loin, au coin d'une rue. Elle jeta un coup d'œil à l'enseigne de la compagnie inscrite sur la fenêtre du premier étage. Lifelong Insurance, Inc.

— Ça ne lui a pas vraiment réussi, n'est-ce pas ? s'enquit-elle face à Mugs. Il n'a pas dû cotiser longtemps pour son assurance-vie.

Au moment où ces mots sortirent de sa bouche, la porte s'ouvrit et un facteur roux, chauve, et avec plus de taches de rousseur qu'elle n'en avait jamais vu, sortit. Un grand sac sur l'épaule, le courrier à la main, il lui sourit et s'écarta de son chemin.

— Désolé, dit-il joyeusement et, d'un pas enjoué, il descendit du trottoir.

Elle tira la porte, et avec Mugs sur ses talons, ils grimpèrent les marches jusqu'au petit bureau. Lifelong Insurance était sur la droite en haut de l'escalier. Aucune lumière ne semblait être allumée à l'intérieur. Elle tourna la poignée et poussa, mais la porte était verrouillée. Il n'y avait pourtant pas de panneau « Fermé » sur la porte. Elle frappa plusieurs fois, mais il n'y eut pas de réponse. James Farley était-il le propriétaire de Lifelong Insurance ? Était-il le seul employé ?

Avec ces pensées en tête, elle redescendit lentement les escaliers, s'arrêtant au premier palier. Et se retrouva face à face avec Mack, qui était en train de monter.

— Les grands esprits se rencontrent, dit-elle gaiement en souriant.

— Que faites-vous ici ? rétorqua-t-il d'un ton bien moins chaleureux.

— Je voulais voir si je pouvais trouver des réponses moi-même, déclara-t-elle en ressortant le menton. Je ne veux pas que vous pensiez que Nan a quelque chose à voir avec le meurtre de James. Et je sais que je ne suis pas coupable, par conséquent, quelqu'un d'autre a commis ce meurtre.

— Vous arrêtez ça tout de suite. Je ne veux pas que vous fouiniez, ou que vous posiez des questions, cingla Mack d'un ton sans équivoque. Vous laissez la police faire.

Elle avait perfectionné son regard vitreux il y a longtemps. Mais cela ne semblait avoir aucun effet sur lui. Elle abandonna et sourit gentiment à la place. Nan avait toujours dit qu'on n'attrapait pas les mouches avec du vinaigre.

— Évidemment, je ne veux pas marcher sur vos plates-bandes. Je voulais juste savoir où Farley travaillait, expliqua-t-elle en regardant la porte à l'étage derrière elle. C'est sa propre entreprise, n'est-ce pas ?

— Oui, c'est le propriétaire et le gérant de Lifelong Insurance, déclara Mack en hochant la tête.

— D'accord.

Elle était heureuse de le découvrir par elle-même.

— Amusez-vous bien, s'exclama-t-elle avant de lui lancer un sourire éclatant.

Il avait certainement le droit d'entrer dans le bureau, même s'il était verrouillé et vacant. Elle le regarda monter les escaliers, déverrouiller la porte et entrer dans le bureau de Farley. Incapable de s'en empêcher, elle remonta sur la pointe des pieds et se tint dans l'embrasure de la porte ouverte. Et s'époumona.

Mack se tenait au milieu du bureau détruit et lui jeta un regard noir.

— N'entrez pas ici.

Elle secoua immédiatement la tête.

— Non, promis. Mais regardez ce qu'ils ont fait.

— Ils ? interrogea-t-il, le ton imprégné de suspicion.

Elle le regarda fixement.

— Quoi ? Ce n'est pas moi.

— Ah bon ? C'est drôle, je suis arrivé au moment où vous partiez.

Elle désigna la poignée de la porte.

— Elle était fermée, vous vous souvenez ?

Cette fois, son sourire n'était plus agréable.

— Facile de la verrouiller si vous l'aviez déjà déverrouillée pour entrer.

— Je n'ai rien à voir avec ça.

— Bien. Continuez comme ça, dit-il en faisant un geste de la main pour la chasser de l'embrasure de la porte. J'ai une équipe médico-légale qui va venir ici. Ne touchez à rien, et tenez-vous à l'écart.

Elle recula mais se décida à toucher la porte.

— Qu'est-ce que je viens de dire ?

Elle ramena sa main contre sa poitrine.

— J'ai essayé de l'ouvrir tout à l'heure. Donc mes empreintes seront sur la poignée de porte. Et j'ai frappé, donc les empreintes de mes articulations sont sur la vitre, ajouta-t-elle à la hâte.

Il secoua la tête et lui lança un regard furieux.

— Super. Maintenant vous avez tout gâché avec vos empreintes aussi.

— Je suis désolée, s'excusa-t-elle en grimaçant. Il ne m'est jamais venu à l'esprit qu'essayer de parler à quelqu'un dans une compagnie d'assurance pourrait causer des problèmes.

— C'est parce que vous n'avez pas réfléchi. Tout ce qui concerne James Farley est maintenant du ressort de la police. S'il vous plaît, rentrez chez vous. Laissez la police s'en occuper avant que vos empreintes ne se retrouvent partout et ne puissent être ignorées.

Elle soupira, tourna sur ses talons et descendit lentement les escaliers. Mais il y avait un problème, Mugs ne voulait pas partir. Il fixait le haut de l'escalier, et à moins de le traîner jusqu'en bas, quitter le bureau ne l'intéressait pas. Elle remonta quelques marches en gémissant avant de dire :

— Mugs, qu'est-ce qui ne va pas chez toi ?

— Qu'est-ce qui se passe ? demanda Mack depuis le seuil de la porte.

— Je ne sais pas. C'est ce que je viens de lui demander, expliqua-t-elle avec frustration, en regardant le policier. Il ne veut pas partir.

Mack s'approcha, et d'une humeur complètement opposée à celle du flic froid et irascible de quelques secondes auparavant, il se pencha et gratta Mugs derrière l'oreille. Ce dernier remua la queue, reniflant les chaussures de Mack dans leur totalité. Pendant que le caporal était occupé avec le chien, elle ne leur prêtait pas attention, donc quand Mugs tira sur sa laisse, elle lui échappa des mains et il fila droit entre les jambes de Mack. Dans le bureau d'assurance.

— Oh, non, cria-t-elle. Nous devons l'attraper.

Elle contourna Mack et se précipita dans le bureau.

L'officier était sur ses talons.

Une fois à l'intérieur, elle s'arrêta et scruta autour d'elle. Il n'y avait aucun signe du chien.

— Où est-il ? s'écria-t-elle avant de se tourner vers le sol en ruine et de continuer : Mugs ! Mugs, viens, mon chien. Où es-tu ?

Elle n'obtint aucune réponse.

Mack fouilla les autres pièces, et elle fit de même. Il y avait un petit bureau, un plus grand et un bureau privé qui ressemblait à un autre petit bureau à l'arrière. Le temps qu'ils se dirigent vers les toilettes et la réserve, elle vit que le bureau était plus grand qu'elle ne l'avait imaginé. Elle avait estimé qu'il s'agissait d'une de ces minuscules pièces individuelles à l'aspect miteux avec un toilette. Mais il avait été construit pour contenir cinq à six bureaux.

Cependant, il n'y avait toujours aucun signe de Mugs.

— Où se trouve-t-il ?

Elle entendit un aboiement étouffé dans son dos. Elle se retourna et vit Mugs sous une grande table de réunion, mais avec toutes les chaises alignées autour, elle ne pouvait pas le voir clairement. Elle bougea quelques chaises et trouva Mugs allongé sur son ventre, pantelant. Il y avait un tas de papiers sur le sol devant lui. Elle attrapa sa laisse et tira dessus, mais il ne voulait pas bouger. Il étira son cou en avant et aboya sur les papiers.

— Non, Mugs, ces papiers ne sont pas à toi. Je sais que tu aimes déchirer les papiers, mais tu ne peux pas jouer avec ceux-là.

Au lieu de l'écouter, il se jeta sur une grosse pile, grogna et se replia sous la table. Mack attrapa la laisse et fit sortir Mugs. Mais ce dernier avait déjà la bouche pleine de paperasse.

Doreen lui ouvrit doucement la mâchoire en lui disant :

— Qui est un bon chien, Mugs ? Je te promets que je vais te trouver un journal à la maison. Tu pourras le déchirer.

Il lui lança un de ces regards de chien battu, comme pour dire « J'espère bien ».

— Attendez.

Mack se mit à genoux à côté du chien. En utilisant un point de pression à l'arrière de la mâchoire du chien, Mack força la gueule de Mugs à s'ouvrir, et la pile de papiers tomba. Le caporal les ramassa, mais Doreen avait déjà eu le temps de lire la première page.

— Il y a le nom de Nan dessus.

— Oui, c'est vrai, dit-il en tapotant la tête du chien. Merci, Mugs. C'est une super piste.

Chapitre 14

DOREEN SE RAPPROCHA pour y voir plus clair, mais Mack retira les papiers de sa vue avant de lui lancer un regard noir.

— Enquête policière officielle, vous vous souvenez ?

— Affaire familiale officielle, vous vous souvenez ? rétorqua-t-elle en poussant son menton vers l'avant.

— Vous avez raison, dit-il après avoir gloussé.

Il posa les papiers sur la table, et ensemble ils cherchèrent le nom de Nan.

Doreen tapota sur trois feuilles différentes.

— Celles-ci concernent Nan.

Mack poussa la première sur le côté.

— Ce sont ses antécédents personnels, médicaux, etc. C'est d'usage quand on fait une réclamation d'assurance ou quand on souscrit une couverture d'assurance. On dirait ses notes sur l'histoire familiale de Nan. Votre nom y figure aussi, indiqua-t-il en désignant le centre de la page.

Elle y regarda de plus près, et il y avait son nom. Elle tapa la mention avec son ongle.

Il posa ces deux feuilles l'une à côté de l'autre, puis sortit la troisième et l'étudia.

— Et ceci est une copie d'une police d'assurance-vie pour Nan… jusqu'à ce qu'elle atteigne 95 ans.

Doreen se concentra dessus et lui arracha des mains.

— Pourquoi aurait-elle fait ça ? demanda-t-elle en étudiant le document. C'est pour un demi-million de dollars !

— Oui, mais elle a été souscrite il y a longtemps. Et ça ne vient pas de Lifelong Insurance. Il a donc trouvé une compagnie d'assurance qui avait un contrat pour Nan. Et vous êtes l'unique bénéficiaire.

Elle le fixa du regard.

— Ça veut dire que c'est toujours en vigueur ?

Il passa son regard du papier vers elle.

— Il semble que oui. Vous n'étiez pas au courant ? interrogea-t-il avec curiosité.

— Non. Je n'en avais aucune idée, répondit-elle en secouant la tête, avant de scruter le papier avec étonnement. Elle n'a pas d'argent. Ça doit être important pour elle.

— Vous êtes sûre qu'elle n'a pas d'argent ? demanda Mack avec tact. Parce que, bien souvent, les personnes âgées ne peuvent tout simplement pas dépenser leur argent ou n'ont pas envie de le dépenser ou ne sont pas intéressées par les dépenses. Elles aiment le confort de toutes les vieilles choses qui les entourent.

Elle tira une chaise et se laissa tomber dessus.

— Honnêtement, je ne sais pas. Et je trouverais ça très intrusif d'avoir cette conversation avec elle. Elle avait l'habitude de beaucoup voyager quand elle était plus jeune. Puis elle a arrêté. Je me suis dit que c'était parce qu'elle n'avait plus d'argent. En plus, regardez sa maison et son jardin en friche. Si elle avait de l'argent, n'aurait-elle pas rénové sa maison et son jardin ? s'enquit Doreen en secouant la tête. Je n'ai jamais demandé d'argent à Nan, ni rien d'autre d'ailleurs. Je pensais qu'elle était fauchée. Pourquoi souscrire à une assurance-vie ? J'ai toujours pensé que ce n'étaient que des arnaques.

— Beaucoup de gens pensent que les assurances-vie servent à escroquer les clients, et beaucoup d'autres personnes pensent que les assurances-décès sont un bon investissement. De plus, ces dernières sont les moins chères, donc il se peut que ce ne soit pas aussi difficile à vivre pour Nan que vous le pensez. Ensuite, il y a les assurances sur le capital et tant d'autres à énumérer.

— Comment cela peut-il être un bon investissement si ça ne rapporte qu'après la mort ?

— C'est vrai, admit-il avant de rire. Mais ça vous prouve aussi que Nan vous aime.

Quelle belle pensée. Doreen fixa la feuille de papier et pensa à quel point son mari ne l'aimait pas, puis elle s'imagina Nan en train de préparer ça de son côté. Sans jamais le lui dire.

— Je ne l'aurais jamais su si je n'étais pas venue ici.

— Peut-être que ce n'est pas une bonne chose à savoir, dit-il en rassemblant les autres papiers. Si elle n'a plus d'argent et qu'elle ne peut pas garder tout ça, alors vous pourrez vous attendre à recevoir de l'argent à sa mort, mais il n'y en aura pas.

— Si elle a besoin de l'argent, je préférerais qu'elle résilie son contrat. Elle ne récupérera pas d'argent, si ?

— Pas sur une assurance-décès. Il n'y a aucun moyen de le savoir sans lire les conditions du contrat. Certaines d'entre elles sont établies différemment.

— Mon futur ex-mari en paie une à mon nom. Je ne le savais pas jusqu'à ce qu'il me balance cette information lors d'une dispute au cours de notre dernière année. Cela me fait encore frémir, même après les premiers mois de notre séparation. Rien qu'à l'idée qu'il puisse me jeter quelque part. Mais comme ce n'est pas moi qui payais les primes, je n'ai pas eu de copie. Donc je ne connais pas les détails.

Il secoua la tête.

— Vous avez tout à fait le droit d'aller à la compagnie d'assurance et de dire que vous craignez pour votre vie, et que vous voulez annuler le contrat. Je ne sais pas ce qu'ils diraient, mais, si vous êtes sérieusement inquiète, alors vous devriez faire quelque chose.

— Et ça impliquera probablement un avocat ou des flics. Et je ne fais pas confiance aux avocats.

Elle avait oublié à qui elle parlait.

Il se redressa et se concentra à nouveau sur elle.

— Les avocats ont une mauvaise réputation. Mais ils ne sont pas tous mauvais.

Le regard de Doreen devint vif.

— Mon avocate m'a complètement entourloupée sur la séparation et le divorce à venir et est maintenant fiancée à mon mari. Selon elle, je n'avais droit à rien. Et moi, idiote que je suis, je l'ai crue.

— Oh, merde.

— Oh, merde, en effet, répéta-t-elle avant de tourner son attention vers les papiers sur la table. Vous les prenez ? Et les trucs sur le sol ?

— J'ai besoin de passer quelques heures à examiner certains de ces papiers. C'est difficile de savoir exactement ce qui s'est passé ici, mais avec le vandalisme, je dois considérer que quelqu'un cherchait quelque chose.

— Comment pouvez-vous savoir s'ils ont trouvé ce qu'ils cherchaient ?

Il secoua la tête.

— Avec un tel désordre ? La seule personne qui a la réponse est morte. Donc nous ne l'obtiendrons jamais, de toute évidence.

Pour elle, ce n'était pas suffisant. Elle avait besoin de réponses, pas de questions supplémentaires.

— Ça n'a aucun sens qu'il ait des copies des vieux papiers d'assurance de Nan. S'il essayait de lui vendre une assurance, il aurait su qu'elle n'en avait pas besoin.

— Peut-être espérait-il la convaincre de la transférer, ou de créer un nouveau contrat ou de lui acheter autre chose.

— C'est possible. Je ne sais pas comment Nan gère ses affaires. Elle a toujours gardé ça pour elle. En fait, je ne me souviens pas l'avoir déjà entendu parler d'argent.

— C'est pour ça que vous croyez qu'elle n'en a pas ?

— Oui, en plus tout ce qui se trouve dans la maison est en mauvais état et a sérieusement besoin d'être refait à neuf. Beaucoup de conserves, mais pas d'aliments frais ou de nouveaux meubles et le lit…

Elle ferma les yeux, et un frisson parcourut son échine au souvenir de cette nuit.

— Ce lit… c'est quelque chose.

— Elle a peut-être de bons souvenirs de tous ces meubles. La maison vaut pas mal d'argent. C'est dans un joli petit quartier. Les prix de l'immobilier ont grimpé en flèche dans toutes les municipalités autour de Mission. Elle aurait pu vendre sa maison à tout moment si elle en avait eu besoin. Au lieu de ça, elle vous l'a donnée. Ce qui, en soi, signifie qu'elle estimait en avoir assez pour ses propres besoins sans la vendre.

Elle regardait par la fenêtre. La région de l'Okanagan — qui comprend un lac, une vallée et une rivière — était réputée pour son style proche de celui d'une station balnéaire et son climat doux presque tous les jours de l'année. Et, fidèle à sa réputation, un ciel bleu et un soleil radieux étaient au rendez-vous ce jour-là.

L'évocation de sa grand-mère lui donna envie de la revoir. Elle s'arrêterait sur le chemin du retour pour lui rendre visite. Peut-être qu'elle évoquerait cette histoire d'assurance.

— C'était si dur que ça ? demanda Mack, la ramenant à la conversation.

— Entre mon mari et mon avocate, je n'ai rien.

Elle le dit d'un ton vif, et elle détestait l'idée de lui faire connaître sa situation financière. Mais il était inutile de faire croire qu'elle n'était pas complètement démunie.

— Mon avocate m'a expliqué que j'avais renoncé à tous mes droits.

— Combien de temps avez-vous été mariés ?

— Quatorze ans. Je l'ai aidé à construire son entreprise, à rembourser ses dettes, et pourtant, je me suis retrouvée sans rien.

— Depuis combien de temps êtes-vous séparés ? Avez-vous déjà divorcé ?

— Séparés depuis des mois, presque six maintenant, répondit-elle en fronçant les sourcils. Il me l'a annoncé juste avant les vacances. Et, non, nous ne pouvons pas déposer les papiers du divorce avant une année continue de séparation, mais j'ai déjà tout signé. Je n'ai juste pas réalisé que j'avais d'autres options quand j'ai signé. Évidemment. J'ai laissé mon avocate s'en occuper. Mais, bien sûr, je ne savais pas que mon avocate était à la solde de mon mari et qu'elle m'avait arnaquée.

Elle termina cette phrase avec un rire amer avant de continuer.

— Et qu'apparemment elle couchait avec lui en même

temps. Je ne pensais même pas que des choses comme ça pouvaient arriver.

Elle se retourna pour quitter la pièce à grands pas.

— Croyez-moi. Certaines morales ne s'oublient pas.

— Mais il y a peut-être quelque chose que vous pouvez faire à ce sujet.

Elle se figea, se retourna à nouveau et le regarda.

— Je vous écoute ?

— Vous pourriez voir un autre avocat. La vôtre n'avait manifestement pas les meilleurs intérêts de sa cliente en tête.

— Elle n'avait que ses propres intérêts en tête. Et un avocat signifie plus de dépenses. Vous vous souvenez de la partie où je vous ai dit qu'on s'est débarrassé de moi et qu'on m'a laissée sans le sou ?

— Une autre raison d'organiser le vide-grenier.

— Je vais d'abord acheter un lit. Tout le reste devra attendre, rétorqua Doreen puis attrapa la laisse de son chien. Viens, Mugs. Un seul voyage désagréable dans le passé est suffisant pour la journée. On va s'arrêter chez Nan et voir si on peut trouver un peu de soleil dans sa vie aujourd'hui.

— Et envisagez de nous laisser, mon frère et moi, jeter un coup d'œil à cet accord de séparation avant que le divorce ne soit prononcé, dit Mack. Mon frère est un avocat en exercice, et c'est un homme bon et juste.

Elle le regarda par-dessus son épaule.

— Je n'ai pas d'argent, donc votre offre, bien que généreuse, nécessite tout de même une forme de paiement. Je n'ai rien à donner. Peut-être plus tard, déclara-t-elle avant de désigner les formulaires sur la table d'un signe de tête. Je vais demander à Nan pour James et l'assurance. Elle pourra peut-être m'éclairer.

Elle descendit les escaliers, mais quand elle arriva à la

porte d'entrée, Mack l'interpella.

— Vous n'avez même pas demandé combien il facturait.

Elle leva les yeux vers lui.

— Ça n'a pas d'importance. La dernière m'a soutiré jusqu'à mon dernier centime. Donc ça n'a pas d'importance combien il demande. Même votre idée de vide-grenier, si j'y arrive, n'est pas sur le long terme. J'ai besoin de rentrées d'argent mensuelles. Si je ne trouve pas de travail rapidement, je vais devoir aller à la banque alimentaire.

Elle se retourna et sortit.

Lorsque la porte claqua derrière elle, elle sourit. Il y avait quelque chose de libérateur à dire la vérité sur sa situation actuelle.

Au lieu de la déprimer, cela la fit se sentir mieux. S'il y avait bien une chose que Nan avait répété à Doreen tout au long des années, c'était : « Quand tu es à terre, relève la tête. C'est la seule chose qu'il te reste à faire. »

Elle leva son regard vers le ciel bleu vif et le soleil qui rayonnait sur la petite ville.

— Pour une fois, j'ai envie de remonter la pente. Être à terre, ça craint vraiment.

Elle se dirigea vers sa voiture, installa Mugs sur le siège arrière et fit le tour du côté conducteur. Elle ferma la portière et boucla sa ceinture de sécurité avant de voir Mack debout à l'avant de la voiture. Elle baissa la vitre et cria :

— Qu'y a-t-il à présent ? Vous avez trouvé quelque chose ?

— Vous voulez dire, à part une femme très frustrante et irritante ? demanda-t-il. Non.

— Qu'est-ce que vous voulez alors ?

— Vous offrir un emploi à temps partiel, dit-il avec exaspération. Mais pourquoi je veux cette frustration supplémentaire, je n'en ai aucune idée.

Elle se figea. Puis leva les yeux vers lui, ravie.

— Quel genre de travail ? Et, oui, s'il vous plaît.

Il secoua la tête, fixa le ciel pendant un long moment, puis leva les deux mains en l'air et dit :

— Peu importe.

Il se dirigea vers le côté du conducteur et se pencha à la fenêtre.

— Vous pourriez ne pas aimer ça.

— Ça n'a pas d'importance si j'aime ça ou pas, déclara-t-elle tranquillement. J'en ai besoin.

Elle attendit qu'il en dise plus.

— Aimez-vous le jardinage ?

— J'adore le jardinage, acquiesça-t-elle en hochant la tête.

— La maison de ma mère n'est qu'à quelques rues de la vôtre, et elle ne peut plus sortir dans le jardin. Je lui ai dit que je viendrais m'en occuper, mais je n'ai pas le temps. Je ne pourrai pas vous payer beaucoup… mais peut-être qu'un salaire horaire sur lequel nous pourrions nous mettre d'accord nous rendrait tous les deux heureux.

— Avec plaisir, s'exclama-t-elle en souriant. Donnez-moi l'adresse, et j'y regarderai en rentrant chez moi.

Il lui donna l'adresse, et la regarda l'écrire.

— Ne parlez pas tout de suite à ma mère.

— D'accord. Je veux juste voir à quel genre de travail j'ai affaire.

— Bonne idée. Et, passez-moi un coup de fil après. Nous discuterons du salaire.

Il sortit une autre carte, celle-ci portant le numéro de son domicile et la lui tendit.

— En attendant, ne vous mêlez pas de mes affaires.

Il lui lança un regard noir comme pour faire bonne figure, puis retourna brusquement dans le bâtiment de Lifelong Insurance.

Elle alluma le moteur, et d'humeur plus joyeuse, dit à Mugs :

— Tu vois ? Comme Nan l'a dit, il n'y a qu'une chose à faire, et c'est relever la tête.

Chapitre 15

DOREEN DECIDA DE rendre visite à sa grand-mère le lendemain et d'aller voir le jardin de la mère de Mack le jour même. Quand elle eut finalement trouvé l'adresse, c'était à quelques pas de la maison de Nan. Deux pâtés de maisons plus bas, comme Mack l'avait indiqué. Ce serait parfait. Elle n'aurait pas à utiliser sa voiture pour se rendre au travail, donc le coût de l'essence n'était plus un problème.

Elle ralentit devant la maison, et regarda le jardin à l'avant. Il était beau, et composé de plusieurs buissons vivaces et de quelques annuelles ici et là. Une belle combinaison de couleurs. Et il était en bon état. L'herbe avait besoin d'être tondue, et cela pouvait poser un problème, car elle ne possédait pas sa propre tondeuse à gazon.

Elle n'avait pas non plus l'argent pour en acheter une. Quant aux mauvaises herbes, certaines avaient pris le dessus et devaient être arrachées. Beaucoup de buissons étaient envahis par la végétation et avaient besoin d'être taillés aussi. Elle avait envie de sortir de sa voiture pour aller faire un tour dans le jardin à l'arrière, mais elle ne voulait pas déranger la mère du caporal. En y regardant bien, elle crut voir une ruelle derrière la maison.

Elle conduisit jusqu'à l'arrière de la maison, se gara et sortit, puis regarda le jardin par-dessus la petite clôture. Elle n'arrivait pas à se souvenir s'il avait dit les deux jardins ou juste celui à l'avant.

Mais le jardin arrière était en plus mauvais état. Sa mère essayait probablement de faire ce qu'elle pouvait à l'avant pour sauver les apparences. Mais le travail exigé à l'arrière allait au-delà de ses compétences. Comme beaucoup de gens qui possédaient une maison, les travaux s'étaient accumulés et l'avaient rattrapée brutalement.

Vu tout le travail que Doreen devait effectuer dans le jardin de Nan, elle comprenait. Dans son cas, les clôtures avaient besoin d'être réparées, le patio était envahi par les mauvaises herbes, et les blocs de béton qui constituaient le patio ne valaient certainement pas la peine d'être gardés non plus. Sans parler des lits qui devaient être changés. Elle aurait besoin d'un salaire à plein temps juste pour la remettre en état.

Mais une partie du travail devrait être faite, même sans argent, avec beaucoup d'huile de coude.

Il ne faudrait qu'un jour ou deux pour arranger le jardin avant de la mère de Mack, mais la propriété arrière nécessiterait une semaine entière, et elle aurait besoin de muscles en renfort. Plusieurs arbustes avaient besoin d'être taillés. Et quelques branches tombées au sol devaient être dégagées. Mais, c'était faisable.

Un chien aboya à côté d'elle. Elle se retourna avec surprise et vit un homme âgé qui la regardait fixement, le nez en l'air, un air désapprobateur sur le visage.

Elle passa son regard de l'homme à la clôture qu'elle regardait et rougit.

— Je regardais juste son jardin, s'empressa-t-elle de dire.

Le vieillard plissa les yeux.

Troublée, elle remonta dans sa voiture et fit rapidement marche arrière dans la ruelle. En arrivant au bout, elle réalisa qu'elle aurait pu simplement passer devant l'homme âgé.

— Mince, marmonna-t-elle, toujours aussi troublée.

Mais au moins elle n'avait pas reculé dans la clôture de qui que ce soit sur son chemin.

Paf.

Elle se figea, puis ferma les yeux avant de poser son front sur le volant. Elle finit par relever la tête et regarda derrière elle. Puis elle sourit. Elle avait heurté un inoffensif panneau de signalisation délimitant la route et la ruelle. Elle sortit et fit le tour de sa voiture pour voir les dégâts mais ne trouva qu'une éraflure sur son pare-chocs. Et c'était difficile à voir, car le pare-chocs avait été bien décoré bien avant qu'elle ne l'achète.

Ravie, elle remonta dans sa voiture et rentra chez elle. Elle s'engagea dans l'allée, se gara et fit sortir Mugs. Il aboya sur le champ. Elle regarda autour d'elle mais ne vit rien.

— Mugs, qu'est-ce qui se passe ?

Il continua à aboyer, puis courut à l'arrière de la maison. Elle le suivit à un rythme plus lent. Arrivée derrière, elle ne vit rien d'anormal, mais elle pouvait entendre Goliath miauler à l'intérieur. De toute évidence, il voulait sortir lui aussi. Elle monta les marches de derrière jusqu'à la porte de la cuisine et l'ouvrit. D'un coup, Goliath sortit, hurlant à travers la propriété. Maintenant, ils étaient tous les deux dehors. Elle laissa la porte de la cuisine ouverte pour laisser entrer un peu d'air frais et, bien sûr, Thaddeus s'envola pour atterrir sur la balustrade.

— Thaddeus est là. Thaddeus est là.

— Bien sûr que tu es là. Je peux te voir, dit-elle avec

exaspération.

L'oiseau pencha la tête vers elle, et il cligna des yeux. Elle inclina sa tête sur le côté et tapota sur son épaule. Il grimpa aussitôt dessus. Elle jeta son sac à main et ses clés sur la table extérieure et se dirigea vers l'arrière de la propriété.

Pour une raison qu'elle ignorait, le chien aboyait et le chat miaulait après quelque chose dans l'angle du fond. Alors qu'elle se dirigeait vers eux, elle évalua la main-d'œuvre nécessaire pour remettre en état le jardin et lui redonner sa gloire passée. Ce qui la fit grommeler. Beaucoup de travail l'attendait. Une tondeuse à gazon serait fortement nécessaire, mais encore une fois, elle n'en avait pas.

La clôture n'était pas en aussi mauvais état qu'elle l'avait pensé, si elle passait outre les multiples types de clôtures qui parsemaient la cour. Les poteaux de soutien étaient solides. Un marteau et des clous remettraient les planches affaissées en place. Un pot de peinture lui donnerait un coup de jeune. Une partie de la clôture était composée de piquets espacés, avec quelques poutres transversales mais pas de bois massif. Plusieurs d'entre elles étaient tombées. Toutefois, elle pouvait voir la maison du voisin d'un côté et la ruelle de derrière.

Une ruelle ? Elle se rendit compte pour la première fois qu'une ruelle était située derrière la maison. Dans ce cas, il aurait été facile d'accéder à ce côté du jardin de Nan pour enterrer le corps.

La propriété de Nan était accolée à une terre de la Couronne.3 L'un des avantages était de posséder une maison où l'on pouvait ouvrir le portillon et promener son chien sur des kilomètres sur un domaine public. Ou un inconvénient si Mugs s'enfuyait.

— Mugs ! Mugs ! cria-t-elle, et en atteignant la clôture

arrière, elle constata que le portail était ouvert. Oh, bon sang, Mugs. Viens ici, Mugs.

Elle poussa la porte la plus large et sortit. Au lieu de tomber sur un terrain gazonné, elle découvrit qu'un grand ruisseau coulait ici. Elle se retourna vers la maison de Nan et sa clôture.

— Pourquoi clôturer la rivière ? C'est trop beau pour être caché.

Ce qu'elle avait pris pour une ruelle était en fait un sentier de promenade longeant l'arrière de toutes les clôtures, qui protégeait le bord du ruisseau contre la ligne de clôture. De plus, une petite passerelle avait été construite au-dessus de l'eau.

— Oh mon Dieu, c'est magnifique.

— Magnifique. Magnifique, roucoula Thaddeus dans son oreille.

Il serait encore plus agréable de se débarrasser de la clôture en ruine de sa grand-mère pour dégager la vue sur le ruisseau. Cela lui permettrait également d'admirer la faune, car de nombreuses petites bêtes de toutes sortes se rassemblaient au bord de l'eau. Ce serait quelque chose qu'elle adorerait observer.

Se sentant beaucoup plus heureuse à la vue de ce ruisseau, elle étudia la maison de Nan d'ici. Beaucoup de buissons et d'arbres bloquaient la vue. Mais, avec un bon élagage, elle pourrait transformer ce jardin en quelque chose de spectaculaire.

— Mugs ! Mugs ? cria-t-elle en sautant sur le petit pont.

— Thaddeus est là. Thaddeus est là, cria l'oiseau sur son épaule, le bec grand ouvert.

— Je sais que tu es là, idiot, dit-elle. Mais où est Mugs ?

Soudain, Thaddeus poussa un grand cri et s'envola de

son épaule pour atteindre l'autre côté de la rive.

— Attends, Thaddeus, s'exclama-t-elle en lui courant après. Qu'est-ce que tu as trouvé ? Mugs ? Où es-tu ?

Elle continua sa course sur le petit pont, mais quand elle posa son pied sur la dernière planche, elle céda sous son poids, et elle tomba.

Elle hurla quand un de ses pieds toucha l'eau, son autre genou fléchit et ses fesses heurtèrent le petit pont. Après avoir pris une profonde inspiration, elle essaya de comprendre ce qui venait de se passer. Un de ses pieds était pris dans la structure de la passerelle. Elle fut obligée de se tordre, en utilisant ses mains pour remonter, de peur de mettre du poids sur sa cheville ou sur le pont.

Elle baissa son regard sur son jean et ses sandales de marque et s'écria :

— Et maintenant, ça aussi c'est fichu ?

Elle secoua la tête, mais elle était moins préoccupée par sa tenue que par la disparition de son chien.

— Mugs, où es-tu ?

Elle le siffla.

Il n'y avait toujours pas de réponse de Mugs. Elle se mit maladroitement debout et essaya de retirer l'eau de sa sandale en la secouant. Mais cette dernière, ainsi que son jean, étaient trempés jusqu'au genou et couverts de boue. Avec hésitation, elle mit son poids sur sa cheville douloureuse, reconnaissante qu'elle puisse au moins le supporter. Sa jambe était éraflée à cause des lattes cassées, mais sa cheville ne semblait pas tordue.

Maintenant qu'elle se trouvait de l'autre côté du ruisseau, elle pouvait voir un petit sentier, envahi par les broussailles. Elle réussit à se hisser sur le chemin et suivit Thaddeus.

— Allez, les gars. Où êtes-vous ? Ne m'obligez pas à vous chercher.

Toute ébouriffée et boiteuse qu'elle était, elle espéra vivement qu'elle ne croiserait personne. C'était déjà assez difficile d'être la petite-fille barrée de Nan aux yeux de quelques-uns. Mais si quelqu'un la voyait à ce moment même, ils n'auraient aucun doute qu'elle était folle.

Au loin, elle entendit un aboiement.

— Mugs ?

Elle se mit à courir, bien que ses mouvements soient de guingois. Mais au moins, elle bougeait. Elle avait fait quelques pas sur le chemin quand elle entendit les aboiements de Mugs monter d'un cran. Elle prit de la vitesse, traversa un tas de broussailles et s'arrêta brusquement, fixant son trio fou. Mugs aboyait toujours comme un fou. Goliath était assis sur une souche d'arbre et regardait fixement vers la cime de l'arbre, sa queue faisant des petits mouvements brusques. Thaddeus errait de long en large comme un petit soldat sanguinaire. Il faisait dix pas, se retournait et repartait en disant :

— Thaddeus est là. Thaddeus est là.

Elle secoua la tête.

— Qu'est-ce qui ne va pas chez vous ? Pourquoi vous êtes partis ?

Seul Mugs n'écoutait pas. Il insistait pour aboyer en regardant en haut d'un arbre. Elle gémit et se rapprocha. Elle attrapa sa laisse. Quand elle leva la tête, des yeux se baissèrent sur elle.

Elle cria et fit un pas en arrière. Cela énerva le chien de plus belle. Elle avança d'un pas en hésitant et scruta le feuillage.

— Bonjour ?

— Bonjour, dit la petite voix du garçon.

— Tu vas bien ? demanda-t-elle. Mugs ne te fera pas de mal.

— Il aboie.

— Oui, il fait ça souvent, tout d'un coup, déclara-t-elle avant de soupirer. Je n'arrive pas à trouver un moyen de l'arrêter.

Elle jeta un coup d'œil à travers le feuillage et vit un jeune enfant assis sur une branche bien trop haute pour qu'elle puisse l'atteindre.

— Comment es-tu monté là-haut ?

— J'ai grimpé.

— Tu as grimpé ? Tu as besoin d'aide pour descendre ?

L'enfant la regarda de haut et dit :

— C'est toi la folle, n'est-ce pas ?

— Je ne suis pas la folle, dit-elle avec un sourire victorieux.

Du moins, elle l'espérait.

— Je m'appelle Doreen. Je suis juste une personne normale.

L'enfant gloussa, puis désigna sa jambe.

— Mais tu es mouillée et couverte de boue !

— Oui, mais ça ne fait pas de moi une folle, protesta-t-elle. Je suis tombée à travers les lattes du petit pont, là-bas, quand je courais après mes animaux. Maintenant que j'ai mon chien et Goliath, sans parler de Thaddeus…

À ce moment-là, celui-ci s'envola et se posa de nouveau sur son épaule. Il regarda fixement l'arbre.

— Thaddeus est là. Thaddeus est là.

— Je sais que tu es là. Arrête de parler, pour l'amour du ciel, grommela-t-elle. OK, peut-être que j'ai l'air un peu folle. Mais je ne le suis pas, honnêtement.

Puis elle haussa les épaules. Pourquoi s'expliquait-elle à un enfant ?

— Pourquoi est-ce que vous l'appelez comme ça ?

— C'est son nom. C'est quoi le tien ? l'interrogea-t-elle, en se demandant s'il pouvait descendre tout seul.

L'enfant se dirigea vers la branche inférieure et dévala le tronc tel un singe. Il s'arrêta et leva les yeux vers elle.

— Je m'appelle Travis. Et je trouve que tu es folle.

Sans un mot de plus, il déguerpit à toute allure dans la direction opposée.

La laissant bouche bée.

3. Dans le cadre du système juridique des royaumes du Commonwealth, un territoire de la Couronne est un territoire appartenant au monarque incarnant la Couronne, c'est-à-dire à l'État.

Chapitre 16

Doreen se dirigea vers la cuisine, déterminée à affronter cette pièce si mystérieuse. Elle avait délibérément acheté des aliments simples à cuisiner à l'épicerie ce matin. Tout le monde était capable de préparer un sandwich à la confiture et au beurre de cacahuète. Le problème était que ça ne lui faisait pas envie sur le moment. Elle avait acheté du jambon en tranches pour les sandwiches, et elle pouvait aussi préparer des sandwiches au concombre avec de la mayonnaise. Ou un sandwich jambon-concombre. Elle pouvait tous les faire.

Pour que sa journée ne soit pas un échec total, elle limita son déjeuner à un simple sandwich. Elle sortit deux tranches de pain et se mit au travail. C'était amusant. Cette histoire de cuisine n'était pas si mal après tout.

Avec un sentiment de fierté, elle coupa son sandwich en quatre triangles, le plaça sur une assiette, mit la bouilloire à chauffer pour préparer une tasse de thé et s'assit à table pour déguster ce qu'elle avait préparé. Elle venait de prendre une première bouchée lorsque Thaddeus atterrit sur la table à côté d'elle.

— Thaddeus est là, dit-il en hochant la tête.

— Thaddeus est là, répéta-t-elle en chœur avec lui. J'aimerais que tu arrêtes de dire ça tout le temps. S'il te plaît.

Il ouvrit son bec et pour le faire taire, elle attrapa un morceau de concombre qui se trouvait sur la planche à découper et le lui tendit. Il le regarda, l'attrapa avec son bec et le posa sur la table où il le cassa en petits morceaux avant de picorer le centre, puis il le souleva avec sa patte et le mangea.

C'était déjà ça. Donc c'était une bonne chose. Ou peut-être que ça ne l'était pas. Les oiseaux étaient supposés manger des concombres ? Elle n'en avait aucune idée. Elle attrapa son ordinateur portable, et vérifia rapidement. Oui, les concombres étaient autorisés. Bien.

Elle jeta un coup d'œil et vit Goliath, assis sur la chaise à côté d'elle, qui étudiait le jambon laissé sur la planche à découper.

— Oh, non, dans tes rêves. C'est pour moi, pour un autre sandwich. Et je pourrais bien en avoir besoin d'un deuxième.

Elle était affamée.

Elle n'avait pas mangé grand-chose depuis qu'elle était arrivée en ville. Et elle avait vraiment envie d'un repas complet. L'idée de le faire elle-même était décourageante. La plupart de ses tentatives précédentes à l'appartement avaient fini à la poubelle. Et elle ne pouvait pas se permettre de gaspiller de la nourriture, ni à cette époque ni maintenant. Quand elle comparait le coût de l'alimentaire gâché à celui des restaurants, elle avait choisi le restaurant plus souvent que les repas maison au cours des six derniers mois.

Mais elle ne connaissait pas beaucoup de restaurants ici à Mission. Et si elle pouvait apprendre à cuisiner elle-même, cela lui reviendrait beaucoup moins cher. Elle prit le deuxième quart de son sandwich et l'étudia avec un sourire.

— C'était facile. Alors je peux certainement trouver quelque chose d'autre d'aussi facile à préparer.

Elle chercha sur sa tablette des repas faciles pour les cuisiniers en herbe. Elle grignota son sandwich en étudiant les recettes.

— Ça n'a pas l'air si difficile.

Elle en choisit une avec du blanc de poulet et des légumes. Quand elle eut terminé son sandwich, elle se leva, se dirigea vers le réfrigérateur et examina le paquet de poulet. C'était trop pour un repas donc elle l'ouvrit, en mit un morceau dans une assiette, ajouta les épices indiquées dans la recette, le déposa dans un sac congélation, le remit au réfrigérateur et congela le reste. La première étape pour préparer le dîner était terminée. Bien. La prochaine étape était de ranger le désordre. Quelque chose d'autre qu'elle n'avait jamais eu à faire quand elle était mariée.

En se retournant, elle aperçut Goliath s'enfuir, un gros morceau de jambon dans la bouche. Et Mugs à sa poursuite.

— Mugs ! Reviens ici.

Pour le chien, ce n'était pas seulement l'occasion de chasser le chat, la récompense était aussi le morceau de jambon. Elle ne pourrait pas le rappeler à l'ordre. Elle profita de leur absence pour emballer rapidement le reste de la charcuterie et le remettre au réfrigérateur. En se retournant, elle surprit Thaddeus en train de picorer un gros morceau de fromage. Elle souleva le paquet, jeta les petits morceaux sur la table pour lui et emballa le reste.

— Je vois qu'il sera aussi difficile de ne pas brûler mes plats que de vous garder éloignés de la nourriture. Vous êtes peut-être mignons et tout doux, mais vous pouvez descendre un bloc de fromage en moins de deux.

Lorsqu'elle se retourna après avoir fermé le réfrigérateur, Goliath était assis là, à la regarder avec un sourire en coin.

— Oh, non, tu rêves encore. Tu as eu ta part, et c'est tout ce que tu auras.

Mais le chat ne bougea pas.

— À moins que Mugs ne t'ait pris le jambon. C'est ça ? demanda-t-elle.

Elle se sentit stupide, mais elle ne put s'empêcher de reprendre le jambon et de lui en donner un petit morceau. Le chat le saisit délicatement et l'avala.

Doreen le regarda fixement.

— Tu l'as mâché au moins ?

Le silence. Pas même un ronronnement.

Elle lui donna un autre petit morceau et remballa le jambon, le remit dans le réfrigérateur et claqua la porte.

— C'est tout. Moi aussi, j'ai besoin de manger.

Elle se dirigea d'un air résolu vers la table et finit d'emballer le reste du repas. Thaddeus avait commencé à s'attaquer à la laitue. Elle en arracha quelques morceaux qu'elle posa sur la table, puis rangea le reste avant d'attraper le pain. Elle ne pensait pas qu'il s'en prendrait à la mayonnaise, mais comment en être sûre ?

Elle retourna à la table avec un chiffon humide, l'essuya, balayant les miettes dans son assiette. Elle examina la zone propre avec un sourire.

— Voilà. Ce n'était pas si difficile.

Elle jeta les restes de l'assiette à la poubelle, puis retourna à l'évier, où elle la lava. Elle pourrait presque s'habituer à cela. C'était un travail plutôt ennuyeux et fastidieux, mais c'était faisable.

Et en parlant de faisable et de travail, elle devait appeler Mack.

Elle sortit sa carte, composa le numéro de son domicile et attendit qu'il réponde.

— Je suis passée devant la maison de votre mère aujourd'hui. Vous voulez que je m'occupe du jardin avant et arrière ? Ou seulement l'un des deux ?

— Dans quel état sont-ils ?

— L'avant n'est pas trop mal. Cela prendra une journée tout au plus, je pense. Et il faudra quelques heures par semaine pour l'entretenir, dit-elle. L'arrière, par contre, c'est un bien plus gros travail. On dirait que l'herbe n'a pas été tondue depuis un bon moment. L'avant a besoin d'être tondu également. Mais l'arrière est bien pire. Les jardins sont envahis par la végétation et ont besoin d'être taillés, etc.

— Honnêtement, je n'ai pas été dans le jardin arrière depuis un bon moment, déclara Mack. Je vais m'occuper de la tonte. C'est ma tondeuse de toute façon. J'ai l'habitude de l'amener ici. Je jetterai un coup d'œil ce week-end.

— J'estime donc que l'avant prendrait six heures pour commencer. Il s'agit de tailler les buissons, d'arracher le bois mort, de tailler les plantes vivaces qui ressemblent plus à de mauvaises herbes et de faire un grand nettoyage. Les mauvaises herbes doivent être arrachées régulièrement. Vous le savez déjà. Si vous voulez, nous pourrions nous arranger pour que je passe quelques heures chaque semaine pour m'en occuper. Pour ce qui est du jardin à l'arrière, il faudrait que je rentre sur la propriété et que j'y regarde de plus près avant de pouvoir vous donner une idée plus précise du temps nécessaire.

— Quand pouvez-vous commencer à travailler à l'avant ?

— Ce week-end ?

Ce n'est pas comme si elle avait autre chose à faire. Sauf

trouver le meurtrier de l'homme qui avait été enterré dans le jardin de Nan.

— D'accord, on fait comme ça. Je viendrai avec la tondeuse en même temps.

Ils décidèrent de se retrouver le samedi matin à 9 heures. Juste avant de raccrocher, elle ajouta :

— Saviez-vous que l'arrière de cette propriété donne sur un ruisseau ?

— J'ai jeté un rapide coup d'œil là-bas quand je me promenais dans votre jardin, admit-il. Mais c'est fermé.

— Non, il y a une porte dans la clôture, expliqua Doreen. Elle était un peu difficile à ouvrir, car elle est cassée, pourtant j'y suis allée tout à l'heure et j'ai trouvé une passerelle qui traversait le ruisseau.

— Donc votre jardin est plutôt accessible. C'est bien ce que vous dites ? Je suis occupé pour le moment, mais je passerai cet après-midi en coup de vent pour voir ça. Je pensais que la clôture était scellée, donc que la personne aurait dû l'escalader, auquel cas l'ensemble tomberait et laisserait une trace visible.

Une fois l'appel terminé, elle retourna à l'étage dans la chambre de Nan, qui était la sienne à présent. Elle voulait défaire ses valises, mais n'avait aucune idée de l'endroit où ranger les affaires de Nan, qui occupaient actuellement le placard.

Elle entra dans la chambre d'amis et ouvrit le placard de celle-ci. Il était rempli. Rien de surprenant à cela. Elle attrapa ce qui ressemblait à de vieux manteaux d'hiver. Aucun de ces manteaux n'était son style, et Nan n'en avait sûrement pas besoin. Honnêtement, les manteaux ressemblaient à des vêtements des années 1940. Elle étudia les étiquettes, et deux d'entre eux étaient en vraie fourrure.

Elle fronça les sourcils. Pourquoi Nan avait-elle des manteaux de fourrure ? Surtout à ce stade de sa vie ? Ils avaient l'air d'être bien entretenus. Ou bien des bestioles s'y étaient nichées ? La fourrure était connue pour être difficile à entretenir.

Elle continua à étudier les étiquettes, réalisant que les manteaux étaient de très bonne qualité. Elle sortit son téléphone pour appeler Nan.

— Nan, tu as des manteaux de fourrure dans le placard de ta chambre d'amis. Que veux-tu que j'en fasse ? demanda-t-elle en se retournant pour regarder la douzaine de manteaux suspendus. Y a-t-il quelqu'un à qui je pourrais les donner ?

— Oh, ces vieilles choses ? Pourquoi tu ne les emmènes pas au dépôt-vente pour voir si tu peux en tirer quelque chose.

— Le magasin de dépôt-vente ?

Elle n'était pas certaine que les gens y emportent leurs vêtements. Elle en avait entendu parler pour les œuvres d'art et les meubles, mais pas pour les vêtements.

— Oui. S'ils acceptent de les vendre, ils te donneront un pourcentage de l'argent.

— Tu veux dire, *te* donner un pourcentage de l'argent, corrigea Doreen. Ce sont toutes tes affaires. Si tu n'en voulais pas, pourquoi ne pas les vendre ou donner certains vêtements ?

— Parce que je savais que tu avais besoin d'argent, ma chérie. Vas-y et prends ce que tu peux pour la marchandise. En fait, continua la vieille dame, quand tu seras prête à te débarrasser du désordre, n'hésite pas. J'allais le faire, puis j'ai pensé que tu pourrais apprécier de le faire. De plus, tu pourrais gagner quelques dollars en vendant certains objets.

Tout ce dont j'ai besoin, je l'ai ici avec moi.

Doreen se redressa. Elle scruta la pièce remplie d'affaires — tout comme le reste de la maison — et leva les sourcils.

— Nan, tu es sûre ?

Même si celle-ci disait qu'elle était sûre, cela ne voulait pas dire qu'elle ne changerait pas d'avis plus tard. Il valait mieux y aller doucement et s'assurer que Nan était vraiment prête à se débarrasser de ses souvenirs. Au moment où elle ouvrit la bouche pour parler, sa grand-mère rit.

— Je suis sérieuse. À part toi, Mugs, Goliath et Thaddeus, tout ce que je chéris est dans mon appartement avec moi tous les jours.

Les yeux de Doreen s'embuèrent de larmes.

— Je ne sais pas dans quel état sont tes finances, et je ne veux pas être indiscrète, mais je ne veux pas non plus prendre l'argent dont tu as besoin pour vivre.

Puis elle se souvint.

— Et en parlant d'argent, tu n'as jamais mentionné que tu payais une assurance-décès dont je suis la bénéficiaire. Tu es sûre d'en avoir besoin ?

— Oh, chérie, tu es si gentille. Je vais bien côté argent. Cette assurance existe depuis des décennies. Je l'ai souscrite quand tu étais encore à l'école à un gentil assureur ici en ville. Il a vendu son affaire il y a des années, mais j'ai confirmé au nouveau propriétaire que tout était encore en place. Quand je ne serai plus là, tout ira bien. En attendant, vas-y et vends tout ce que tu veux dans cette maison. Et vérifie les poches d'abord. Je laisse tout le temps traîner de l'argent dans les poches.

Nan raccrocha sans même dire au revoir.

Doreen plongea ses mains dans les poches à disposition sur-le-champ et récupéra plusieurs billets de vingt dollars froissés. Et, pour elle, en ce moment, c'était une mine d'or. Excitée au-delà de toute croyance, elle fouilla les poches des manteaux de fourrure, vérifiant à la fois les poches intérieures et extérieures. Dans chaque manteau, elle trouva de l'argent. Puis elle les remit sur les cintres, les secoua un bon coup avant de les ranger dans le placard de la chambre d'amis.

Rigoureuse, elle prit une photo du manteau de fourrure contre la porte du placard. Cela donnait une bonne idée de l'état dans lequel il était, puis elle commença à documenter tous les autres, avant de secouer la tête.

— Chère Nan, comment as-tu réussi à t'en tirer pendant toutes ces années ?

Mais ça ne dérangeait pas Doreen. C'était comme une chasse au trésor. Et, s'il y avait une chose dont elle avait besoin en ce moment, c'était bien ça.

Chapitre 17

DANS L'APRES-MIDI, DOREEN chargea sa voiture avec les manteaux de fourrure de Nan, plusieurs de ses tailleurs et paires de chaussures de marque qu'elle n'allait certainement plus jamais porter, ainsi que d'autres objets provenant du placard de la chambre d'amis de sa grand-mère, et se rendit au magasin de dépôt-vente. Elle les avait déjà appelés et avait eu une conversation à propos des articles qu'elle apporterait. La propriétaire était intéressée mais hésitait à dire qu'elle les accepterait avant de les avoir vus. Ce qui était normal.

La jeune femme se gara devant le magasin et apporta les articles à l'intérieur. Elle ne comprenait pas vraiment comment cela fonctionnait, mais comme la boutique était vide, si elle faisait une gaffe, elle ne se sentirait pas si bête.

La gérante s'appelait Wendy Markham. Une femme robuste et plantureuse avec un sourire éclatant.

— Oh mon Dieu, ce sont des vrais, s'exclama-t-elle après avoir jeté un coup d'œil aux manteaux de fourrure.

— Exactement.

Doreen apprécia sa réaction. Elle avait peur que les affaires de Nan soient jetées comme des déchets. Et ce n'était pas ce qu'elle voulait. En même temps, il ne servait à rien de garder ces choses, qui encombraient une armoire qu'elle pouvait utiliser. Et si sa grand-mère n'en voulait pas, il valait mieux en faire bon usage.

Peut-être que quelqu'un pourrait encore en profiter. Et puis, l'argent restait de l'argent.

— Je vais chercher d'autres choses dans la voiture.

Il lui fallut trois voyages pour tout ramener.

Pendant ce temps, Wendy avait trié les vêtements, puis placé dans des piles « acceptées » et « non acceptées ». Heureusement, quatre-vingts pour cent des vêtements furent déposés dans la pile des acceptés. Elle travaillait rapidement et efficacement, car elle prenait ses décisions presque instantanément.

— Il faudra un peu de temps pour déterminer les prix des manteaux de fourrure, dit Wendy. Mais je peux vous annoncer dès maintenant le prix que les tailleurs vont rapporter.

Le prix qu'elle lui donna envoya voler ses sourcils. C'était bien moins que la moitié du prix qu'elle les avait achetés, mais c'était quand même une énorme somme d'argent pour Doreen en ce moment.

— Et quel est le montant de la commission ? demanda-t-elle, juste pour être sûre.

— Je prends trente pour cent, et vous en aurez soixante-dix.

— C'est plus que juste. Est-ce que ça fait trop de choses pour vous ? Je dois encore faire le tri dans d'autres placards.

— J'ai fait deux grosses ventes qui ont vidé mon stock, expliqua Wendy. Alors pourquoi ne pas m'apporter un autre chargement, et nous verrons à quelle vitesse les articles se vendent. J'ai un bon nombre d'habitués. Avec un peu de chance, certaines de ces pièces pourraient partir tout de suite. Si une pièce passe plus de soixante jours ici, je la vends à prix réduit. Vous avez la possibilité de la reprendre si vous n'aimez pas l'option de remise.

— Faites la remise si c'est nécessaire, répondit Doreen avant de sourire. J'espère qu'il ne restera pas trop d'affaires d'ici la fin des soixante jours.

Dans un état d'esprit beaucoup plus joyeux, elle remonta dans sa voiture et rentra chez elle. Après coup, elle tourna à gauche vers la maison de la mère de Mack. Doreen réfléchit à la somme d'argent qu'elle pourrait gagner en échange des heures de travail estimées au taux horaire convenu, et c'était probablement un accord équitable. Mais le jardinage impliquait toujours plus que ce qui était envisagé au départ. Le lendemain, nous n'étions que vendredi. Ses doigts la démangeaient de s'attaquer aux jardins de la mère du policier, mais elle devrait attendre jusqu'au samedi. Pour l'instant, elle devait continuer à s'occuper dans les placards de Nan. Elle avait promis un autre chargement pour le dépôt-vente ce jour, ce qui était potentiellement plus d'argent à empocher.

La jeune femme conduisit jusqu'à chez elle, retourna à l'étage et passa en revue une autre énorme pile de vêtements bien conservés de Nan, créant un monticule d'articles qu'elle donnerait à un magasin Goodwill4, puis un autre pour le dépôt-vente, et enfin une pile de quelques vêtements qu'elle pensait peut-être porter, car ils étaient assez funky et mignons et lui allaient bien.

Quand l'heure du déjeuner arriva, elle était fatiguée. Mais la voiture était pleine de vêtements pour Wendy. Doreen décida d'aller les déposer, puis d'aller chercher quelque chose à manger. Elle prendrait Mugs avec elle cette fois.

Après le dépôt-vente et Goodwill, elle se dirigea vers un parc. Avec Mugs en laisse, Doreen aperçut un énorme food truck. Une enseigne si étrange, mais ils servaient du café chaud pendant l'été. Elle en acheta un et emmena Mugs pour une longue promenade. Sur le chemin du retour, elle commanda un *fish and chips* à emporter, retourna à sa voiture et rentra chez elle. Goliath se jeta sur elle dès son arrivée.

— J'ai oublié de te nourrir ce matin ?

Mais, en entrant dans la cuisine, elle vit dans l'angle gauche, où se trouvait le placard à balais, de la nourriture dans sa gamelle. L'odeur de poisson dans son sac l'avait attiré. Elle prit une assiette, ouvrit la porte à l'arrière, et s'assit sur la véranda avec son poisson et ses frites. Thaddeus atterrit sur la balustrade voisine. Elle ne devrait probablement pas lui donner quelque chose de frit ou de trop salé. Heureusement, son *fish and chips* avait été servi sur un lit de laitue. Elle lui en donna une feuille flétrie. Il la posa sur la balustrade et la picora. Goliath, par contre, n'était pas intéressé par la frite qu'elle lui offrait. Il sauta sur la table et tapa son poisson avec sa patte.

— Je n'en ai pas acheté assez pour partager avec vous les gars, se plaignit-elle mais, bon enfant, elle détacha un morceau de la chair blanche que sa patte avait touchée et le donna au chat.

Mugs ne semblait pas ennuyé qu'elle ait nourri les deux autres animaux en premier. Il se contenta de la regarder fixement. Elle lui donna une frite, qu'il renifla, puis il la prit et se dirigea à l'autre bout de la véranda pour s'allonger. Mais il mangea la frite.

— Qui aurait cru que tous les animaux mangeraient des légumes comme ça ? s'enquit-elle en secouant la tête.

Après avoir nettoyé, elle retourna à l'étage. Elle était déterminée à ranger au moins la chambre d'amis. Elle avait un assortiment d'argent et d'objets de collection provenant des poches de Nan, ce qui avait rendu cette chasse au trésor amusante, amassant plus de 260 dollars jusqu'à présent. Et un paquet de monnaie qu'elle n'avait même pas comptée. Elle avait apporté un saladier dans la chambre pour y mettre les différentes petites trouvailles — les billets et les pièces, une bague et une chaîne. Elle continua à vérifier les poches des autres manteaux et y trouva 38,42 dollars de plus. Une petite fortune en soi.

Mais elle avait une nouvelle pile à trier. Elle rangea les vêtements dans différentes boîtes, sur lesquelles elle marqua « Dépôt-vente », « Goodwill », et « Pressing » pour les choses que Doreen garderait. Après avoir tout emballé et fait plusieurs voyages pour descendre les cartons près de la porte d'entrée, elle en avait fini avec la chambre d'amis. Mais seulement celle-ci. Et seulement le placard. Elle n'avait pas prévu de finir aussi tard. Elle livrerait les marchandises le lendemain.

Elle concentra ensuite son attention sur la commode. Les trois tiroirs du bas étaient pleins de pulls. Elle en mit plusieurs de côté pour le dépôt-vente et en garda un qui lui plaisait. Dans le tiroir du haut, elle trouva un roman. À l'intérieur, se trouvait une carte de visite de Lifelong Insurance, utilisée comme un marque-page. Elle posa lentement le livre ouvert sur le dessus de la commode.

— C'est important ?

Ça montrait que le défunt et sa grand-mère avaient été liés à un moment donné. Mais cette dernière avait mentionné avoir vérifié avec le nouveau propriétaire de la compagnie d'assurance et confirmé que tout allait bien avec son contrat.

Doreen feuilleta le reste du livre mais ne trouva rien d'autre à l'intérieur. Au dos de la carte figurait une heure, comme si Nan avait fixé un rendez-vous avec l'homme retrouvé mort. Elle la mit de côté.

Elle s'était laissé distraire quelques instants, alors elle finit de fouiller dans le tiroir du haut, trouvant des foulards, plusieurs ceintures et douze dollars de plus. À ce stade, elle ne serait pas contente tant qu'elle n'aurait pas complètement vidé la maison de Nan et trouvé tout l'argent caché. Laissant le livre là où il était, elle tria et mit en boîte le reste des vêtements de la commode, que ce soit pour les vendre au dépôt-vente ou pour les donner à Goodwill. Elle ajouta ces boîtes à celles qui se trouvaient déjà près de la porte d'entrée.

Elle ne voulait pas charger sa voiture si tard dans la soirée.

Sans compter qu'elle ignorait le taux de criminalité ici, mais là où elle avait vécu, laisser un véhicule rempli de boîtes, c'était comme demander à quelqu'un de s'y introduire et de les voler.

Elle chargerait sa voiture le lendemain, juste avant de partir faire ses livraisons.

En retournant dans la chambre d'amis, il ne lui restait plus que la table de nuit et le lit à inspecter. Elle enleva rapidement les draps du lit, vérifia les taies d'oreiller et sous le matelas, pour s'assurer que Nan n'avait pas d'argent caché en dessous. Le matelas et le sommier étaient en bon état, intacts et ne présentaient aucun trou dans lequel on aurait pu fourrer quelque chose.

Elle fixa le sommier, sachant qu'il serait lourd et difficile à déplacer. Mais elle décida que si elle devait le faire, ce devait être fait correctement. Elle retira le surmatelas et l'appuya contre un mur. Elle attrapa le sommier à deux mains, et le souleva légèrement. Elle le laissa tomber, car elle n'avait rien trouvé dessous. Mais elle remarqua que quelque chose était coincé en dessous. Elle le retourna sur le côté cette fois et trouva une enveloppe collée. Qu'est-ce que Nan avait bien pu faire pour se sentir obligée de cacher autant de choses ?

Doreen réarrangea l'angle du sommier pour pouvoir atteindre l'enveloppe, puis la libéra pour la placer sur la commode avant de remettre rapidement le lit en place. Bien qu'elle soit curieuse au sujet de cette enveloppe, elle voulait finir cette pièce avant d'aller se coucher ce soir. Elle fouilla dans la table de nuit et trouva quarante-deux dollars de plus. Jetant un coup d'œil à la lampe de chevet, elle la souleva pour être certaine que rien ne se trouvait sous le pied.

Après avoir remis de l'ordre dans la pièce, elle ramassa le saladier d'argent et les babioles qu'elle avait trouvées, le livre ouvert avec la carte de visite et l'enveloppe. Puis elle retourna au rez-de-chaussée.

Elle attrapa son téléphone et téléphona à Mack.

— J'ai nettoyé la chambre d'amis de Nan, lui dit-elle. Il y avait un livre dans le tiroir du haut de la commode. C'est un exemplaire de Moby Dick. Il y avait une carte de visite Lifelong Insurance à l'intérieur.

— Intéressant, déclara-t-il. Ça signifie que Nan l'a rencontré.

— Je ne sais pas si elle l'a rencontré, ajouta-t-elle avant de lui expliquer ce que Nan lui avait raconté. Mais bizarrement, la carte de visite est chez elle, et il est écrit 10 heures au dos. Donc il pourrait s'agir d'un rendez-vous avec lui, il y a bien longtemps.

— Je serai là dans quelques minutes, dit Mack. Et nous devons reporter notre séance de nettoyage du samedi chez ma mère. J'ai trop de choses à faire pour caser ça dans mon planning. On reprogrammera quelque chose plus tard.

Elle raccrocha, et prit l'enveloppe marron qui était fermée par le ruban adhésif sur le rabat arrière. Elle arracha le ruban et souleva le rabat. Elle voulut en extraire tout le contenu mais le posa lentement sur la table, soudainement déconcertée.

Qu'est-ce qui pourrait bien se trouver dans cette enveloppe pour que Nan la colle sous un lit d'appoint ?

Puis Doreen fronça les sourcils et pensa : « Et si Nan ne l'avait pas cachée là ? Et si quelqu'un d'autre l'avait fait ? ».

La jeune femme se leva et fit les cent pas dans la cuisine. Elle n'avait aucune raison de ne pas regarder ce qui se trouvait dans l'enveloppe, mais pour une raison quelconque, elle ne pouvait pas s'y résoudre. Réalisant que Mack serait là d'une minute à l'autre, elle se lava les mains et prépara du café. C'était le moins qu'elle pouvait faire.

— J'espère que ce sera suffisant, murmura-t-elle à Mugs, qui était maintenant assis à ses pieds, avant de se pencher pour lui faire un câlin. Dis-moi ce qui ne va pas avec cette enveloppe.

Il aboya, et elle opina du chef.

— Oui, c'est ce que je ressens moi aussi.

Elle la souleva et la lui présenta pour qu'il la flaire. Il recula sur-le-champ.

Elle fronça à nouveau les sourcils face à sa réaction, puis la tendit à Goliath.

Goliath feula, et les poils de sa queue se hérissèrent.

— Waouh. D'accord. Donc c'est sérieux. Et toi, Thaddeus ?

Curieuse de voir ce que l'oiseau ferait, elle tendit l'enveloppe brune à Thaddeus, qui s'envola immédiatement en criant :

— Meurtre dans la maison. Meurtre dans la maison.

4. Franchise nord-américaine de magasins d'occasion.

Chapitre 18

U N PEU DECONTENANCEE par la réaction des animaux, Doreen laissa tomber l'enveloppe sur la table et refusa de l'examiner davantage. Mack était en route. Il pouvait bien s'en occuper. Elle n'était pas superstitieuse par nature, mais quelque chose dans leur réaction lui avait mis les nerfs à vif. Bien sûr, Thaddeus tempêtant dans la maison en disant « Meurtre dans la maison. Meurtre dans la maison » ne l'aidait pas à se sentir mieux.

Elle se lava à nouveau les mains, puis se dirigea vers la cafetière et sortit deux tasses du placard situé au-dessus de celle-ci. Elle attendit que la machine ait fini de chauffer, puis versa du café dans l'un des contenants. Mack se servirait la sienne quand il serait là.

Elle s'assit lourdement à la table et fixa l'enveloppe. Ce n'était pas comme si cette dernière allait se jeter sur Doreen et la mordre. Thaddeus avait raison — ou presque — de dire que c'était un meurtre dans le jardin, mais était-ce aussi un meurtre dans la maison ? Et comment cela était-il possible ? Cette enveloppe avait bouleversé tout le monde. Elle fixa son regard dessus. Ce n'était qu'une enveloppe. Que pouvait-elle bien contenir ? Et pourquoi cela la dérangeait-elle autant ?

Néanmoins, elle n'avait jamais été lâche. Elle l'attrapa et jeta rapidement son contenu sur la table.

Des photos. Prises dans la chambre du haut, d'après le papier peint. Des photos d'un homme mort. Elle secoua la tête. Non. Il n'y avait aucun moyen de prouver qu'il était mort. Il avait l'air mort, mais… il pouvait être en train de dormir. S'il était mort, il aurait dû y avoir du sang, beaucoup de sang. Pas vrai ?

Elle prit lentement une des photos et inspecta les petits détails. Était-ce vraiment la chambre d'amis à l'étage de cette maison ? Pouvait-elle le prouver ? Elle la retourna et vit une date d'il y a trente ans inscrite au dos.

— Qu'est-ce que c'est que ce délire ? Cette photo était-elle sous le lit pendant tout ce temps ? Pourquoi Nan ferait-elle ça ?

Puis elle eut un flash. Et si Nan n'avait rien à voir avec ça ? Depuis combien de temps Nan vivait-elle ici ?

Elle fronça les sourcils, en repensant au passé. Sa grand-mère vivait dans cette maison depuis que Doreen était née, selon ses souvenirs, mais c'était difficile de s'en souvenir. Elle prit la photo suivante, qui était similaire : même homme, même lit, angle légèrement différent. La vue sur l'armoire et la commode était plus large. Assez pour confirmer qu'il s'agissait de la chambre d'amis de Nan à l'étage.

Elle ramassa l'enveloppe, et quelque chose se trouvait au fond. Elle la retourna délicatement. Un morceau de journal froissé en tomba. Elle le déplia et trouva un article de 1988 à propos d'un homme disparu, Jeremy Feldspar. Le titre disait :

« Un homme accusé d'avoir tué sa mère avec de l'arsenic est maintenant porté disparu. »

Doreen s'assit et regarda dans le vide.

— De l'arsenic et un homme mort. Comme l'arsenic et l'homme mort trouvés dans le jardin, déclara-t-elle en secouant la tête. Ça ne peut pas être une coïncidence.

Mugs aboya puis se dressa sur ses pattes arrière avant de poser celles à l'avant sur les jambes de la jeune femme. Compte tenu de sa réaction passée, elle posa la coupure de journal sur la table et lui fit un câlin avant de le caresser.

— C'est bon, Mugs. C'est bon. Je ne sais pas trop de quoi il s'agit, mais on va aller au fond des choses.

Thaddeus sauta sur la table et la traversa pour se diriger vers les objets qui s'y trouvaient. L'oiseau les fixa d'un seul œil. Puis les plumes sur sa nuque se hérissèrent.

Ne sachant pas trop ce que l'oiseau avait en tête, Doreen remit le tout dans l'enveloppe rapidement. En mettant la page de journal froissée à l'intérieur, elle remarqua un étrange résidu sur ses doigts. Elle l'inspecta de plus près et se figea devant la fine poussière blanche. Son esprit s'imagina immédiatement le pire des scénarios.

Le problème, c'était qu'elle n'avait aucune raison de penser à ça, mis à part le titre de la coupure de journal et la bouteille d'arsenic qu'elle avait trouvée dans le jardin.

Que se passait-il ? Et pourquoi Nan n'avait-elle pas parlé de tout ça ? D'accord, Doreen avait cinq ans à l'époque et vivait avec ses parents. Mais un meurtre dans la chambre d'amis de votre grand-mère s'avérait être un sujet intéressant à raconter des années plus tard.

Pourtant, Doreen n'avait jamais entendu parler d'un homme mort retrouvé dans la chambre d'amis de Nan.

Deux cadavres sur la propriété de sa grand-mère ? D'accord, il y avait trente ans d'écart, mais la question se posait : ces deux cas étaient-ils liés ? Elle secoua la tête, confuse et déconcertée par ses récentes découvertes. Elle se

leva, se dirigea vers l'évier de la cuisine et se lava soigneusement les mains jusqu'aux coudes à plusieurs reprises.

Quand elle eut fini, on sonna à la porte. Dieu merci. Ça
devait être Mack. Elle se précipita vers la porte d'entrée et
l'ouvrit. Elle porta sa main à sa poitrine.

— Oh, Dieu merci, vous êtes là !

— Qu'est-ce qui ne va pas ? demanda-t-il après s'être
figé, à mi-chemin dans l'entrée.

Doreen prit plusieurs grandes respirations.

— Vous feriez mieux d'entrer pour que je vous explique,
répondit-elle avant de le conduire dans la cuisine où elle lui
servit un café. Asseyez-vous.

Il se laissa tomber dans une chaise, et fronça les sourcils.

— C'est quoi cette histoire ?

Elle s'assit en face de lui et désigna l'enveloppe.

— J'ai trouvé ça en rangeant les affaires de Nan dans la
chambre d'amis à l'étage.

Elle se lança dans une explication de sa journée, des
manteaux de fourrure et des vêtements, de l'habitude de la
vieille dame de laisser de l'argent partout. Elle montra le
saladier sur la table, rempli d'argent et d'objets. Mais comme
elle parlait de plus en plus vite, elle pouvait voir la confusion
sur son visage.

Il finit par lever une main.

— Stop.

Elle haletait, et réalisa que ses paroles n'étaient pas cohé-
rentes.

— Je suis tellement désolée, déclara-t-elle en secouant la
tête. Je suis vraiment désolée. Je suis complètement troublée.

— Je vois ça, dit Mack. Mais qu'est-ce que tout cela a à
voir avec cette enveloppe ?

Elle inspira profondément.

— Parce que j'ai trouvé tellement de choses bizarres en fouillant partout, et, quand j'ai retourné le matelas et le sommier, j'ai vu ça, expliqua-t-elle avant de lui montrer l'enveloppe qui lui fit soulever ses sourcils. Je sais. Mais je voulais être sûre de tout vérifier. Et cette enveloppe était scotchée sous le sommier.

Elle vit l'éclat dans son regard.

Il regarda l'enveloppe, avant de poser sa tasse de café.

— Qu'est-ce qu'il y a dedans ? interrogea le policier.

— Je pense que vous feriez mieux de vérifier, affirma Doreen doucement. J'espère vraiment que ce n'est pas ce que je pense.

Il lui lança un regard interrogateur en enfilant une paire de gants en plastique, prit l'enveloppe et en sortit les photos.

Il était beaucoup plus intelligent de récupérer son contenu ainsi, contrairement à la façon dont elle l'avait simplement renversée, en étalant partout. Et elle remarqua une fine couche de poussière blanche partout. Elle se leva, humidifia une serviette en papier et revint pour essuyer la table, avant d'utiliser une feuille d'essuie-tout sèche par la suite.

— Je ne sais pas ce qu'est cette poudre, mais elle provient de l'enveloppe, déclara-t-elle en s'asseyant. Dites quelque chose.

Pourquoi ne disait-il rien ?

Il la regarda fixement, puis se concentra à nouveau sur les photos.

— Vous savez où est cette pièce ?

Elle hocha la tête, et sa respiration devint tremblante alors qu'elle répondit à voix basse :

— Oui, celle que je nettoyais à l'étage.

Il acquiesça lentement. Il prit à nouveau l'enveloppe

brune et trouva l'article de journal froissé à l'intérieur. Il l'étudia, scruta l'homme sur la photo et dit :

— Vous savez quoi ? Je crois que je me souviens de cette affaire, dit-il en tapotant l'article de son doigt ganté. Je me rappelle tout à fait ce titre, car c'est un cas que nous avons étudié lors de ma formation.

— Le fait est que, dès que j'ai vu le mot arsenic dans l'article du journal et les photos du cadavre, j'ai pensé à celui dans le jardin et à la bouteille vide d'arsenic que j'y ai trouvée.

— De toute évidence, n'importe qui établirait une sorte de connexion, mais il faut faire attention à ne rien présumer.

— Comment puis-je ne rien présumer ? s'écria-t-elle. Il est évident que ce type est mort sur la photo. Si c'est le même type que sur la photo, il a soi-disant tué sa propre mère avec de l'arsenic. Et j'ai un homme mort et une bouteille d'arsenic dans mon propre jardin.

Elle désigna la table d'une main.

— Et voici encore de la poudre blanche. Je suis terrifiée à l'idée que ce soit de l'arsenic.

Il se figea, fixant la poudre dans l'enveloppe.

— Et vous pourriez avoir raison, acquiesça-t-il avant de se lever lentement. Vous avez un aspirateur ?

Il sortit son téléphone portable et prit soigneusement des photos de la table, de l'enveloppe et du sol autour de l'endroit où ils se tenaient tous les deux.

— Non. Mais je peux essuyer.

Avec beaucoup de précautions, ils déplacèrent tout, et elle revint avec d'autres serviettes en papier mouillées qu'elle put ensuite jeter. Ils nettoyèrent toute la poudre sur la table. Elle jeta un coup d'œil à son oiseau.

— Thaddeus, va-t'en. Il faut que tu t'éloignes de cette

poudre blanche.

— Meurtre dans la maison. Meurtre dans la maison, dit-il en la regardant.

— Il a vraiment le sens du drame, n'est-ce pas ? s'enquit Mack.

Lorsqu'ils eurent fini de tout nettoyer, elle se tourna vers lui avec détresse et lui demanda :

— Vous croyez que les animaux en ont ingéré ?

— Ils m'ont l'air propre. Ils se portent tous bien. L'arsenic est un poison à action rapide, bien qu'il puisse être utilisé pour tuer lentement à long terme, car de petites quantités s'accumulent avec le temps. C'est l'une des méthodes préférées des femmes pour se débarrasser de leurs maris.

— Vous plaisantez, n'est-ce pas ? l'interrogea-t-elle en le fixant du regard.

— Le poison est une arme très féminine. Je connais plusieurs cas où les épouses ont lentement empoisonné leurs maris avec de l'arsenic dans leurs déjeuners. C'est censé être insipide et s'accumuler lentement dans le corps jusqu'à un point qui finit par les tuer.

— C'est horrible.

Pour faire bonne mesure, elle prit d'autres serviettes en papier, les humidifia légèrement et essuya la table une nouvelle fois, en prenant soin de frotter dans les fissures et les indentations. Puis elle se mit à quatre pattes et astiqua le sol.

— Je pense que c'est bon maintenant, observa Mack.

— Je pense que ce n'est pas suffisant.

Finalement, même elle dut admettre qu'il n'y avait plus rien sur aucune des surfaces.

— Pouvez-vous faire analyser cette poudre ?

— Je le ferai dès que je partirai d'ici, acquiesça-t-il en

montrant l'enveloppe. L'avez-vous montrée à quelqu'un d'autre ?

— Non, déclara-t-elle en secouant la tête. Je ne connais personne d'autre à qui la montrer. Et je savais que vous alliez venir, alors il était logique de vous la donner de toute façon. Je suppose que l'homme sur les photos est mort ?

— Il a l'air mort, annonça-t-il en étudiant la photo qui se trouvait toujours dans sa main. Mais, sans blessure visible, c'est difficile à dire.

Il soupira et continua.

— Vous savez que Nan possédait la maison il y a trente ans, n'est-ce pas ?

— En effet, admit-elle en hochant la tête et en regardant ses mains, puis elle releva son regard vers le sien. Mais je sais aussi qu'il est impossible que Nan ait tué quelqu'un.

— Et s'il méritait d'être tué ? demanda-t-il, d'une voix calme et douce. Nous sommes tous capables de tuer si on nous met dans la bonne position pour le faire.

Elle agita la tête avec véhémence.

— Non. Nan est la plus douce des femmes. Elle ne tuerait jamais personne.

Doreen étudia Thaddeus, maintenant détendu à l'autre bout de la table.

— Et cela aurait-il un sens de garder une enveloppe avec des photos incriminantes et des preuves de ce genre dans sa propre maison ?

— J'ai vu toutes sortes de choses étranges que les gens font et qui n'ont aucun sens, confia Mack.

Juste à ce moment-là, d'une voix bizarre et lente, Thaddeus dit :

— Meurtre partout. Meurtre partout.

Peu après ça, Mack quitta la maison, carte de visite à la

main, laissant derrière lui une Doreen pâle mais calme près de la table de la cuisine. Elle ne savait pas exactement où, sur sa liste de suspects, Nan se trouvait, mais elle savait que sa grand-mère était la priorité pour elle. Il était hors de question qu'elle lui parle de ça au téléphone. Doreen voulait voir sa réaction, observer son expression. Elle avait besoin de découvrir la vérité.

Et détestait l'idée même d'avoir à le faire.

Mais il était trop tard ce soir pour lui rendre visite. Cela devrait attendre le lendemain matin.

Chapitre 19

Jour 3, vendredi

L E LENDEMAIN MATIN, Doreen se prépara rapidement des toasts et de la confiture pour accompagner son café. Elle franchit la porte vingt minutes plus tard.

Elle voulait d'abord aller voir Nan. Doreen ouvrit la voie vers l'appartement de sa grand-mère, Thaddeus sur son épaule et Mugs à ses côtés, laissant un Goliath assis sur la balustrade, totalement indifférent à l'endroit où ils se rendaient.

Alors qu'il restait encore un pâté de maisons à parcourir, elle prit son téléphone et appela la vieille dame.

— Nan, tu es chez toi ?

— Bien sûr que oui, ma chère, dit-elle d'un ton doux et exaspéré à la fois. Où pourrais-je me trouver ?

— On arrive. On est à deux minutes, annonça sa petite-fille avec un grand sourire.

C'était si difficile de croire que Nan puisse être mêlée à un meurtre. C'était impossible qu'elle le soit.

— Oh, c'est merveilleux. Je viens de préparer une pleine théière. J'ai dû sentir que de la compagnie allait arriver.

— Tu es médium maintenant ? l'interrogea Doreen en

riant.

— Ne serait-ce pas merveilleux si je l'étais ?

Doreen secoua la tête et raccrocha, avant de remettre son téléphone dans sa poche. Elle ne savait pas comment aborder le sujet des photos. La vie de Nan avait été si différente de la sienne. Mais quelqu'un qui avait vécu autant d'années que sa grand-mère devait voir la vie d'un point de vue totalement différent.

Elle, par exemple. Durant les six derniers mois, tout avait changé pour elle. Imaginez si elle avait survécu à ce que Nan avait traversé. Elle s'était mariée il y a longtemps, avait eu un fils, mais son mari était décédé peu de temps après. Quand Nan s'était remariée, son deuxième mari était lui aussi décédé. Puis elle avait décidé que le mariage n'était pas pour elle et avait voyagé dans le monde entier. Son fils était le père de Doreen. Mais ses parents s'étaient séparés quand elle était petite, et son père était mort peu de temps après. Mais la mère de Doreen était amie avec Nan avant qu'elle n'épouse son fils, et leur amitié s'était poursuivie par la suite pour le bien de la petite fille.

Enfant, elle avait passé beaucoup de temps avec sa grand-mère. La mère de Doreen n'était pas du genre maternel et aimait plutôt vivre une vie de célibataire dans un club de tennis. Elle s'était remariée deux fois depuis et s'était éloignée un peu plus à chaque fois de son rôle de mère, mais ce n'était pas grave, car Nan prenait le relais, devenant une vraie mère pour Doreen. Quand elle avait décidé de voler de ses propres ailes, Nan lui avait manqué.

Mais, en construisant sa vie avec son mari, il lui était devenu de plus en plus facile de s'acclimater au mode de vie de sa mère. Sa nouvelle vie se remplit rapidement de nouvelles personnes, de nouvelles expériences, alors que le contrôle croissant de son mari sur son monde s'efforçait de la séparer de tout et de tous ceux de son passé, à l'exception des choses et des personnes qu'il connaissait et voulait dans sa vie.

Elle ne lui en voulait pas complètement. Elle était jeune et naïve, et désirait tellement faire plaisir. Mais, avec le temps, sa vie passée et les gens qui s'y trouvaient s'étaient éloignés.

Maintenant, il n'y avait plus besoin de lâcher prise. Doreen avait besoin de quelqu'un. Nan avait besoin de quelqu'un. Et elles gravitaient l'une vers l'autre à nouveau.

Arrivée au coin de la propriété de Rosemoor, elle put voir Nan assise dans le petit jardin qu'elle avait pour elle toute seule.

Sa grand-mère leva les yeux, aperçut Doreen et lui fit un signe de la main.

Mugs se mit à aboyer.

— Oui, c'est Nan.

La jeune femme était ravie que Mugs s'entende si bien avec Nan.

Bien sûr, les animaux de Nan s'étaient attachés à Doreen, et son chien s'était attaché à Nan, comprenant le lien d'amour entre les deux femmes. D'une certaine manière, Doreen pensait déjà que Thaddeus et Goliath lui appartenaient. Et ce n'était que le début de son troisième jour ici, et depuis son arrivée, c'était le chaos total. Peut-être que les animaux retenaient le visage familier de la personne qui habitait dans la maison. Ou peut-être qu'ils se fichaient de qui était là tant que quelqu'un les nourrissait.

Comme les animaux étaient capricieux. Elle jeta un coup d'œil à Mugs et lui posa la question.

— Mugs, si je n'étais plus là, tu irais voir la première

personne venue ?

Il aboya, et elle prit ça pour un oui.

Elle leva les yeux au ciel, défit sa laisse et le regarda courir vers Nan. Elle s'éloigna de la table et se pencha pour lui faire un grand salut.

Une fois de plus, Doreen traversa la pelouse, enfreignant une règle, tout en sachant qu'elle n'avait pas le droit d'emmener les animaux ici non plus. Pourtant, elle se sentait moins coupable parce qu'elle faisait quelque chose, pour une fois, qui était contraire aux règles, mais qui faisait beaucoup de bien à une dame de quatre-vingts ans.

Riant des pitreries de sa petite-fille et les bras écartés, Nan serra Doreen dans ses bras.

Cette dernière lui rendit son étreinte, et Thaddeus en profita pour passer d'une épaule à l'autre. Assise, Doreen regarda Mugs et Thaddeus réclamer l'attention affectueuse de Nan.

— Où est Goliath ? demanda-t-elle.

— Il paressait sur la balustrade du porche quand nous sommes partis.

— Je le verrai la prochaine fois.

— Qu'est-ce que c'est ? Un nouveau type de thé ? demanda Doreen en reniflant l'air à titre expérimental.

— C'est tout nouveau. Un de mes amis vient de rentrer de Chine et m'a rapporté du thé authentique de Ceylan pour le goûter.

Doreen n'eut pas le cœur de dire à sa grand-mère que l'île nommée Ceylan avait été appelée Sri Lanka par la suite. Et que le thé noir de Ceylan était maintenant cultivé en Inde et en Chine également. Mais elle apprécierait quand même la boisson.

La vieille dame remplit deux tasses de thé pendant que le

volatile regardait par-dessus son épaule.

— C'est agréable de te revoir, ma chère. Est-ce que tout s'est calmé à la maison ?

C'était tout ce qu'elle pouvait faire pour retenir un flot ininterrompu de questions.

— Oh, ça s'est un peu calmé, admit-elle. Mais autre chose est arrivé.

— Oh, mon Dieu, s'exclama la vieille dame en la regardant d'un air fasciné. J'ai vécu dans cette maison pendant quarante ans, et je n'ai jamais ressenti ce genre d'excitation.

Doreen étudia sa grand-mère et sourit. Elle pourrait utiliser cette ouverture.

— J'ai fait le tri dans la chambre d'amis hier. J'ai déjà emmené quelques chargements au magasin de dépôt-vente. Un autre est prêt dans la voiture.

Nan tapa dans ses mains avec joie.

— Ah, merveilleux. Ce serait bien de voir certains de ces vêtements utilisés à bon escient.

— J'ai aussi préparé quelques gros sacs pour Goodwill, ajouta sa petite-fille. Wendy n'était pas intéressée par ces articles.

— C'est logique, acquiesça Nan. J'espère que tu as vérifié les poches avant de tout envoyer. Tu te souviens ? Je n'ai jamais réussi à garder mes poches vides.

— C'est vrai. Tu n'as jamais réussi à garder tes poches vides. J'ai trouvé bien plus de 300 dollars dans tous ces vêtements. Sans compter la monnaie.

Le visage de Nan se figea un instant, puis elle éclata d'un rire joyeux.

— Eh bien, comme c'est charmant, déclara-t-elle en gloussant de nouveau. Tu avais besoin d'argent, et voilà. Et qui aurait cru que j'avais laissé tant de choses derrière moi !

Doreen se sentit immédiatement mal. Elle se pencha en avant.

— Je n'ai pas pensé à te l'apporter. C'est ton argent.

Nan leva une main qu'elle agita dans sa direction.

— Je t'ai dit que tout ce qui est dans la maison est à toi, ma chérie. J'en ai déjà assez pour mes besoins.

— Et qu'en est-il de tes envies ? demanda doucement Doreen. Y a-t-il quelque chose que tu veux ? Tu ne peux pas passer toute ta vie à t'occuper uniquement de tes besoins. Y a-t-il quelque chose que tu veux juste parce que c'est joli ou que ça te fait sourire ? Pourquoi pas un livre de ton auteur préféré ? Ou une nouvelle parure de lit ? Pourquoi pas des vacances ?

Un paisible silence suivit pendant que Nan contemplait… quelque chose. Doreen avait du mal à déchiffrer l'expression sur le visage de sa grand-mère. Mais elle attendit.

— Ma chère, j'ai déjà vécu deux fois plus longtemps que toi, répondit Nan d'une voix douce. On a répondu à beaucoup de mes besoins, mais maintenant la seule chose qui compte est de s'assurer que tes besoins à toi soient satisfaits. J'ai très peu de besoins dans ce monde.

Quelque chose de si triste découlait de cette déclaration. Doreen essaya de comprendre, mais ce fut difficile. Elle s'installa, prit son thé et en but une gorgée. Le thé était merveilleux, corsé, et il était à la température parfaite pour être dégusté. Elle entoura la tasse de ses mains pour absorber un peu de la chaleur.

— Ce thé est délicieux.

— En effet. Je l'aime beaucoup, dit Nan.

Après cela, elles discutèrent et Doreen contempla les paroles de sa grand-mère. Elle prit une profonde inspiration.

— Nan, parce que j'ai trouvé tant de choses cachées un

peu partout dans tes vêtements et tes tiroirs, j'ai tenu à faire une fouille complète de la chambre… La nettoyer, tu vois ?

Nan hocha la tête et attendit la suite.

— J'ai même retourné les matelas.

Nan la regarda avec étonnement.

— Oh, mon Dieu. Je ne serais même pas assez forte pour faire ça.

Et Doreen était assise là, l'honnêteté même face à elle. Évidemment que Nan n'aurait pas assez de force. Même il y a trente ans, elle n'aurait pas été capable de le faire. Elle était petite. Sa petite-fille doutait qu'elle puisse soulever dix kilos. Un homme aurait pu s'occuper du matelas, mais Nan, certainement pas.

Doreen secoua la tête.

— Je n'y avais pas pensé.

— Penser à quoi, ma chérie ? s'enquit la vieille dame en se penchant en avant.

— J'ai trouvé une enveloppe marron 9x12 scotchée sur le sommier, déclara Doreen en souriant après s'être redressée dans sa chaise.

— Oh mon Dieu, ça devient intéressant. Qu'est-ce qu'il y avait dedans ?

Doreen lui expliqua le contenu du paquet, y compris la poudre blanche, l'article de journal et les photos de l'homme mort il y a trente ans. Elle étudia attentivement le visage de sa grand-mère, à la recherche d'un quelconque signe de connaissance préalable du paquet. Mais Doreen ne vit que de l'étonnement dans l'expression de Nan.

— Quel délicieux mystère. Et dans ma chambre d'amis.

Elle s'installa correctement avec son thé et la fixa pendant un long moment. Presque comme si elle regardait le tunnel du temps pour voir s'il lui donnerait les réponses dont elle avait besoin. Puis elle leva les yeux et dit :

— J'aurais aimé voir les photos de l'homme.

— Oh, dit Doreen et elle sortit rapidement son téléphone de sa poche. Je n'ai même pas dit à Mack que j'avais fait ça.

Elle baissa sa voix d'un ton plus bas.

— Il me semblait juste important que je me souvienne du visage du mort.

Elle trouva la photo de l'homme et la montra à Nan.

— J'ai pris une photo de la photo.

— Oh, ma chère, ça a l'air très compliqué.

Nan attrapa le téléphone de Doreen et le rapprocha, avant de retirer ses lunettes de sa tête et de les mettre sur son nez pour regarder attentivement la photo.

— Il m'a l'air familier.

Elle releva son regard en s'excusant.

— Je sais que ma mémoire n'est plus tout à fait ce qu'elle était, mais je ne me souviens pas avoir déjà vu cet homme chez moi.

Doreen hocha la tête. Que pouvait-elle répondre ?

— Le fait est, Nan, qu'elles ont été prises chez toi. Ces photos sont celles de la chambre d'amis, avec les mêmes rideaux, le même papier peint et la même commode.

Nan la regarda avec surprise, sa bouche formant un O. Elle reporta son attention sur la photo.

— Je ne comprends pas comment cela est possible.

— Tu es partie en vacances il y a trente ans ? Rendu visite à un ami ? Laissé quelqu'un séjourner chez toi pendant un petit moment ?

Perplexe, Nan continua de fixer Doreen.

— Tout cela est possible. Mais c'était il y a trente ans, donc je ne peux pas vraiment être sûre de la date.

Doreen tapota la main de sa grand-mère. Elle ne voulait pas la contrarier.

— Si tu t'en souviens, fais-le-moi savoir. Sache juste que Mack risque de passer te poser des questions.

— Mack ?

— Caporal Mack Moreau. C'est l'officier qui enquête sur l'affaire.

Face au regard inquisiteur de Nan, Doreen sentit la chaleur monter dans son cou. Elle secoua la tête.

— Non, dit-elle d'une voix forte et ferme. Il n'y a rien entre nous.

Sa grand-mère hocha lentement la tête, mais son regard pétilla.

— Bien sûr que non.

Elle se repositionna dans son fauteuil et prit une autre gorgée de son thé. Mais un sourire se dessina au coin de ses lèvres.

— C'est un homme bien. Je connais sa mère. C'est une histoire intéressante.

Puis elle scella ses lèvres et se tut.

Sa petite-fille la regarda d'un air méfiant, mais elle savait qu'il était inutile de pousser sa grand-mère. Elle pouvait être têtue quand elle le voulait.

Thaddeus profita de ce moment pour sauter sur la table. Il étudia les biscuits aux amandes qu'aucune des femmes n'avait touchés, regarda Nan et dit :

— Biscuit s'il te plaît. Biscuit s'il te plaît.

Doreen sursauta.

— Comment se fait-il que cet oiseau ait autant de phrases dans son vocabulaire ? Il continue à me surprendre. Où l'as-tu trouvé ? demanda-t-elle à Nan.

— Un vieil ami me l'a amené un jour il y a des années,

en espérant que je le recueille, car il avait été abandonné. Il n'avait aucun détail sur son histoire, mais Thaddeus a choisi de rester chez moi, et nous sommes amis depuis.

— Incroyable, dit Doreen, en regardant Thaddeus sous un autre jour. Il est très intelligent.

L'oiseau émit un gazouillis bizarre et picora le biscuit le plus proche.

— Il ne connaît pas seulement tous ces mots, dit Nan doucement, il possède également la façon de les assembler pour qu'ils aient un sens. Eh bien, parfois, c'est carrément effrayant.

Chapitre 20

La voix dure de Mack interrompit leur paisible goûter, ce qui fit aboyer Mugs, tout juste réveillé de sa sieste. L'officier était accompagné de Goliath, qui ignora le chien et sauta sur les genoux de Nan.

Doreen regarda l'agent avec surprise, mais dédaigna sa présence pour étudier le visage de Nan.

Elle se leva précipitamment et tira une chaise en plus.

— Joignez-vous à nous, dit-elle d'une voix enjouée.

Il s'assit sur la toute petite chaise, et la jeune femme grimaça. Il la regarda, tout en grattant l'oreille de Mugs.

— Je suis certain qu'elle peut supporter mon poids, déclara-t-il d'un air cocasse.

— Désolée, marmonna-t-elle en rougissant.

— Désolée pour quoi ? D'être venue ici voir Nan avant que je puisse l'interroger ?

— Pourquoi n'aurais-je pas le droit de lui parler ? Ce n'est pas comme si ça avait un rapport avec le meurtre chez moi, et ce n'est pas comme si Nan était suspectée de meurtre, objecta Doreen avec dédain, avant de prendre son thé pour en boire une gorgée. Est-elle suspecte ?

Il lui lança un regard noir.

— Il suffit que je me détourne une minute de cette affaire pour tomber sur vous. Si ce n'est pas à Lifelong Insurance, alors c'est ici, chez Nan.

Doreen se redressa, indignée.

— Eh bien, je suis sûre que votre travail d'investigation ne se limite pas à ces deux endroits. Et évidemment, je dois vérifier tout ce qui peut impliquer Nan. Et je vous ai montré les choses que j'ai trouvées dans sa maison.

— Chérie, ça va aller, la rassura Nan en se rapprochant avant de lui tapoter le poignet. Ne t'inquiète pas pour ça. Mack est juste un peu contrarié que tu sois arrivée avant lui.

— Un peu contrarié ? s'enquit-elle en dévisageant sa grand-mère.

Mugs, assis sous la table, se dressa sur ses pattes arrière, ses pattes sur son genou et grogna à son intonation. Elle lui tapota la tête.

— C'est bon, Mugs. Tout va bien.

— C'est un bon chien de garde ? demanda Mack, en fronçant les sourcils tandis qu'il étudiait le basset. Ce sont des chiens éduqués pour la chasse, à l'origine.

— Je n'en ai aucune idée. L'occasion pour lui de monter la garde ne s'est pas encore présentée, dit-elle. Il vient seulement de réaliser qu'il pouvait aboyer. Mon *presque ex-mari* n'appréciait pas que Mugs fasse du bruit, alors un dresseur de chiens l'a entraîné à ne pas aboyer. Mais maintenant qu'il n'y a que nous, il a retrouvé sa voix.

Elle caressa ses longues oreilles soyeuses et sourit au chien aux paupières tombantes.

— Bien sûr, Goliath l'aide un peu.

— Goliath sait se défendre, dit Nan joyeusement, avant de verser une autre tasse de thé à tout le monde. Mais

Thaddeus, c'est une autre histoire.

— Pourquoi tu ne m'en as pas dit plus sur Goliath et Thaddeus, Nan ? l'interrogea sa petite-fille. C'est une chose de me laisser un chat indépendant de la taille d'un monstre, heureux d'être à l'intérieur et à l'extérieur, mais me laisser Thaddeus ?

Le rire de la vieille dame traversa le jardin, et fit sourire Mack et Doreen.

— Comme nous étions en train de le dire, Thaddeus est une perle.

Au même moment, celui-ci sauta et se posa sur l'épaule de la vieille dame.

— Thaddeus est là. Thaddeus est là, roucoula-t-il.

Et, dans un moment d'affection, le chat et l'oiseau se rapprochèrent de Nan.

Doreen fixa les deux animaux de compagnie, puis secoua la tête.

— Comment as-tu été capable de les laisser ?

— Je n'avais guère le choix. De plus, Thaddeus est inconstant, ma chère. En ce moment, il a l'air d'être mon vieil ami, et à dire vrai, c'est le cas. Mais il pourrait aussi être ton ami de longue date en à peine cinq minutes. Et je n'ai pas le droit d'avoir d'animaux ici. Thaddeus m'enterrera, nous tous sans doute, alors j'ai dû prendre des dispositions pour lui.

Doreen se pencha en avant.

— Mais tu n'as pas pris de dispositions pour lui, Nan. Tu l'as abandonné, lui et Goliath.

— N'importe quoi. Tu avais prévu d'arriver un jour précis. Lui et Goliath allaient bien jusque-là, car je faisais des allers-retours pour les nourrir. Et, si je t'avais parlé d'eux, tu te serais inquiétée d'avoir du retard.

Doreen se contenta de cette réponse. Ce n'est pas parce

que Nan avait raison que Doreen avait envie de lui donner raison. Elle n'apprécia pas non plus de voir les lèvres de Mack qui retenait son sourire se plisser.

— N'y avait-il pas une raison pour votre présence ? rétorqua-t-elle en lui lançant un regard noir.

Il posa sa tasse de thé et commença à poser à Nan exactement les mêmes questions que Doreen.

La vieille dame gloussa.

— Tu devrais vraiment engager Doreen comme assistante. Tu le sais, n'est-ce pas ? Elle m'a déjà demandé tout ça.

Elle lui redonna quand même les réponses qu'elle avait données à sa petite-fille.

Cette dernière était fascinée par cette affaire. Il y avait eu un sacré rebondissement, et Nan était impliquée d'une façon ou d'une autre. Doreen ne pensait pas qu'elle avait quelque chose à voir avec les deux meurtres, donc il devait y avoir quelqu'un d'autre. Il n'y avait vraiment pas d'autre explication.

Mack tourna son attention vers la jeune femme.

— J'ai fait analyser la poudre. C'était juste de la fécule de maïs. Je suppose que c'était dans l'enveloppe pour empêcher les photos de coller ensemble.

— Eh bien… ce mystère est au moins résolu. Je suis heureuse que ce ne soit pas du poison, s'exclama-t-elle.

Avec un sourire éclatant, elle finit son thé et se leva.

— Je passerai dans un jour ou deux, dit-elle après avoir embrassé Nan.

Avec Mugs à ses côtés, Goliath à ses pieds et Thaddeus maintenant sur son épaule, elle se tourna vers Mack.

— Je suis sûre qu'on se reverra, monsieur Moreau.

— Je vous ai dit de m'appeler Mack, rétorqua-t-il d'une voix bourrue.

— C'est vrai, dit-elle en souriant. Passez une bonne journée, Mack, Nan.

Elle les entendit parler tandis qu'elle s'éloignait, et son nom fut prononcé. Elle espérait qu'ils ne diraient que de bonnes choses, car Doreen avait été la risée de beaucoup de gens ces dernières années. Mais elle faisait confiance à Nan. Elle était la seule personne au monde à se soucier de son sort, mis à part elle-même.

Son esprit était consumé par les images de l'homme mort alors qu'elle retournait lentement à sa maison.

Une bibliothèque se trouvait au coin de la rue — probablement le seul moyen d'obtenir les archives des articles de journaux d'il y a trente ans — mais elle devait laisser Mugs, Goliath et Thaddeus chez elle. Elle avait un article en tête, celui retrouvé dans la chambre, mais cela ne signifiait pas que d'autres journaux avaient publié la même histoire. Ce dont elle avait vraiment besoin, c'était de plus d'informations sur la mort du premier homme. Et, pour ça, elle aurait dû demander au policier.

Elle sortit son téléphone, tapa son numéro et sourit, heureuse qu'il soit resté avec Nan après l'avoir cuisinée. Quand il répondit, elle alla droit au but.

— Avez-vous obtenu des informations sur l'homme sur les photos ?

— Je ne suis pas encore retourné au bureau. Je le ferai quand j'y serai.

Elle fit un signe de tête et sourit à un voisin, qui lui lança un regard bizarre avant de poursuivre son chemin. En s'approchant de son allée, Doreen retourna son attention vers la personne au bout du fil.

— Faites-moi savoir ce que vous trouverez, s'il vous plaît.

— C'est une affaire de police, dit-il avec exaspération. Je ne vais pas vérifier avec vous à chaque étape.

— Mais c'est probablement mieux si vous le faites, déclara-t-elle. Sinon, je devrai obtenir cette information moi-même. Et vous n'aimez pas que je fasse ça.

Elle raccrocha, lui coupant la chique, et remit son téléphone dans sa poche avec un petit rire.

De retour à la maison, les animaux sur ses talons, elle retourna dans la chambre d'amis pour jeter un autre coup d'œil, afin de voir si elle n'avait pas raté quelque chose. Elle n'avait même pas commencé à inspecter les murs. Était-ce étrange ?

Les murs étaient recouverts de papier peint, mais des boiseries semblaient se trouver en dessous, comme en témoignaient les endroits où le papier peint avait été arraché. Mais comment pouvait-elle savoir si quelque chose était caché derrière ces murs ? Elle supposa qu'elle ne le saurait jamais, à moins d'arracher tous les panneaux pour trouver les montants en dessous. Elle ne ressentait pas le besoin de le faire. Cependant, elle se sentait stupide, mais incapable de s'arrêter, elle frappa sur le mur le plus proche et continua en faisant le tour de la pièce. La sonorité était la même partout, jusqu'à ce qu'elle arrive au placard. Elle l'étudia, entra et regarda à l'intérieur. Il y avait une trappe au plafond qui menait au grenier.

Elle semblait avoir été ajoutée à la maison après coup. Juste une petite ouverture d'un mètre carré. À première vue, la petite porte était juste posée là, pour être poussée sur le côté une fois qu'elle pourrait atteindre cette hauteur. Ce n'était pas un accès au grenier à part entière avec une porte coulissante sur laquelle était fixée une échelle pliante.

Elle fit un pas en arrière et inspecta la pièce, puis sortit dans le couloir et regarda au plafond. Toutes les maisons étaient équipées d'un grenier, mais la porte de ce dernier n'était-elle pas généralement située quelque part au centre de la maison ? Là où la pente du toit est la plus haute ? De cette façon, quelqu'un pouvait se tenir debout à l'intérieur du grenier. De plus, les artisans avaient accès aux câbles, aux tuyaux, aux conduits et à tout ce qui se trouvait dans le grenier, ainsi qu'à toutes les choses que les gens y entreposaient.

De retour dans la chambre d'amis, elle tourna son regard vers la table de nuit, mais ne pensait pas qu'elle serait assez haute pour cet usage. Une chaise de cuisine non plus. De retour en bas, elle trouva une grosse lampe de poche. Cela pourrait aider. Elle l'alluma et l'éteignit plusieurs fois pour s'assurer que la pile fonctionnait. Puis elle trouva un petit escabeau. Sa contremarche supérieure était plus haute que le siège de la chaise de cuisine.

Elle monta la lampe et le tabouret à l'étage, dans le placard de la chambre d'amis. Avec la lampe de poche en main, elle grimpa lentement sur l'escabeau, mettant de côté la trappe d'accès au grenier. La tête et les épaules passées, elle alluma la lampe et fouilla tranquillement.

Au début, il semblait vide jusqu'à ce qu'elle fasse le tour complet et trouve plusieurs boîtes. Il y avait facilement six à huit boîtes empilées entre l'endroit où elle se trouvait et le mur extérieur.

Une fois de plus, la chasse au trésor l'avait rattrapée. De petites feuilles de contreplaqué étaient placées entre les chevrons pour empêcher les gens de tomber en grimpant, mais ce serait difficile de se déplacer. Elle devrait changer de vêtements avant d'essayer.

Elle alla dans sa chambre, enfila rapidement un jean, des

tennis et un vieux T-shirt, gracieuseté du placard de Nan. Doreen se doutait que le grenier serait plein de toiles d'araignées.

Elle rapprocha l'escabeau du bord de l'ouverture et grimpa lentement. À l'aide de ses bras, elle se hissa dans le grenier, s'assit près de l'ouverture, les jambes pendantes en dessous, et regarda autour d'elle. Le grenier était vide, à l'exception de la pile de boîtes qu'elle avait aperçue plus tôt. Elle présuma qu'elles seraient remplies de choses telles que des décorations de Noël cassées.

Avec précaution, elle rampa sur les plaques de contreplaqué pour se rapprocher des boîtes. Deux étaient empilées devant elle. Elle attrapa celle du bas et les tira lentement vers elle.

Elle continua à tirer bien qu'elles soient étonnamment lourdes. Elle devait savoir ce qu'il y avait dans toutes ces boîtes. Elle les secoua d'abord pour vérifier s'il y avait des objets fragiles à l'intérieur, mais n'entendit rien de tel, puis elle déposa les deux premières boîtes dans le placard à côté de l'escabeau.

Elle redescendit dans le placard, et inspecta les boîtes à la lumière de la penderie. Doreen ne trouva aucune liste décrivant leur contenu, ni aucune étiquette sur les côtés des boîtes. Elle attrapa le coin du ruban adhésif qui scellait le haut de la première et le retira. Les animaux étaient également ment curieux, car Mugs l'avait rejointe dans le placard et s'affairait à ses pieds, tandis que Goliath était sur le lit et que Thaddeus, inhabituellement calme, était perché sur la commode.

Elle sortit ce qui semblait être des vêtements d'homme. Un costume gris anthracite. Elle secoua la tête.

— Oh, Nan. D'où est-ce que ça vient ?

Doreen fouilla les poches de la veste et en sortit un billet de vingt dollars, presque la preuve que c'était Nan qui avait emballé ces vêtements dans cette boîte. Mais sa grand-mère n'aurait jamais porté ces vêtements, alors à qui appartenaient-ils ? Dans la poche intérieure, Doreen sortit une carte de visite. Le nom correspondait à celui de l'article de journal.

Jeremy Feldspar.

Elle jeta un coup d'œil à Thaddeus.

— Qu'est-ce qu'il y a, Thaddeus ? Tu n'as rien à dire maintenant ?

Normalement, dans des moments comme celui-ci, il avait une phrase accrocheuse de malheur et de morosité. Mais même là, l'oiseau la fixait, elle et les vêtements, et restait silencieux.

D'une certaine manière, c'était pire.

Chapitre 21

Doreen avait beau chercher, elle ne comprenait pas pourquoi des vêtements d'hommes se trouvaient dans le grenier de Nan. Des vieux vêtements, pour être exacte. Bien sûr, l'esprit de sa petite-fille associait ces vêtements à l'homme mort photographié dans la chambre d'amis. Elle ne pouvait pas en être sûre.

La jeune femme refusait de croire que Nan avait quelque chose à voir avec la mort de Jeremy.

Au même moment, on sonna à la porte. Elle ne voulait pas que quelqu'un voie tout ça, alors elle ferma la porte de la chambre et descendit dans l'entrée. Elle l'ouvrit et tomba sur un couple d'âge moyen qui lui souriait. Les deux étaient légèrement en surpoids, dans la cinquantaine et habillés comme des jumeaux avec des T-shirts couleur citrouille et des pantalons kaki. Elle lança un sourire hésitant avant de dire :

— Bonjour. Je peux vous aider ?

La femme attrapa la main de Doreen.

— Nous sommes ravis de vous rencontrer. Et nous sommes vraiment désolés que vous ayez dû vivre un événement aussi désagréable à votre arrivée.

Doreen essaya de retirer sa main, mais la femme ne voulait pas la lâcher.

— Est-ce que je vous connais ?

L'homme éclata d'un rire franc.

— Nous sommes vos voisins de droite, répondit-il en désignant la maison voisine. Nous étions absents ces deux derniers jours, donc nous avons manqué une grande partie de l'agitation. Mais, quand nous en avons entendu parler, nous avons voulu venir vous souhaiter la bienvenue dans le quartier.

Les sourcils de Doreen se levèrent, et elle étudia le couple.

— Oh, comme c'est gentil.

Pourtant, au fond d'elle, elle se demandait si c'était une chose à faire en tant que voisin. Ça semblait bizarre. Quand elle était avec son mari, personne n'aurait jamais fait une chose pareille. Dans tous les cas, ils n'auraient pas pu passer les portes de sécurité.

— Tenez. Nous vous avons apporté un plat. C'est l'un de nos préférés, dit-il en lui tendant un plat recouvert de papier d'aluminium, qu'elle prit de sa main libre.

Elle regarda le récipient avec surprise mais sentit qu'elle n'avait pas d'autre choix que de l'accepter.

— Merci, déclara-t-elle doucement. Ça sent merveilleusement bon. C'est très gentil de votre part.

Et c'était le cas. Elle avait été témoin de peu de gentillesse ces derniers mois.

— Eh bien, nous sommes des gens très gentils, admit son voisin en souriant.

— Oh, oui, nous le sommes certainement, ajouta la femme qui lui tenait toujours l'autre main, avant de se tourner vers son mari et de continuer, je suis sûre que vous trouverez tout le monde ici très amical.

— Jusqu'à présent, ça n'a pas été le cas, rétorqua Doreen d'un ton sec. Mais bon, ce n'est pas tous les jours qu'on retrouve un cadavre sur sa propriété.

Les deux visiteurs haletèrent.

— Ça a dû être terrible pour vous, s'écria la femme.

Elle rougit, agita la main et finit par lâcher celle de Doreen.

— Oh, ma chère, je suis vraiment désolée. Je m'appelle Cindy. Voici mon mari, Josh.

Celui-ci tendit une grande mitaine pour serrer la sienne.

— Enchanté de vous rencontrer.

Elle acquiesça et essaya gentiment de libérer sa main. C'était impoli de s'accrocher à sa main et de la garder si longtemps. Cependant, ils étaient amicaux, et elle n'avait pas vu beaucoup de visages bienveillants depuis son arrivée.

— Je m'appelle Doreen, annonça-t-elle. Nan est ma grand-mère.

La femme, un peu plus jeune que son partenaire, joignit ses mains devant elle et sautilla presque sur place, comme une enfant de douze ans.

— Oh, ma chère, c'est charmant. Nan est si gentille.

Doreen sourit naturellement pour la première fois.

— En effet.

Elle ne savait pas si elle devait les inviter à entrer, mais pour une raison ou une autre, elle était peu encline à le faire. Elle se tourna vers l'homme et demanda :

— Depuis combien de temps vivez-vous ici ?

— Oh, ça doit faire trente ans maintenant, peut-être plus, répondit-il avec un sourire radieux. C'est le meilleur endroit pour vivre. Il ne se passe jamais rien ici. C'est agréable et paisible.

Elle évita de faire remarquer que quelque chose s'était passé ici et se contenta de hocher la tête, pensant qu'ils étaient ici lorsque Jeremy Feldspar était dans la maison de Nan.

— Intéressant. Nan habitait-elle ici quand vous avez emménagé ?

Ils hochèrent tous les deux la tête.

— Effectivement. Quel personnage haut en couleur. Elle était toujours en vadrouille dans la ville avec les voisins.

— J'apprends beaucoup de choses sur ma grand-mère depuis que je suis ici, avoua Doreen en souriant. Ce que vous savez sur quelqu'un d'une part est complètement différent quand vous entrez dans sa vie.

Cindy tapota l'épaule de Doreen.

— Nous sommes si heureux que Nan vous ait. Elle ne devrait pas se retrouver seule dans ces années particulières de sa vie.

— Elle ne sera plus seule à présent.

Doreen chercha un endroit où poser le plat, mais Mugs, qui avait complètement inspecté le porche, était maintenant assis à ses côtés, à fixer le couple. Il n'était pas très amical, et si elle ne se trompait pas, un léger grognement provenait du fond de sa gorge.

Elle s'accroupit légèrement et lui caressa la tête.

— C'est Mugs.

Le couple se pencha pour accueillir le chien avec ce qui devait être leur habituelle exubérance. Ils devaient être épuisants à la longue. Qui avait l'énergie nécessaire pour toute cette effervescence ?

— Et les autres animaux de Nan ? Thaddeus est toujours là ? demanda Josh.

Instantanément, l'oiseau arriva derrière elle, comme s'il

avait entendu son nom. Thaddeus se posa sur l'épaule de Doreen. Elle fut surprise pendant un moment mais se reprit rapidement.

Le couple sourit. Josh caressa doucement le cou de Thaddeus.

— Thaddeus est là. Thaddeus est là.

Le couple rit gaiement.

— N'est-il pas merveilleux ? dit Cindy, rayonnante. Quelle chance pour Nan que vous soyez là pour vous occuper de ses animaux.

— Oui, quelle chance.

Doreen s'efforçait d'être polie, mais quelque chose chez ces gens la déprimait. Personne ne pouvait être aussi gentil tout le temps.

Juste à ce moment-là, Goliath monta les marches de l'entrée pour se faufiler entre tout le monde et se joindre à la mêlée. Doreen le regarda et demanda au couple :

— Avez-vous des animaux domestiques ?

Josh secoua la tête.

— Nous en avions, mais nous les avons perdus il y a quelques années, et c'était tellement traumatisant que nous ne nous sentions pas capables de revivre ça.

Doreen hocha la tête. Elle le comprenait. Elle n'était pas sûre de ce qu'elle ferait quand elle perdrait Mugs.

— Nous avons tellement accaparé votre temps. Je suis désolée si nous vous avons dérangée, dit Cindy en reculant.

Doreen se demandait si elle avait été peu aimable, si elle aurait dû les inviter à entrer. Mais ils étaient déjà à mi-chemin des marches, faisant des signes de la main.

— Passez quand vous voulez, lança Josh. Je travaille à la maison la plupart du temps, donc l'un de nous est toujours dans le coin.

Cindy gloussa.

— Et heureusement, je n'ai pas à travailler. Josh s'occupe très bien de moi, dit-elle avec un grand sourire. Si jamais vous vous sentez d'humeur amicale, ou si vous ne voulez simplement plus être seule, venez boire une tasse de thé.

Ils partirent ensemble en la saluant vivement.

Doreen se tenait devant la porte d'entrée, et se sentait bête. Elle avait été élevée mieux que ça. En arrière-plan, elle pouvait entendre la voix de Nan dans sa tête. Qu'est-ce qui s'est passé, ma chérie ? Pourquoi n'as-tu pas invité ces gentilles personnes à entrer ?

Et c'était le cœur du problème. Ils étaient trop gentils. Peut-être que c'était juste son esprit méfiant, mais il lui semblait qu'ils étaient venus à la pêche aux informations.

Elle n'avait aucune information à leur donner. Le fait étant qu'ils savaient quand la maison était vide. Ils savaient quand Nan entrait ou sortait, et s'ils avaient voulu enterrer le corps sur la propriété, ils avaient eu largement le temps de le faire entre le départ de Nan et l'arrivée de Doreen. Pourtant, ces voisins avaient été critiqués par Doreen juste parce qu'ils étaient sur les lieux et avaient accès à la propriété. Il y avait donc de fortes chances qu'ils aient déplacé le corps ailleurs pour cette raison. À moins, bien sûr, qu'ils n'aient pu le transporter loin ou qu'ils n'aient pas voulu se faire prendre avec un cadavre dans leur véhicule. Les deux étaient des points très valables également.

Cependant, elle ne s'imaginait pas essayer de déplacer le corps d'un homme adulte mort.

Elle se secoua et retourna à l'intérieur.

— Viens, Mugs. On y va.

Avec le chien et le chat sur ses talons, et Thaddeus sur son épaule, elle ferma lentement la porte. Ce faisant, elle aperçut une femme de l'autre côté de l'impasse, qui la regardait fixement. Elle lui fit un petit sourire. La femme se retourna et rentra chez elle en claquant sa porte.

Eh bien, tout le monde n'était pas aussi amical apparemment. À quoi Doreen s'attendait-elle ? Depuis qu'elle était arrivée, il n'y avait eu que du brouhaha chez elle. Tous ceux qui désiraient la paix et la tranquillité avaient probablement pensé que le quartier était devenu un enfer avec l'arrivée de Doreen.

Incapable de s'empêcher de le faire, elle ferma la porte d'entrée à clé et se dirigea vers la cuisine. Quand elle enleva le papier d'aluminium de la casserole, elle trouva des petits pains fraîchement cuits. Elle dut admettre qu'ils sentaient délicieusement bon. Étaient-ils faits maison ? Ressentant beaucoup plus de sympathie envers ses voisins, elle en choisit un, le déchira en deux, le beurra et en prit une grosse bouchée. En vérité, c'était très bon.

C'était exactement ce dont elle avait besoin en ce moment.

Elle se fit une tasse de thé, beurra une deuxième brioche et monta les deux à l'étage. La seule raison qui l'avait poussée à ne pas inviter Josh et Cindy à l'intérieur était les affaires qu'elle avait trouvées dans le grenier. Et, oui, elle se sentait coupable maintenant qu'elle avait goûté ces merveilleuses brioches.

Elle ne souhaitait toujours pas que quelqu'un sache ce qu'elle avait trouvé. Personne d'autre que Mack. Mais, avant de lui parler de sa dernière trouvaille, elle devait passer en revue toutes les boîtes. Une fois qu'il serait là, il emporterait probablement tout. Et ensuite il ne partagerait plus aucune information avec elle à leur sujet. Bien qu'elle ait naturellement fait confiance à Mack, pour quelque raison que ce soit, les preuves trouvées dans ces boîtes pourraient accuser un peu plus Nan.

Chapitre 22

D E RETOUR A l'étage, Doreen se remit à trier les boîtes qu'elle avait trouvées. Mugs était couché paisiblement à ses côtés. Aucun signe de Goliath. Thaddeus était sur son perchoir dans le salon quand elle y était passée, mais elle était certaine qu'il ne pourrait pas s'empêcher de venir voir ce qu'elle faisait. Elle passa méthodiquement en revue chaque vêtement, vérifia toutes les poches à la recherche de bouts de papier, de cartes de visite, de quelques bonbons et, bien sûr, d'argent. Elle secoua la tête en pensant que tant de gens laissaient de l'argent dans leurs poches et se demanda si ça ne lui était pas déjà arrivé.

Il y avait sa vie avant la séparation et sa vie après. Elle regretta de ne pas avoir économisé une partie de l'argent qui était passé entre ses mains dans le passé. Mais la vie était ainsi faite, et il y avait du changement. Quand elle eut fouillé toutes les poches des vêtements pour hommes, elle rechargea les deux cartons, les empila à nouveau, repositionna l'escabeau sous la trappe du grenier et grimpa une fois de plus.

Doreen rampa prudemment sur les plaques de contre-plaqué, et rapprocha lentement le reste des boîtes de l'ouverture du grenier, avant d'en faire tomber deux nouvelles sur le sol du placard. Elle avait mis celles qu'elle avait déjà fouillées de côté pour ne pas les confondre. Les deux boîtes suivantes contenaient la même chose, des vêtements d'homme. Si cela représentait l'intégralité de la vie d'une personne, ce n'était pas grand-chose.

Dès qu'elle eut fini avec celles-là, elle les ajouta aux deux premières qu'elle avait sondées, puis descendit le reste des boîtes. Il lui fallut plusieurs voyages, car certaines étaient très lourdes. Elle ferma la trappe d'accès au grenier et replia l'escabeau, au cas où quelqu'un entrerait et se demanderait ce qu'elle était en train de faire.

— Terminé, Mugs.

Ouaf. Puis il laissa retomber sa tête sur ses pattes et se rendormit.

Elle ouvrit les rabats des quatre boîtes, en trouva une autre pleine de vêtements pour hommes et choisit de la parcourir en premier. Celle-ci contenait des manteaux d'extérieur, des vestes et un pull. Encore une fois, il y avait un peu d'argent dans chaque poche, plus quelques notes qui n'avaient aucun sens et une clé.

Elle regarda la clé avec étonnement. Une clé pour ouvrir quoi ? Elle était petite, probablement la clé d'un coffre-fort. Comme une clé de boîte aux lettres. Certainement pas une clé de maison.

Elle plaça la clé dans le bol avec l'argent. Quand elle en eut fini avec cette boîte, elle la ferma et la déplaça sur le côté.

La boîte suivante était un peu plus intéressante : des livres. Il s'agissait peut-être de ses effets personnels. Elle les parcourut tous avec soin et trouva une sélection hétéroclite de romans et de livres papier. Tout, du dictionnaire *Webster* au dernier best-seller du *New York Times* âgé de trente ans.

En étudiant la collection, elle fronça les sourcils. Elle ne comprenait pas pourquoi ces livres avaient été gardés. Elle ouvrit soigneusement et secoua chaque livre pour s'assurer que rien d'important ne s'y trouvait.

Lorsqu'elle eut terminé, elle avait seulement quelques billets de plus et des marque-pages qui ressemblaient plus à des cartes de visite. Elle remballa la boîte et la mit sur le côté.

Il ne lui restait plus que deux boîtes. Elle avait chaud, était poussiéreuse et fatiguée. Mais elle savait qu'elle devait les passer en revue, juste au cas où quelqu'un passerait la voir.

Au moment où elle y pensa, on sonna à la porte. Mugs, aboyant comme un fou, se précipita hors du lit. Elle alla à la fenêtre et regarda à l'extérieur pour voir qui se trouvait sur le pas de la porte.

Elle retourna prudemment en bas. Le chien se tenait devant la porte d'entrée, aboyant tel un forcené, avant qu'elle n'y arrive.

— Mugs, s'il te plaît, calme-toi.

Pour quelqu'un qui était venu ici sans s'attendre à connaître qui que ce soit, Doreen trouvait qu'il y avait beaucoup trop de passage. Elle ouvrit la porte et tomba sur Mack, qui se trouvait sur son porche, les bras croisés et les sourcils froncés. Mugs cessa d'aboyer et commença à gémir à la place. D'une certaine manière, il s'était pris d'affection pour le grand détective.

— Qu'est-ce qui vous a pris tant de temps ?

— J'étais occupée, rétorqua-t-elle en fronçant elle aussi les sourcils. Désolée si j'ai mis une seconde ou deux à descendre.

Il regarda ses vêtements et ne put se retenir de sourire.

Elle fixa son jean, ses voyages au grenier l'avaient recouvert de poussière. Et probablement de toiles d'araignées. Elle brossa ses cheveux en arrière et gémit en voyant que ses mains étaient également couvertes de saleté.

— Mince.

— Qu'est-ce que vous avez fabriqué ? Vous êtes allée dans le grenier ou quoi ?

Elle ravala sa réponse, ne voulant pas qu'il sache — encore — ce qu'elle avait fait. Elle ouvrit la porte en grand.

— Que voulez-vous à présent ?

Il franchit le seuil, prenant l'ouverture de la porte comme une invitation, bien que le ton de la jeune femme soit loin d'être accueillant.

— Je suis venu vous poser quelques questions supplémentaires, dit-il avec un sourire radieux. Mais maintenant je vais aller vérifier ce que vous étiez en train de faire.

Elle le fixa du regard, sentant sa bouche se pincer comme si elle venait de mordre dans un citron.

— Ce que je fais ne regarde que moi.

— Pas si cela concerne le ou les meurtres qui entourent cette propriété, objecta-t-il avec un regard sévère. Donc, vous avez été dans le grenier, d'après les preuves sur vos vêtements. Qu'avez-vous trouvé ?

Elle ne savait même pas par où commencer. Elle n'était pas sûre d'avoir le choix. Elle intensifia son regard. Elle n'avait besoin que d'une heure de plus, et ensuite elle aurait terminé. Qu'il soit maudit.

Il rit.

— Vous avez un mandat ? contra-t-elle, sans méchanceté.

— Est-ce que j'en ai besoin ? demanda-t-il, la frustration se faisant entendre dans sa voix.

— Je me suis dit que j'allais d'abord tout passer en revue. Si j'avais trouvé quelque chose, je vous l'aurais fait savoir.

— Arrêtez, s'exclama-t-il en l'attrapant par l'épaule avant de lui donner une petite secousse. Réfléchissez à ce que vous faites. Rappelez-vous que c'est une enquête pour meurtre. Tout ce que vous trouvez en rapport avec cette affaire est une information que je dois connaître.

Alors que les animaux s'agitaient autour de leurs jambes et se mettaient en travers de leur chemin, elle claqua la porte d'entrée, posa ses mains sur ses hanches et dit :

— J'ai trouvé quelques boîtes dans le grenier. Mais je ne les ai pas encore toutes regardées.

— Oh, non, grogna-t-il. Je veux voir exactement ce que vous avez trouvé.

Elle courut jusqu'à l'escalier et se tint sur la première marche, les bras croisés sur la poitrine.

— Seulement si je vous laisse faire. Vous n'avez pas le droit de monter à l'étage et de voir ce que j'ai trouvé.

Il l'attrapa par la taille, se retourna et la posa à côté de lui.

— Je peux obtenir un mandat si vous voulez. Et ce sera désagréable parce que d'autres officiers viendront pour mettre le désordre, et ils ne se soucieront pas du fait qu'il s'agissait des affaires de Nan ou que quoi que ce soit ici puisse avoir de la valeur à vos yeux. Et plus vous essayez de me cacher des choses, plus je m'énerve, expliqua-t-il en lui lançant un regard noir. Me suis-je bien fait comprendre ?

Elle gémit et ferma les yeux.

— Pourquoi votre timing est-il si mauvais ? Je venais juste d'arriver aux choses intéressantes.

Elle le dépassa et courut vers les escaliers avec lui sur ses talons.

— Qu'est-ce que vous avez trouvé ?

— Les vêtements de Jeremy Feldspar.

— Quoi ? rugit-il.

Elle rit et se précipita vers la chambre d'amis, manquant de trébucher sur Mugs qui essayait de passer devant elle.

— Ils étaient tous soigneusement pliés et rangés dans des boîtes au grenier. Et puis j'ai trouvé une boîte de livres avec son nom à l'intérieur de chacun d'eux, et il ne me reste plus que deux boîtes maintenant.

— Quelque chose d'intéressant dans les vêtements ? demanda-t-il d'un ton dur. Je veux tout voir. Pas seulement ce que vous pensez que je devrais voir.

Elle secoua la tête, et s'arrêta devant la porte de la chambre d'amis.

— Jusqu'à présent, il n'y a rien eu d'intéressant, juste un peu d'argent, des petits bouts de papier, des cartes de visite. J'ai parcouru les vêtements assez attentivement, et je n'ai rien vu qui contenait des informations relatives à sa mort ou à sa vie.

Elle ouvrit la porte, entra et montra du doigt les boîtes qu'elle avait fouillées et rangées au fond de la pièce. Le chien profita de l'ouverture de la porte pour sauter et reprendre sa place sur le lit à côté de Goliath qui ouvrit un œil puis le referma pour continuer sa sieste.

— N'hésitez pas à regarder. Tout ce qui est ici sur le lit et dans ce petit bol est ce que j'ai trouvé dans les poches de ses vêtements, indiqua-t-elle avant de se retourner pour montrer la commode. Ce saladier, ce sont des choses trouvées dans les vêtements de Nan. J'ai tout séparé.

Il étudia la pile de cartons emballés, se tourna pour regarder le contenant au centre du lit, parcourut son contenu — quelques cartes de visite et quelques pièces de monnaie — et ramassa le bloc-notes avant de réaliser qu'il s'agissait d'une liste de courses.

— Vous êtes sûre d'avoir vérifié chaque vêtement avec soin ?

Elle opina du chef.

— Ces boîtes contre le mur sont des vêtements, mais regardez vous-même. La dernière boîte était pleine de manteaux.

Il s'en approcha, ouvrit le rabat d'une des boîtes et en sortit une veste. Il la souleva pour en examiner le style.

— C'est définitivement un vêtement de style ancien, déclara l'officier de police.

— Des années 1980, peut-être.

— Depuis combien de temps Nan vit-elle ici ?

— Depuis toujours. Selon ses dires, quarante ans. Mais je ne sais pas exactement en quelle année elle a acheté cette maison. Vous devriez lui demander.

Elle le regarda retourner les poches, puis il fit quelque chose d'inhabituel. Il froissa le bas de la veste, comme s'il cherchait quelque chose à l'intérieur de la doublure. Il la posa, en sortit une autre et fit exactement la même chose.

Doreen haussa les épaules et ouvrit la boîte devant elle. Puis il s'approcha de la lumière de la fenêtre et tint la veste à l'envers.

— Qu'est-ce que vous avez trouvé ? demanda-t-elle en s'approchant.

— Quelque chose dans la doublure.

Mack retourna le vêtement et trouva la couture qui avait été ouverte et recousue. Il sortit un couteau de la poche de son pantalon, coupa rapidement les points et fourra une main à l'intérieur.

Quand il sortit une feuille de papier, elle sursauta.

— Oh là là. Quelqu'un s'est donné beaucoup de mal pour cacher ça, s'exclama-t-elle.

Le regard de l'officier était dur.

— C'est souvent le cas avec les meurtriers.

— Cela n'a aucun sens. Il était la victime. Alors pourquoi se donnerait-il la peine de cacher ça ?

Le policier déplia soigneusement le papier. Ils virent ensemble un simple numéro ainsi qu'une adresse.

Il la regarda et elle secoua la tête.

— Je ne connais pas cette adresse ni ce numéro.

Il sortit son téléphone, tapa l'adresse dans Google Maps, et le lieu apparut instantanément : un bâtiment dans le centre-ville de Kelowna.

— C'est une banque sur Bernard Street. Et cet autre numéro est susceptible d'être son numéro de compte bancaire.

— Ou le numéro de compte de quelqu'un d'autre ou un coffre-fort, ajouta-t-elle. Oh, j'ai trouvé une clé.

Elle se dirigea vers le bol et le ramena avec son contenu là où Mack se tenait à la fenêtre. La clé se trouvait parmi les pièces. Elle la prit et la lui tendit.

— Je vais orienter mes recherches là-dessus en premier lieu, dit-il en hochant la tête avant de prendre la clé fermement dans sa main.

Il jeta un coup d'œil à la boîte qu'elle venait d'ouvrir, s'en approcha et regarda à l'intérieur. Des livres et des bibelots.

— Je veux que vous arrêtiez tout de suite. Je veux que vous laissiez cette pièce comme elle est et n'y retourniez pas avant mon retour, annonça-t-il et comme elle ne répondait pas, il ajouta, c'est compris ?

Elle tendit le menton en avant et envisagea les choses de son point de vue. Elle avait balancé les costumes, car selon elle ils n'avaient plus de valeur, mais il avait trouvé quelque chose d'énorme qui lui avait échappé.

Ses épaules s'affaissèrent, et elle hocha la tête.

— J'attendrai que vous reveniez, dit-elle avant de le prévenir. Mais je veux être là pour chercher avec vous.

Il lui sourit en descendant les escaliers.

— Faites du café, je serai de retour dans une heure, déclara-t-il avant de passer la porte d'entrée.

Mugs se promena sur le porche puis entra pour s'affaler sur le sol à côté d'elle.

Elle le regarda monter dans sa voiture et partir. Mack serait-il de retour dans une heure ? N'avait-il pas besoin d'un mandat pour accéder à ce coffre ? Il se trouvait à une bonne dizaine de minutes de la banque. Donc vingt minutes pour faire l'aller-retour minimum. Cela lui laissait quarante minutes, en comptant l'arrêt pour obtenir un mandat, si nécessaire, puis le temps passé à la banque.

Si elle restait en dehors de la chambre d'amis jusqu'au retour de Mack, il serait plus enclin à partager ses découvertes avec elle. Mais qui sait ce qu'elle pourrait trouver à l'étage pendant que Mack serait à la banque ?

Doreen alla dans la cuisine, se lava les mains et s'aspergea le visage d'eau. Elle se le sécha ensuite en le tapotant puis s'essuya les mains sur une petite serviette avant de préparer du café. Pendant qu'il était parti, elle se concocta un sandwich rapide. Son esprit était consumé par ce qui pouvait bien se trouver dans le coffre de Jeremy.

Quand le téléphone sonna dix minutes plus tard, elle sut qui c'était.

— Je savais que vous ne seriez pas de retour dans une heure.

La voix de Mack dans le téléphone était dure, claire et concise.

— Je ne serai pas de retour cet après-midi. Cela a mené à quelque chose de très intéressant, et je dois suivre cette piste. Je vous appelle pour vous rappeler qu'il est hors de question que vous retourniez dans cette pièce. Si vous ne me faites pas cette promesse tout de suite, j'enverrai des agents pour ramasser toutes ces affaires.

Elle regarda le téléphone avec intensité.

— J'ai déjà dit que je n'y retournerai pas, promit-elle avant d'ajouter habilement, vous allez me dire ce que vous avez trouvé ?

— Non, cracha-t-il. Du moins pas maintenant. J'y vais dès que possible.

Il raccrocha, et elle posa son téléphone portable sur la table de la cuisine. Doreen finit le reste de son sandwich, plongée dans ses pensées. Personne ne savait que l'homme était décédé, si ? Pas à coup sûr. Sauf le meurtrier. Pas sans corps, n'est-ce pas ? Il avait été considéré comme légalement mort après avoir disparu pendant 7 ans. Qu'est-ce que Jeremy Feldspar avait à voir avec l'homme dans le jardin ?

Ça n'avait aucun sens.

Elle se leva pour se verser une tasse de café. De nouveau face à la table, elle vit Goliath marcher dessus, tout en se servant dans les morceaux de jambon et de fromage qui s'y trouvaient.

Et Thaddeus était occupé à jeter des miettes à Mugs sur le sol.

Elle sourit. Son trio d'amis à poils et à plumes était devenu une famille.

Et sa famille sournoise savait exactement quand elle tournait le dos à sa nourriture.

Chapitre 23

NE SACHANT PAS combien de temps il lui restait avant le retour de Mack, Doreen prit son café et se dirigea vers la chambre d'amis, avec sa famille, composée de trois animaux, qui la suivait de près. Elle se tenait sur le seuil de la chambre d'amis, se rappelant sa promesse. Peu importe, elle ne pouvait pas y entrer.

Il fallait donc sortir les boîtes. Intelligemment, elle étudia la disposition de la pièce, puis descendit les escaliers et sortit dans le jardin où elle attrapa la pioche et remonta en courant. Les deux derniers cartons étaient juste assez proches pour qu'elle puisse les attraper avec l'outil et les traîner jusqu'à la porte.

— Ah ! s'écria-t-elle, fière de son succès.

Maintenant, elle pouvait passer en revue le contenu des boîtes et ne pas briser sa promesse. Elle tria rapidement les deux restantes. Elles contenaient des collections de souvenirs, des photos, des livres, et même une paire de chaussures bizarres rangées par-dessus tout le reste. Comme s'il n'y avait pas de place pour elles ailleurs. La deuxième boîte ne contenait que des chaussures.

Elle fouilla, à la recherche d'un élément permettant

d'identifier ce qui était arrivé à Jeremy, mais ne trouva rien. Du moins, elle ne fut pas capable de trouver quoi que ce soit. Mack pourrait avoir un point de vue complètement différent à ce sujet. Elle mit les photos d'un côté et empila les boîtes d'un autre.

Elle avait vidé le grenier mais peut-être que Mack voudrait y monter tout seul, et cela lui convenait. Il pourrait voir quelque chose qu'elle avait raté.

De retour en bas, elle regarda les photos sous l'éclairage vif de la cuisine. Des noms et des dates étaient inscrits au dos, tels que Rose 79, Jeremy et Tom 76. Tous semblaient avoir la quarantaine à l'époque où ces photos avaient été prises. Aucune date n'allait au-delà de 1982, et elle ne reconnaissait aucune des personnes sur les images, bien que le nom de Jeremy lui rappelle quelque chose. Peut-être que Tom et Rose étaient ses frères et sœurs. Leurs âges approximatifs semblaient coller.

Et si ce Jeremy sur la photo de 1976 était l'homme qui avait disparu en 1988, il devait avoir entre cinquante et soixante ans au moment où il avait été vu pour la dernière fois, ou entre quatre-vingts et quatre-vingt-dix ans aujourd'hui. Ce qui plaçait Jeremy à peu près dans la même tranche d'âge que Nan.

Il ne semblait pas y avoir de photos de cette dernière. Doreen ne savait pas si c'était une bonne ou une mauvaise chose. Elle était prête à tout pour innocenter Nan de tout méfait. Mais c'était toujours difficile de comprendre comment toutes ces choses étaient arrivées là.

Elle voulait aller à la bibliothèque. Elle jeta un coup d'œil à sa montre. Elle ne voulait pas rester ici à attendre Mack. Il avait dit qu'il ne serait pas de retour cet après-midilà de toute façon. Il ne verrait sûrement aucun inconvénient à ce qu'elle aille à la bibliothèque, chercher des informations sur ce Jeremy Feldspar.

Elle empoigna ses clés de voiture et son sac à main avant de sortir, enfermant les animaux.

— Je ne serai pas longue, déclara-t-elle à Mugs.

Elle alluma le moteur et recula rapidement dans l'allée. Elle avait encore des boîtes de vêtements à déposer. Encore une chose à caser dans sa journée. En passant devant la maison du voisin, elle vit Cindy la saluer. Elle l'aperçut trop tard pour réagir par un signe de la main, et elle n'était pas sûre d'en avoir envie non plus. Il y avait quelque chose de très étrange chez ce couple. Était-ce possible d'être trop prospère ?

De tous les supposés voisins qui s'étaient rassemblés devant sa maison, peu s'étaient présentés à Doreen. Juste le couple trop heureux, Cindy et Josh. Oh, et Ella aussi. Mais Doreen ne l'avait pas vue depuis leur première rencontre. C'était dommage, car Ella était normale.

À la bibliothèque, Doreen entra dans le nouveau bâtiment massif et, avec l'aide de la bibliothécaire, s'installa rapidement pour consulter les anciens dossiers sur microfiches. Elle remonta jusqu'au début des années 1970, les mêmes années que celles documentées sur les photos, en cherchant n'importe quoi sur Jeremy Feldspar dans les journaux.

Puis elle fit une recherche sur sa grand-mère, depuis ses 20 ans (Nan n'étant pas très loquace sur son âge réel) jusqu'à la disparition de Jeremy, couvrant ainsi les trente années de 1958 à 1988. Elle trouva quelques mentions de Nan, qui était toujours très active dans les événements communautaires. Donc son nom ressortit quelques fois. Mais jamais en relation avec Jeremy. La seule fois où Doreen vit le nom de

Jeremy, c'était dans un article sur un procès, où il était soupçonné d'avoir tué sa mère dans les années 1970, comme mentionné dans la coupure de journal trouvée dans l'enveloppe collée sous le lit d'appoint. Elle lut cet article attentivement, au cas où il contiendrait des informations supplémentaires. Mais il semblait répétitif.

Elle chercha dans d'autres journaux, espérant dénicher d'autres mentions. Mais elle en trouva très peu. À l'époque, le journal local publiait plus des histoires d'intérêt général.

Doreen parcourut le reste des années, de 1970 au début des années 1980, mais elle ne trouva rien de plus sur Jeremy ou sa grand-mère. Elle ferma la machine, prit son bloc-notes et alla voir la bibliothécaire.

— Excusez-moi. Y a-t-il d'autres ressources qui me permettraient de retrouver quelqu'un ici ?

— Avez-vous vérifié les nécrologies ? interrogea la bibliothécaire, Linda Linket, d'après son badge. Nous en avons une longue liste.

Avec l'aide de Linda, Doreen consulta la liste nécrologique et vérifia jusqu'à la fin des années 1980 et 1990, mais elle ne retrouva le nom de Jeremy nulle part.

Après avoir remercié la bibliothécaire, elle monta dans sa voiture et rentra chez elle. En arrivant, elle vit Mack frapper à sa porte d'entrée.

— Si mon véhicule n'est pas là, je ne suis pas là, question de logique, dit-elle en sortant de son véhicule, puis grimpa les marches du porche pour rejoindre le policier.

— Pourquoi étiez-vous absente ? demanda-t-il en lui lançant un regard noir.

— Parce que j'étais à la bibliothèque, à chercher des informations sur Jeremy Feldspar.

Il posa ses mains sur ses hanches, et son regard furieux ne

diminua pas d'un iota.

Elle lui lança le même regard en déverrouillant sa porte d'entrée et le laissa entrer.

— Rassurez-vous, déclara-t-elle. Je n'ai rien trouvé. C'est absurde, non ?

— Que vous attendiez-vous à trouver ? Une phrase disant, Jeremy Feldspar a été assassiné par vos voisins ?

— Vous ne plaisanteriez pas avec ça si vous les aviez rencontrés, dit-elle d'une voix sombre.

Doreen se dirigea vers la cuisine, ramassant Goliath au passage. Elle lui fit un gros câlin et le posa sur la table. Elle avait laissé la cafetière allumée. En la scrutant elle se demanda s'il y avait un risque d'incendie, puis haussa les épaules. La cafetière ne l'avait pas encore tuée. Elle remplit sa tasse de café et fit de même pour Mack. Elle se retourna pour le regarder.

— Qu'est-ce que vous avez trouvé ?

— N'oubliez pas que c'est l'affaire de la police, et que c'est confidentiel, affirma-t-il d'une voix froide.

Elle le dévisagea avec indignation.

— Si vous voulez des informations de ma part, je vous les donne.

D'un geste désinvolte, elle jeta son bloc-notes sur les photos posées sur la table. S'il ne partageait pas, eh bien, elle non plus.

Mais elle n'avait jamais été douée pour mentir.

— Qu'est-ce que vous avez trouvé ? répéta-t-il à son tour.

Elle lui lança un regard innocent et sourit.

— Qu'est-ce qui vous fait penser que j'ai trouvé quelque chose ?

Il rit dans sa barbe et s'installa sur une chaise.

— Vous avez l'air plus coupable que le diable en personne.

Quand Thaddeus sauta sur la table de la cuisine, Goliath s'échappa. Elle caressa le cou emplumé de l'oiseau, mais il leva un œil vers elle et dit :

— Menteuse. Menteuse.

Elle lança un regard noir à l'oiseau.

— Je peux me passer des commentaires de la basse-cour, merci beaucoup.

Mack se pencha en avant et la regarda fixement.

— Qu'est-ce que vous avez trouvé ?

Elle fit de même et cala son visage devant le sien.

— Ce ne sont pas vos affaires.

Il laissa échapper un soupir exaspéré.

— On en revient encore à ça ? Vous voulez vraiment que j'obtienne un mandat, que je fouille cet endroit de fond en comble ?

— Ce serait peut-être mieux, dit-elle. Je continue à trouver des trucs. Je ne sais pas si j'ai tout trouvé ou seulement une partie.

— Qu'est-ce que vous avez trouvé ? Vous avez fouillé le reste de ces boîtes, c'est ça ? rugit-il. Après avoir promis de ne pas y retourner.

— Je ne suis pas entrée. J'ai sorti les boîtes dans le couloir.

Il rit jaune, et elle releva le menton.

— D'ailleurs, ce n'était pas fou. Elles étaient surtout pleines de chaussures.

— Les deux ?

— L'autre était surtout remplie de bibelots.

— Autre chose ? demanda-t-il avec méfiance.

Juste à ce moment-là, Thaddeus passa entre eux deux. Il

la regarda à nouveau de cette façon, comme s'il attendait qu'elle ouvre la bouche. Elle jeta un regard sévère à l'oiseau.

— Tu ne sais rien du tout.

Il fit un drôle de bruit de coucou. Elle ne l'avait jamais entendu auparavant. Puis il le fit à nouveau. L'oiseau la surprenait constamment.

— Si seulement cet oiseau pouvait parler, dit Mack, j'imagine qu'il aurait une sacrée histoire à raconter.

— D'autant plus qu'il aurait pu se passer tant de choses pendant qu'il était ici. Il aurait vu et su ce qui s'était passé, admit-elle.

— Comme ce que vous avez fait aujourd'hui ? lança le policier. Alors, racontez.

Mais il n'avait toujours pas dit ce qu'il avait trouvé dans le coffre de Jeremy ou quoi que ce soit sur son compte à la banque. Elle ouvrait la bouche quand Thaddeus la fixa de son étrange regard. Elle leva les deux mains en signe de reddition.

— Je ne peux pas garder de secrets face à cet oiseau maudit. Il m'affronte.

Elle les fixa tous les deux, et ils l'imitèrent.

— Bien.

Elle examina le bloc-notes et l'utilisa pour pousser les photos vers Mack.

— Celles-ci étaient dans la deuxième boîte.

— Des photos, nota-t-il. Quelque chose de valeur ?

— J'allais vous les laisser pour que vous le décidiez.

Il lui lança un regard qui confirmait qu'il la comprenait un peu plus qu'elle ne le souhaitait. Il étala les images avec soin, les prenant une par une, étudiant les traits des personnes sur chaque photo. Il lut les noms et les dates au dos avant de reposer chacune d'elles.

— Avant que vous ne demandiez, non, je ne connais aucun de ces visages, étant donné que ces photos ont été prises avant ma naissance. Et le seul nom que je reconnais est Jeremy, pour des raisons évidentes.

— Et si Nan les reconnaissait ?

— Je ne reconnais rien sur les images, dit Doreen en haussant les épaules. Pour ce que j'en sais, elles pourraient avoir été prises en Europe.

— J'en doute, déclara Mack. Certaines d'entre elles proviennent de la plage de la ville de Kelowna.

— Comment le savez-vous ? Ça aurait pu être n'importe quelle plage, n'importe où, en ce qui me concerne, rétorqua-t-elle en s'asseyant avant de siroter son café. Au fait, vous avez vérifié auprès de mes voisins pour le corps dans mon jardin ?

Il leva la tête et la transperça de son regard dur.

— Vos voisins ?

— C'est idiot, commença-t-elle, mais ce couple est juste tellement heureux.

Mack sourit face à cette déclaration.

— Votre monde est si lugubre que vous n'arrivez même pas à apprécier le bonheur des autres ?

— Non, ils étaient trop heureux. Trop brillants. Trop joyeux. Trop séduisants. Ce n'est pas comme s'ils étaient déjà venus, comme l'autre dame… Ella, je crois qu'elle s'appelait. Elle était normale, au moins.

— Ça fait à peine trois jours que vous êtes là. N'y a-t-il pas une règle selon laquelle il faut attendre au moins soixante-douze heures après l'emménagement d'un nouveau venu avant de lui souhaiter la bienvenue dans le quartier ? Pour qu'il ait le temps de s'installer, de déballer quelques cartons ?

— Je n'en ai aucune idée, rétorqua-t-elle avec un regard noir. Il existe des règles pour ce genre de choses ?

— Je ne parierais pas, dit-il en gloussant. Mais ce n'est pas parce qu'ils étaient extrêmement amicaux que cela fait d'eux des tueurs.

— Je sais, objecta Doreen d'un ton morose. Jusqu'à présent, ce sont les seuls qui ont été excessivement amicaux.

— L'avez-vous été en retour ? Les avez-vous invités à l'intérieur pour prendre le thé, passer une heure avec eux à socialiser ? demanda Mack en l'étudiant avant de secouer la tête. Bien sûr que non. Vous êtes probablement restée dans l'embrasure de la porte, et ne les avez même pas laissés s'installer confortablement sur le porche.

— Si j'avais su qu'il y avait des règles pour ces choses-là, j'aurais pu le faire. Comment pouvais-je savoir qu'il y avait une bonne et une mauvaise façon d'accueillir des voisins qui étaient juste trop heureux pour que je sois à l'aise face à eux ?

Il la dévisagea, puis malgré lui, il se mit à rire.

— Vous devriez envisager que cela aurait été un bon moyen d'obtenir des informations de leur part. Des informations pour savoir si Jeremy était déjà venu ici. Des informations sur les étrangers qui tournent autour de la maison ces derniers temps.

Il s'adossa sur sa chaise après avoir regardé la dernière photo.

— Ils auraient pu répondre à vos questions. Quand la police interroge les voisins, les officiers ont tendance à obtenir ces charmantes réponses évasives. Mais, quand un voisin interroge ses voisins, eh bien, c'est une tout autre histoire.

Elle le dévisagea avec surprise, et sa prise de conscience grandissait chaque seconde.

— Dans ce cas, je suis sur le point de devenir amie avec mes voisins.

— Menteuse. Menteuse, répéta Thaddeus au même moment.

C'était une sacrée situation dans laquelle se retrouver, même l'oiseau la connaissait bien.

Chapitre 24

L E LENDEMAIN MATIN, Doreen se rendit dans le jardin et réfléchit à ce qu'elle allait faire. La journée de la veille avait été mouvementée, mais elle venait de commencer à creuser l'affaire Jeremy Feldspar et ne voulait pas la laisser tomber. Rendre visite aux voisins était en tête de ses priorités. Mais comment aborder le problème ?

Thaddeus ne l'avait pas traitée de menteuse à nouveau, elle n'avait menti à personne depuis le départ de Mack. C'était stupide de laisser l'oiseau motiver ses actions puisqu'elle était fermement convaincue qu'elle faisait ça pour Nan. C'était vraiment le cas. La dernière chose que Doreen souhaitait était de voir sa belle et douce grand-mère accusée de meurtre.

Elle se rendit dans le jardin, où elle avait aperçu plusieurs fleurs convenables. Avec des gants et un sécateur en main, elle coupa soigneusement une douzaine d'entre elles et fit le tour des tulipes pour en cueillir plusieurs. Elle était ravie de les voir encore fleurir.

Quand elle en eut fini de cueillir des fleurs, elle retourna à l'intérieur, prit certains des rubans qu'elle avait vus dans l'armoire de jardinage de sa grand-mère et créa plusieurs petits bouquets. Elle avait prévu de se promener dans le quartier, de se présenter et d'offrir quelques fleurs du jardin de Nan. Cela ne pouvait pas mal se passer.

Elle attrapa le premier bouquet et se dirigea vers la maison sur la gauche. Elle s'approcha de la porte d'entrée et frappa. Sachant que tout le monde n'aimait pas les animaux, elle avait choisi de laisser le trio à la maison.

Un homme âgé ouvrit la porte d'entrée et la regarda fixement.

— Qu'est-ce que vous voulez, bon sang ?

Elle étudia son visage et se demanda si elle l'avait vu dans la foule bouche bée devant chez elle. Il lui semblait familier. Elle jeta un coup d'œil aux fleurs dans ses mains. Peut-être que les tulipes n'étaient pas la meilleure chose à offrir à un homme célibataire. Mais elle se retrouvait devant le fait accompli.

— Je voulais me présenter. Je m'appelle Doreen. Nan est ma grand-mère, et je vis maintenant dans sa maison, à côté, dit-elle d'une voix enjouée avant de lui tendre les fleurs. Elles sont pour vous. Elles viennent du jardin.

Il refusa de prendre les fleurs. Au lieu de cela, il croisa les bras, et son comportement ne changea pas le moins du monde, tandis qu'il continuait de la fixer.

— Et pourquoi est-ce que je voudrais avoir affaire à vous ? Depuis que vous avez emménagé dans le quartier, c'est l'enfer.

— Je n'ai pas grand-chose à voir avec ça, je viens d'arriver, fit-elle remarquer doucement en refoulant sa colère. Et Nan est partie depuis quelques semaines.

— Quand même, toutes les voitures de police qui vont et viennent, c'était un quartier sympa avant.

Elle se sentait stupide avec sa main toujours tendue vers lui. Mais elle avait besoin d'informations.

— Vous pourriez au moins me dire votre nom, pour que je puisse vous reconnaître à l'avenir.

— Je m'appelle Richard De Genaro, déclara-t-il d'une voix hésitante.

— Et vous vivez seul ici ? demanda-t-elle.

La puissance de son regard s'intensifia.

— Non pas que ce soient vos affaires, mais ma femme vit ici avec moi.

— Oh, charmant. Comment s'appelle-t-elle ?

Elle eut envie de reculer et de fuir le courroux qu'il dirigeait vers elle.

— Elle s'appelle Sicily, répondit-il à contrecœur.

— Bien. Vous pouvez les donner à Sicily, dit-elle en déposant les fleurs dans ses mains, et pensant qu'elle avait poussé sa chance aussi loin que possible, elle continua. Ravie de vous avoir rencontré, Richard.

Puis elle descendit les marches.

Elle sentait ses yeux se planter dans son dos alors qu'elle marchait vers sa porte d'entrée. À l'intérieur, elle ferma lentement la porte et s'appuya contre celle-ci.

— Mugs, si tu penses que c'était facile, ça ne l'était pas. La prochaine fois que je dois lui rendre visite, c'est toi que j'emmène. Tout le monde aime les chiens.

Elle prit son bloc-notes et nota Richard et Sicily De Genaro ainsi que leur adresse. C'était un nom difficile à prononcer. D'un autre côté, cela devrait aussi faciliter la recherche d'informations sur eux en ligne, car leurs noms étaient si uniques, même s'il pouvait y avoir plusieurs orthographes. Mais son attitude était hargneuse, et il avait l'air d'être tout à fait prêt à tuer tous ceux qui le croisaient.

Elle ajouta Ella, Josh et Cindy à sa feuille.

Elle rangea son petit calepin et son crayon dans sa poche et attrapa le deuxième bouquet de fleurs, sachant que l'homme bourru l'observerait probablement pendant qu'elle se dirigerait vers la deuxième maison sur la gauche. Il y avait six maisons dans le cul-de-sac, et elle avait prévu de rendre visite à tous les propriétaires qu'elle n'avait pas encore rencontrés.

À la deuxième porte, elle entendit des chiens aboyer comme des fous à l'intérieur. Une jeune femme ouvrit la porte, l'air préoccupé et bouleversé. Deux petits bichons couraient partout en aboyant frénétiquement. Elle tenait dans ses bras un jeune enfant au visage rougi, ce qui expliquait pourquoi la mère avait l'air de passer une mauvaise journée.

Doreen se pencha pour dire bonjour aux chiens.

— Je suis la nouvelle voisine. Doreen, se présenta-t-elle d'une voix douce. Nan est ma grand-mère, et j'ai emménagé dans sa maison. Je voulais juste passer et dire bonjour.

La jeune mère sourit nerveusement. Elle zieuta l'extérieur, regarda la maison de Nan et revint vers elle.

— Je suis ravie de vous rencontrer. C'est tellement fou ici depuis que vous avez emménagé.

— Oh, mon Dieu, vous avez vu ça, s'exclama Doreen en plaçant une main sur sa poitrine. Qui aurait cru que je trouverais un corps dans le jardin après avoir emménagé dans ma maison ?

La femme secoua la tête.

— Vous savez qui c'est ? demanda-t-elle d'un air de commère en se penchant en avant.

— La police ne dit rien, répondit Doreen en secouant elle aussi la tête. J'imagine qu'ils sont déjà passés pour vous parler, mais, en dehors de la collecte de preuves dont ils avaient besoin, je n'ai obtenu aucune information de leur part.

La déception s'installa sur le visage de la jeune femme.

— Pareil pour moi, admit-elle. J'ai essayé de leur poser des questions quand ils sont venus ici, mais ils restaient fermés sur la question.

Doreen s'esclaffa.

— Ce qui veut dire que tout le monde dans le quartier est déjà au courant.

— Surtout Ella Goldman, déclara la jeune mère en souriant. Je m'appelle Brenda, au fait. Et cette petite-là, qui a un petit rhume et qui ne se sent pas très bien, c'est Cara. Elle se sentira mieux quand son papa rentrera des courses.

Plus satisfaite par cette rencontre, Doreen tendit les fleurs, et laissa Cara les prendre.

— Elles viennent du jardin de Nan. J'ai pensé que vous aimeriez des fleurs fraîchement coupées.

Brenda sourit face aux fleurs, puis à Doreen.

— En temps normal, je vous inviterais à entrer, mais c'est une matinée tellement difficile pour la petite.

— Oh, ma chère, ne vous inquiétez pas pour ça, dit Doreen. Je fais juste l'effort de me présenter à tout le monde.

— Vous n'avez pas vu mon fils, Travis, aujourd'hui ? Impossible de suivre ce gamin à la trace.

Doreen secoua la tête, en fronçant les sourcils.

— Il a dit qu'il vous avait rencontrée jeudi. Il était en haut d'un arbre.

— Oh, oui, en effet. Mais je ne l'ai pas vu aujourd'hui.

— Il pointera le bout de son nez à l'heure du repas. Est-ce que c'est Cindy dans votre jardin ? s'enquit-elle, en regardant au coin de la rue. J'ai cru l'apercevoir chez vous tout à l'heure. J'ai cru voir Richard, votre autre voisin, dans votre jardin il y a quelques jours aussi. Il devait encore courir après la balle du chien. On ne voit jamais le chien, mais Richard lance souvent la balle par-dessus sa clôture. Je n'ai aucune idée de ce que Cindy faisait là-bas, bien que Nan eût l'habitude de toujours partager ses plantes vivaces quand il était temps de les couper à l'automne. Elle cherchait peut-être à voir quelles plantes vivaces Nan avait en sa possession.

Doreen se retourna pour vérifier mais ne vit personne.

— Vraiment ? Cindy ? Richard ?

Elle ne voyait pas pourquoi ils iraient dans le jardin de Nan. Mais, il n'y avait aucun problème à leur présence, surtout si Brenda disait juste sur leurs raisons de s'y trouver.

— Ella vit dans la maison la plus éloignée, mais elle re-gardait le long de votre clôture arrière. Je ne vois pas pour quelle raison, dit Brenda en pointant du doigt. Mais c'est intéressant par ici, non ?

— C'était assez dur durant les trois premiers jours, avoua Doreen, en jetant un coup d'œil à son jardin, mais ne vit aucune trace d'Ella. Je ne veux pas que les gens se fassent une fausse idée de moi.

— Oh, mon Dieu, non. Bien que nous soyons certaine-ment très curieux de savoir ce qui se passe.

Doreen afficha un sourire radieux avant de se retourner pour partir.

— Moi aussi.

Avec un petit signe de la main vers la fille malade, elle descendit les escaliers.

— Au revoir. J'ai été ravie de vous rencontrer, héla-t-elle.

Brenda souleva la main de la petite fille et lui fit signe, avant d'appeler les chiens.

— Sel et Poivre, revenez ici. On rentre.

De retour chez elle, Doreen s'assit et nota les noms de Brenda, Travis, et Cara. Elle n'avait pas réussi à obtenir leur nom de famille, n'avait aucune idée de qui était le mari, ni de ce qu'il faisait dans la vie. Elle fronça les sourcils en y repensant. Comment trouverait-elle une deuxième excuse pour obtenir plus d'informations ? Les archives publiques, probablement ?

Pourtant, elle avait déniché quelque chose, donc, si Mack voulait aider, il pourrait probablement lui fournir toutes ces informations.

Déterminée à en finir, elle prit son troisième bouquet et se dirigea vers la troisième maison sur la gauche. Elle frappa et attendit. Pas un bruit à l'intérieur, ni à l'extérieur. Le jardin était impeccable. Soit les propriétaires passaient beaucoup de temps à entretenir leur jardin, soit ils engageaient quelqu'un pour le faire. Doreen était quand même impressionnée.

Elle sonna à nouveau à la porte, et comme il n'y avait toujours pas de réponse, elle redescendit les marches. Prenant un risque, elle traversa le cul-de-sac et se dirigea vers la maison située au fond. Pas la peine de rentrer chez elle avec ces fleurs si elle n'en avait pas besoin.

Il s'agissait de la maison d'Ella et c'était un bon moyen de voir si elle était chez elle ou si elle rôdait au fond du jardin de Doreen. Ella était charmante mais bavarde. Dès qu'elle ouvrit la porte, plus moyen de l'arrêter.

— Oh, mon Dieu, je suis ravie que vous soyez passée. C'est mon jour de congé, s'exclama-t-elle. Nan était tellement adorable. J'avais l'habitude de l'aider avec son jardinage tout le temps. J'y suis allée il y a un petit moment, pour voir si la situation s'était aggravée.

— Nan *est* adorable, corrigea Doreen, se demandant si

Brenda s'était trompée sur l'identité de la personne dans le jardin.

Était-ce vraiment important ?

— Elle est heureuse et en bonne santé, elle vit à la maison de retraite pas très loin d'ici.

— Oh, parfait. Je devrais aller lui rendre visite un de ces jours, dit Ella. Elle était toujours si pleine d'histoires et avait un si grand sens de l'humour. Et, bien sûr, c'est elle qui organisait ces paris.

Elle rit avant de reprendre.

— Mon mari m'a dit, après avoir moi-même perdu dix dollars à cause d'elle un jour, de ne plus jamais m'inscrire à l'un d'eux. Voulez-vous entrer et prendre une bonne tasse de thé ? demanda-t-elle en ouvrant la porte un peu plus grand.

Doreen hésita et fut tentée, mais elle ne savait pas exactement comment cela s'inscrirait dans ses plans. Puis elle n'eut pas le choix, car Ella attrapa son bras et la tira en avant.

— Ne soyez pas timide. Nous sommes une grande famille dans ce quartier.

Et cela offrit à Doreen une opportunité à laquelle elle ne s'attendait pas.

— J'ai essayé de rencontrer quelques-uns d'entre eux. Que pouvez-vous me dire sur les gens d'ici ?

De toute évidence, c'était la bonne question. Elle fut rapidement assise à la table de la cuisine, et Ella s'affairait, allumant la bouilloire, préparant une théière. Pendant ce temps, elle parlait, sans discontinuer.

Apparemment, monsieur De Genaro avait fait de la politique. Il pensait qu'il était au-dessus de tout le monde maintenant, même s'il était à la retraite. Mais, honnêtement, selon Ella, on l'avait forcé à quitter la politique, et il avait un passé un peu louche. Sa femme était un amour, cependant.

Elle ne savait pas comment elle s'était retrouvée coincée avec ce vieux chameau de vertu.

Et bien sûr, il y avait Brenda et son bébé. Qui avait un mari coureur de jupons, Ned. Un méchant vieux type. De quinze ans son aîné et dont elle était la seconde épouse. Mais Brenda était une adorable petite chérie.

Les gens à l'autre bout étaient de riches snobs. Mais ils étaient sympas quand on apprenait à les connaître.

— En attendant, ne vous attendez pas à ce qu'ils soient amicaux, la prévint Ella.

— Jusqu'à présent, je ne suis pas tombée sur beaucoup de gens très amicaux, admit Doreen. Et, les événements qui ont suivi mon arrivée n'ont pas vraiment réjoui les gens.

Ella s'assit, l'excitation illuminant ses traits.

— Peut-être. Cet endroit était ennuyeux jusqu'à ce vous pointiez le bout de votre nez, s'exclama-t-elle en riant.

— Malheureusement, j'ai trouvé un doigt dès mon premier jour ici, il y a quelques jours, déclara Doreen. Je devais arriver plus tôt parce que Nan a déménagé il y a trois semaines.

— C'est vrai, continua Ella en secouant la tête. Elle était occupée à préparer sa nouvelle vie. Donc elle n'était pas souvent là. Cette communauté a besoin de quelqu'un comme Nan. Et je dois admettre que l'année dernière, elle n'était pas comme d'habitude. Elle ne faisait pas le même nombre de paris et n'avait pas l'air aussi vivante.

Ella se pencha en arrière, son regard étudia Doreen, avant d'ajouter :

— Honnêtement, vous avez insufflé un peu d'excitation dans ce quartier. Et beaucoup d'amusement.

Doreen questionna silencieusement la définition qu'Ella avait de l'amusement.

Chapitre 25

LORSQUE DOREEN SE libéra enfin de sa voisine bavarde, Ella, et rentra chez elle, des heures s'étaient écoulées, mais elle en savait beaucoup plus sur la vie du quartier. Mais toujours rien de pertinent pour l'affaire. Déstabilisée et pleine de questions, elle décida de se rendre chez Nan et de lui en poser d'autres, notamment sur ses activités de paris. C'était très pratique que sa grand-mère habite à quelques rues de là. Doreen dut admettre qu'elle avait hâte de faire cette promenade.

Elle attacha Mugs, avertit Goliath pour qu'il ne fasse pas de bêtises lorsqu'il serait seul à l'intérieur, puis interrogea Thaddeus.

— Tu veux aller te promener ?

Mugs se mit à aboyer.

— Promener. Promener, s'exclama l'oiseau.

Sa tête bougeait de haut en bas et d'un côté à l'autre. Il sauta sur le dos de Mugs après qu'elle eut ouvert la porte et la verrouilla derrière eux.

À mi-chemin de la maison de retraite, elle réalisa qu'elle devrait probablement appeler sa grand-mère avant de lui rendre visite. Nan avait peut-être de la compagnie ou était sortie faire des courses. Doreen attrapa rapidement son téléphone dans son sac à main et l'appela.

— Si tu n'es pas occupée, je viens prendre le thé.

Nan rit.

— Oh, j'aime bien t'avoir près de moi. En quatre jours, je t'ai vue plus de fois que durant tout le reste de ta vie.

Doreen grimaça. Comme un rappel du peu de temps qu'elle avait passé avec sa grand-mère, c'était puissant.

Quand elle arriva chez Nan, Doreen vit qu'elle apportait déjà la théière dehors. Nan se redressa et la salua d'un geste de la main. La jeune femme et son duo plein de vie se dirigèrent vers elle et Doreen prit place à la petite table. Mugs se coucha à ses pieds. Thaddeus sauta sur la table et grimpa sur le bras de Nan. Il chantonnait et se frottait contre sa joue.

Caressant ses plumes, la vieille dame lui sourit.

— C'est vraiment charmant. Après toute l'agitation de ce matin, c'est exactement ce dont j'avais besoin.

— Quelle agitation ?

— Oh, ne t'inquiète pas pour ça, dit Nan en secouant la tête.

— Quelle agitation, Nan ? Je n'en ai pas encore entendu parler, déclara Doreen en jetant un coup d'œil autour d'elle. J'ai cru voir une voiture de police sur le parking, mais ça peut être pour une raison tout autre.

— Un homme est parti se promener et n'est pas revenu, avoua Nan avec délectation.

— Oh, mon Dieu.

Malgré elle, Doreen grimaça. Se souvenir de cadavres était la dernière chose qu'elle voulait. Son jardin était toujours sens dessus dessous, un cadeau des derniers officiers qui étaient venus chez elle. Elle continua de regarder autour d'elle.

— Il est tête en l'air ? Peut-être s'est-il simplement perdu ?

— Par ici, tout est possible, répondit Nan en lui tapotant la main. Tu es un amour, mais ne t'inquiète pas pour lui. Il ne reviendra probablement pas.

— Qu'est-ce que tu as dit ? interrogea Doreen en regardant sa grand-mère avec insistance.

Nan eut l'air confuse pendant un moment, puis ajouta :

— Je suis sûre qu'il va revenir.

Elle était certaine que ce que sa grand-mère venait de dire ne correspondait pas à sa première déclaration, et ne sachant pas pourquoi elle avait dit ça, Doreen en fut légèrement déstabilisée. Elle se repositionna dans sa chaise et attendit que Nan parle. Peut-être que sa formulation originale était une simple erreur. Elle ne pouvait pas savoir que le vieil homme ne reviendrait plus.

Si ?

— Je suppose qu'une équipe est partie à sa recherche ? demanda prudemment Doreen, toujours inquiète.

— Oh, oui. La police le recherche, et sa famille aussi, j'imagine.

Et elle lança à Doreen le regard le plus doux et le plus vide qui soit.

Cette dernière fronça les sourcils, et un frisson la parcourut. Nan avait-elle décliné mentalement tout d'un coup, ou était-elle simplement préoccupée ? Et comment le savoir ?

— Comment s'appelle-t-il ? Cet homme était-il un résident ?

— Oh, non. Robert travaillait ici. Un homme très gentil. Il venait toujours me parler. Il avait de si belles histoires sur les différents endroits où il avait travaillé.

Un vilain soupçon surgit chez Doreen.

— A-t-il mentionné ta maison, ou t'a-t-il demandé ce qu'il pouvait y avoir chez toi ?

Nan la regarda avec surprise.

— Bien sûr, nous avons parlé de ma maison. Elle n'est pas dans la zone patrimoniale de Kelowna, mais ma maison est unique en son genre. En plus, j'y ai vécu pendant si longtemps.

La vieille femme lança à nouveau à Doreen ce sourire innocent à couper le souffle qui la fit se sentir à la fois mieux et plus mal.

— A-t-il déjà travaillé sur ta terrasse ou dans le grenier ?

— Pas que je me souvienne, répondit Nan en haussant les épaules.

Doreen attendit, mais sa grand-mère n'ajouta rien. Alors elle demanda à nouveau.

— Mais il a travaillé sur ta terrasse ?

Nan fit une pause, perdue dans ses pensées.

— Il a peut-être construit la terrasse à l'origine, mais je ne m'en souviens pas avec certitude. Pourquoi ?

La jeune femme fixait l'herbe. Mugs dormait à ses pieds tandis que Thaddeus faisait les cent pas sur la table, toujours à la recherche de miettes à manger.

— Pour rien.

— Nous avons beaucoup discuté au fil des ans. C'est un homme très gentil.

— Je suis désolée qu'il ait disparu.

— Je suis sûre qu'il va se montrer, ou du moins son corps d'ici quelques jours, dit Nan d'une voix très joyeuse.

— Tu penses qu'il est mort ? s'enquit sa petite fille d'une voix étranglée.

— Il n'est pas ici. Il n'est pas chez lui, et il n'est pas allé au travail, expliqua Nan en haussant les épaules. Il est peut-être mort.

Doreen dut admettre que sa grand-mère avait raison. C'était souvent le cas.

— Eh bien, si c'est un homme plus âgé, alors c'est possible, déclara-t-elle.

— Oh, mon Dieu. Non, il n'est pas vieux. Je ne crois pas qu'il ait plus de quarante ans.

Sachant qu'elle ne pouvait plus supporter cette conversation, Doreen changea résolument de sujet pour parler des voisins.

— J'ai fait le tour pour me présenter aux voisins aujourd'hui. J'ai rencontré trois personnes de plus.

— Ne sont-ils pas adorables ? rayonna Nan.

— Certains d'entre eux semblent l'être, oui. Certains sont bavards. Certains sont secrets. Et certains ne semblent jamais être chez eux.

— Les gens sont comme ça. Peu importe où l'on va, on en trouve de toutes sortes, déclara sa grand-mère avant de prendre son thé et de sourire à nouveau à sa petite-fille. Tu t'adapteras parfaitement.

— Ça n'a pas été facile de s'introduire dans la communauté après avoir trouvé un corps chez moi, admit-elle.

— Baliverne. Le quartier est triste et ennuyeux. Ça a ajouté un peu d'excitation dans le coin.

— Tu es sûre que tu n'as aucune idée de qui l'a tué ?

Nan regarda Doreen par-dessus sa tasse de thé.

— Non, pas du tout, répondit-elle avant de se pencher en avant. Et toi ?

— Non, bien sûr que non. Je viens d'arriver dans la maison. Nan, il a été tué il y a plusieurs jours, voire plusieurs semaines. Il a été tué alors que tu étais en train de déménager ici, si ce n'est avant.

— C'est tellement triste.

Elle sirota de nouveau son thé et le reposa sur la soucoupe.

— J'étais très occupée dans les jours et les semaines qui ont précédé ce déménagement, et si je n'étais pas en train d'emballer des choses pour les apporter ici, j'étais dans mon salon à regarder la télé. Il aurait pu se passer n'importe quoi dans le jardin. Je ne l'aurais pas su.

— Ou bien tu ne voulais pas en parler à qui que ce soit ? Tu sais qu'il est illégal de cacher à la police toute information sur une affaire ? Et qu'il est également illégal d'enterrer un corps, même si tu n'as pas tué la personne ?

Les yeux de Nan s'écarquillèrent.

— Je n'en savais rien, évidemment. Pourquoi je le saurais ? Ce n'est pas comme si j'avais quelque chose à voir avec des cadavres. Et puis, ma chérie, tu vivais dans la maison quand le corps a été trouvé, ajouta-t-elle en agitant un doigt vers Doreen. Assure-toi de ne pas être impliquée.

La conversation avait de moins en moins de sens et semblait glisser de plus en plus du côté du ridicule. Doreen s'inquiétait pour sa grand-mère.

— Tu t'es fait des amis ici ?

Elle essaya d'être objective et de changer de sujet.

— Beaucoup. Plusieurs d'entre eux sont très intéressés par mon passe-temps.

Doreen se ragaillardit.

— Voilà qui est bien. De quel passe-temps parles-tu ?

— Tu le sais très bien, répondit Nan en souriant. J'ai dû arrêter pendant un long moment. Mais je suis heureuse de dire que je joue à nouveau.

Doreen fit des allers-retours dans sa tête pour essayer de

se souvenir des passe-temps de Nan au cours des dernières décennies. Mais elle n'arrivait à rien.

— Pourquoi est-ce que tu as arrêté ?

Nan lui lança un regard amusé.

— La police n'a pas aimé ça.

Doreen la regarda fixement puis se souvint des récentes paroles d'Ella. Elle ferma les yeux et gémit.

— Nan, tu fais encore des paris ?

— Non, bien sûr que non. Ce ne sont que des petits paris, tu vois ? Des trucs amusants. Ce n'est pas illégal. J'en ai déjà parlé aux flics.

— Parier c'est mal. Parier c'est mal, dit Thaddeus.

— Oh, mon Dieu, s'écria Nan en fixant l'oiseau qui se lissait les plumes. Qu'est-ce que tu lui apprends ?

— Rien. Il se souvient de trucs tout le temps. Pour en revenir au sujet, ce n'était pas non plus illégal avant, du moins c'est ce que tu m'as dit, il y a des années je crois, objecta Doreen. Pourquoi est-ce que tu recommences ?

— Je suis très douée dans ce domaine.

La conversation étrange était de retour. Doreen se pencha en avant et interrogea sa grand-mère.

— Nan, de quoi parles-tu ? La police n'avait pas besoin de savoir que tu jouais avant. Sauf si tu faisais quelque chose d'illégal.

— J'ai eu des problèmes parce que je perturbais le casino, avoua-t-elle. J'avais effectivement du caractère à l'époque, et tout le monde pensait que j'avais un problème. J'ai donc dû arrêter. Mais je ne regrette toujours pas d'avoir frappé cet homme.

Doreen se redressa, offusquée.

— Je ne crois pas que tu m'aies déjà raconté les détails de cette histoire.

cette histoire.

— Que puis-je dire pour ma défense ? Il m'a accusée de tricher, mais c'est lui qui a triché. Tu dois te méfier de Walter White. Il possède la quincaillerie sur Springfield. C'est le genre de personne dont il faut se méfier. Tout va bien maintenant. Et puis, tout le monde devrait se faire arrêter au moins une fois dans sa vie.

La jeune femme regarda Nan, choquée.

Sa grand-mère attrapa un biscuit dans l'assiette sur la table et en cassa un morceau, puis le brisa à nouveau pour placer de petits morceaux sur la table.

— Thaddeus a été une aubaine. Je l'ai eu peu après mon arrestation. Il m'a fait réaliser à quel point je devais changer. Mais c'était il y a des années, ma chère. Et les usuriers étaient vraiment très gentils. L'un d'entre eux l'était beaucoup avec moi : Basil Champs. J'apprécie réellement cet homme.

Oh, mon Dieu. Nan avait emprunté de l'argent à des prêteurs sur gages ? C'était bien pire que ce que Doreen avait imaginé. Ses mots et son ton doux amenèrent Doreen à s'interroger sur cette nouvelle facette de sa grand-mère. Elle avait toujours vu sa Nan comme une vieille dame douce. À présent, le terme « haute en couleur » était plus approprié que « douce ». Et s'était-elle rendue chez Basil l'usurier par besoin ou par envie ? Doreen se demandait si elle connaissait bien sa grand-mère.

— Alors, si toute cette situation était si terrible, pourquoi recommencer à jouer maintenant ?

— Eh bien, parce que je ne joue pas vraiment. Ce sont juste des paris collectifs. C'est amusant.

— Donc, il n'y a pas d'argent en jeu ? demanda Doreen avec précaution. Et sur quel genre de choses pariez-vous ?

— Combien de temps avant que le corps de Robert ne refasse surface.

Doreen grimaça. C'était complètement déplacé.

— Si la police entend parler de ça, elle pourrait penser que tu sais qu'il est mort.

— Bien sûr que oui.

Elle sourit malicieusement en prenant un autre morceau de biscuit et en le mettant dans sa bouche.

— Et le deuxième pari est de savoir combien de temps avant que la police ne résolve l'affaire.

— Oh, bon sang.

Doreen secoua la tête. Elle fixa sa grand-mère avec fascination. Elle apprenait tellement de nouvelles informations sur son seul parent vivant. Certaines étaient un peu troublantes. Mais c'était comme si Nan avait une toute nouvelle vie. Comme si elle se disait qu'elle était trop vieille pour en payer les conséquences et qu'elle voulait juste s'amuser.

— On dirait presque que tu cherches les ennuis, Nan.

— Pas vraiment. Je suis inoffensive. D'ailleurs, personne ne fait attention à nous, nous les vieux. Personne ne pense que nous sommes des éléments constructifs ou destructeurs. C'est assez irritant.

— J'imagine, dit Doreen, d'une voix douce. Mais quand même, est-ce que tu veux passer le reste de ta vie en prison ?

Nan se redressa d'un air pensif.

— Seulement si c'est dans une de ces belles prisons. Bien sûr, la plupart d'entre elles sont agréables. Surtout au Canada. Par contre, aux États-Unis, c'est une autre histoire. Il y en a qui sont dures, déclara-t-elle en reprenant sa tasse de thé. Me rendrais-tu toujours visite là-bas, ma chère ?

— Oui, je te rendrais toujours visite, mais je ne sais pas à quelle fréquence. Ce n'est pas comme si nous avions une prison à proximité.

— Il y en a une à quelques heures d'ici.

— Et si tu ne t'attirais pas d'ennuis à ce point, et que tu pouvais rester ici et t'amuser avec tous tes amis ?

— Oh, j'en ai bien l'intention, rétorqua-t-elle en tendant un morceau de biscuit dans sa main. Tu en veux un ?

Doreen regarda le gros morceau de cookie dans l'assiette de sa grand-mère et le petit morceau dans sa main.

— Donne ce morceau à Thaddeus.

Nan fit avec joie ce qui lui avait été demandé.

— Tu manges bien ici ?

— Je mange merveilleusement bien. Ce sont les cookies de Charlie, dit-elle avant de se pencher en avant et de chuchoter, il a mis un peu de ce truc vert dedans, tu sais ?

Le cœur de Doreen s'arrêta puis s'emballa.

— Un truc vert ? interrogea-t-elle prudemment en imitant sa grand-mère pour éloigner Thaddeus des miettes qu'il inhalait.

— Oui, ce sont des biscuits sains. Il fait pousser les trucs verts dans son jardin. Je dois admettre que quand je les mange, je me sens vraiment bien.

Bouche bée, Doreen regarda sa grand-mère attraper un autre morceau du biscuit à la marijuana et le fourrer dans sa bouche. Mon Dieu, que se passait-il avec sa grand-mère depuis qu'elle vivait à Rosemoor ?

Chapitre 26

EN RENTRANT CHEZ elle, Doreen prit un chemin différent et plus long. Mugs avait besoin de marcher, et ça lui permettrait de se distraire, après sa visite étrange chez Nan. Son esprit s'inquiétait à propos de toutes les bribes d'informations, apparemment sans rapport avec les deux hommes morts liés à la maison de Nan, que Doreen avait recueillis auprès de ses voisins.

Quant au penchant de sa grand-mère pour les biscuits à la marijuana, Doreen ne voulait même pas y penser et repoussa ce souvenir dans les derniers recoins de son esprit.

Elle ne pouvait pas non plus imaginer que Nan ait quelque chose à voir avec ce meurtre, mais à moins d'une meilleure preuve, celle-ci était la suspecte la plus évidente. Comme c'était déprimant !

Et ses deux paris concernant l'homme disparu, Robert, l'avaient rendue encore plus suspecte.

Doreen aurait normalement dû traverser la rivière par le petit pont, mais elle se dirigea dans l'autre sens. Elle traversa la ville puis longea le ruisseau. Ce fut un voyage lent pour rentrer chez elle, et elle laissa Mugs flairer le sentier à sa guise.

Thaddeus était assis sur son épaule, étrangement calme. Elle lui jeta plusieurs regards prudents mais il semblait se balancer doucement à chaque mouvement.

Alors qu'elle se tenait sur le chemin du ruisseau, étudiant l'arrière des maisons, elle réalisa que c'était le même ruisseau qui menait au petit pont derrière chez elle. Plus loin se trouvait l'endroit où elle avait vu le garçon de Brenda dans l'arbre le jeudi précédent. Elle suivit le chemin, en espérant qu'elle se dirigeait vers sa maison. Si c'était le cas, elle la verrait dans quelques minutes. C'était une si belle promenade ici, avec les oiseaux et le soleil. Calme et paisible. Devant elle se trouvaient les maisons du cul-de-sac à côté de son impasse.

Elle était presque arrivée.

Avec Thaddeus qui gazouillait sur son épaule et Mugs qui errait d'un endroit à l'autre, Doreen flânait jusque chez elle. C'était une vie différente ici. Malgré tout ce qui s'était passé depuis son arrivée trois jours plus tôt, le mercredi, elle appréciait la douceur de vivre. Du moins, elle l'espérait.

Le ruisseau dérivait lentement à côté d'elle. Le niveau d'eau était bas, mais dans l'ensemble, assez d'eau permettait aux choses de se déverser en douceur et de réduire l'odeur de boue. Elle n'était qu'à dix ou peut-être quinze minutes de chez Nan en empruntant cette route.

Elle s'arrêta et étudia la source. Ils arrivaient à son impasse, d'après ce qu'elle voyait.

Hmm. Un joli endroit pour se promener, surtout si quelqu'un voulait se cacher. Quelqu'un aurait-il pu porter un corps sur cette distance ?

Ce serait une charge conséquente. Mais une brouette rendrait les choses plus faciles. Elle examina le sol et le trouva relativement lisse, sans gros rondins à traverser. Mais ce serait quand même prendre le risque d'être découvert en poussant un cadavre dans une brouette. Même si toutes les propriétés de son côté du ruisseau avaient été clôturées, Travis avait réussi à jouer de l'autre côté. Donc il y avait des gens qui passaient malgré tout.

Bien qu'il soit possible d'apercevoir une silhouette depuis l'arrière des maisons situées de l'autre côté du ruisseau, notamment en possédant un premier étage, il faudrait que les témoins regardent spécifiquement le chemin le long du ruisseau pour voir cette hypothétique brouette transportant un cadavre.

Elle n'avait jamais vu personne se promener là-bas. Mais elle n'avait jamais vraiment regardé. Et elle n'était là que depuis trois jours, et toutes les journées avaient été assez longues.

Un rondin se trouvait devant elle. Elle s'y dirigea et s'assit, heureuse de pouvoir profiter de la vue au soleil. Mugs renifla autour de ses pieds, puis se coucha à ses côtés. Elle lui gratta le dos.

— Hé, mon pote.

Il souffla lourdement, aboya un peu, puis posa sa tête sur son pied.

— Vas-y, promène-toi, salis-toi. C'est la belle vie.

Elle resta assise, à parler avec les animaux, tout en caressant légèrement les plumes de Thaddeus.

— Nous aurions dû amener Goliath avec nous.

Mugs fit un drôle de bruit et se leva d'un bond. Son nez était tourné vers l'amont, et ses narines étaient dilatées. Puis il se mit à aboyer. Contre quoi, elle n'en savait rien. Elle le fixa du regard.

— Qu'est-ce qu'il y a, mon chien ?

Il partit en courant, tirant sur sa laisse.

Elle s'y accrocha et se leva.

— OK, allons voir ce qui te tracasse.

Elle n'eut pas à se déplacer très loin quand elle aperçut quelque chose qui lui retourna l'estomac. Elle s'approcha pour en être sûre, son téléphone déjà à la main. Elle tapa le numéro de Mack et attendit qu'il réponde.

— Qu'y a-t-il, Doreen ?

Elle inspira, toute tremblotante.

— J'ai trouvé un autre corps.

— Comment ? explosa-t-il après un long silence.

— Je suis au ruisseau à environ cent mètres, peut-être cinquante mètres, de ma maison. À environ dix à quinze minutes de la maison de retraite de Nan. Apparemment, un homme a disparu de là-bas. Je pense que c'est lui, expliqua-t-elle en faisant quelques pas. Il est allongé dans l'eau. On dirait qu'il est là depuis un petit moment.

— Avez-vous touché le corps ?

— Non, répondit-elle en frissonnant. Je suppose qu'il est mort. Je suis assise sur une bûche depuis au moins cinq minutes.

— Assise ? s'enquit Mack avec surprise.

— Pas à côté du corps, s'écria-t-elle. Ce serait terrible… et tellement dégoûtant. J'étais assise sur un rondin à quelques mètres du ruisseau quand Mugs s'est mis à aboyer. Alors je suis allée voir. L'homme porte un jean et une veste à capuche, à mon avis. Je ne sais pas. Peut-être que c'est une veste de coureur. Il a des chaussures de course.

Elle se retourna pour fixer le ruisseau, puis fit un petit bout de chemin.

— C'est peut-être quelqu'un d'autre. Je ne sais pas.

— Ne touchez pas le corps. Restez où vous êtes. Si je viens chez vous et que je passe par la porte de derrière, je vous verrai ?

— Si vous venez chez moi, passez par la porte de derrière et prenez à gauche, puis continuez sur le chemin, vous ne pourrez pas me rater.

— Je serai là dans dix minutes.

Elle pouvait encore l'entendre sur la ligne.

— Ne bougez pas, ajouta-t-il d'une voix plus tranchante.

Cette fois, elle entendit le clic audible lorsqu'il raccrocha. Elle fixa le ciel bleu vif et le soleil.

— Pourquoi moi ?

Mugs, maintenant qu'il avait compris d'où provenait l'odeur, s'allongea à ses côtés et s'endormit.

Thaddeus, par contre, avait une tout autre chose à dire. Il regarda par-dessus sa tête et cria à tue-tête.

— Meurtre dans l'eau. Meurtre dans l'eau.

— Arrête, vieil oiseau stupide. Tu veux que tous les voisins sachent qu'il y a quelqu'un ici ?

Le volatile entonna une chanson triste. Presque comme un chant gémissant et plaintif que certaines tribus aborigènes chantaient pour leurs morts. Elle le scruta avec étonnement.

— Tu as un côté plus profond bien caché, Thaddeus. Mais pourrais-tu le garder pour toi ?

Elle se tenait de manière protectrice à côté du corps. Bien que si quelqu'un d'autre arrivait, elle aurait l'air très suspicieuse.

Avec son téléphone, elle prit plusieurs photos du corps dans l'eau et de la zone alentour. Et, parce qu'elle devait attendre de toute façon, elle chercha des signes de ce qui aurait pu lui arriver. Mack le comprendrait sûrement.

Il y avait des traces sur la terre, mais aucune ne ressemblait à des sillons de brouette. Elle recula rapidement, prit quelques photos supplémentaires de la zone éraflée et chercha l'arme du crime. D'après ce qu'elle voyait, le type s'était suicidé, ou peut-être était-il ivre et tombé dans le ruisseau avant de se noyer.

Elle ne trouva rien d'intéressant. Mais cela ne l'empêcha pas de prendre beaucoup de photos. Elle remonta le sentier et en prit d'autres, puis alla de l'autre côté et en prit encore plus. Elle n'avait aucune idée de ce qu'elle cherchait mais selon elle, il reviendrait sur la question un peu plus tard. Pour l'instant, elle ne faisait que protéger la scène du crime.

Et, pour faire bonne mesure, elle prit autant de photos du ruisseau que possible. Et des maisons de l'autre côté. Quelqu'un avait peut-être entendu ou vu quelque chose ? Sa maison ne se trouvait pas dans ce cul-de-sac, mais dans celui d'à côté. Elle n'avait encore rencontré aucun des voisins de ce côté-là. Bien sûr, une fois que tout le monde aurait entendu dire qu'elle avait trouvé ce corps, le chaos n'en finirait pas dans sa vie. Sans parler de sa notoriété en tant que nouvelle arrivante.

Elle fit le pied de grue dix minutes, puis quinze, et enfin vingt. Au moment où elle sortait son téléphone, au bout d'une demi-heure, pour appeler Mack et l'engueuler pour son retard, elle entendit un bruit de l'autre côté du ruisseau. Elle attendit, tandis que son cœur s'emballait. Cela pouvait être le meurtrier qui revenait, s'il s'agissait d'un assassinat.

Cela n'empêchait pas les pensées de fuser dans sa tête.

Elle continua de surveiller nerveusement.

Soudain, Mack apparut devant elle. Il la regarda et hocha la tête.

— Bien. Vous êtes toujours là. Où est le corps ?

— J'ai dit que je serais là, dit-elle, soulagée qu'il soit enfin arrivé. J'ai tenu parole. Vous, par contre, vous êtes en retard.

Elle désigna le ruisseau sans dire un mot.

— Le pauvre homme est là.

Ils fixèrent tous les deux le cadavre, dont le visage flottait en grande partie vers le bas. Juste assez était à découvert pour que l'on voie son œil ouvert, la saleté et l'eau dans sa bouche. Mack pivota pour la regarder.

— Vous l'avez touché ?

— Non, répondit-elle en secouant la tête, vous m'avez dit de ne pas le faire.

— Est-ce que vous êtes restée dans cette zone pendant les dix dernières minutes ?

— Trente minutes. C'est la durée qui s'est écoulée depuis que je vous ai appelé. Et, oui, je me trouvais ici, à marcher sur ce chemin. J'avais peur que quelqu'un d'autre arrive avant vous.

Il hocha la tête, son attention revenant sur la zone, puis sur le corps.

— Je veux que vous rentriez chez vous, que vous rentriez dans votre maison et que vous y restiez jusqu'à ce que je vienne, ordonna-t-il avant de jeter un coup d'œil au chien. Bon travail, Mugs.

Ce dernier aboya, et s'approcha de lui pour se faire caresser. Mack se pencha et donna à Mugs ce qu'il voulait. L'officier regarda Thaddeus et dit à Doreen :

— Je suis surpris qu'il n'ait pas fait de commentaires.

— Il chantonne une sorte de chanson de la mort depuis environ dix minutes, blagua-t-elle. Et avant ça, il a crié « Meurtre dans l'eau. Meurtre dans l'eau ».

Mack opina du chef.

— Rentrez avec eux deux, s'il vous plaît. Et vous êtes sûre que Mugs n'a pas touché le corps ou ramassé autre chose ?

— Pas que j'ai vu. Il n'est pas rentré dans l'eau, et il n'a pas approché le corps, il n'a rien touché ni mordu dans quoi que ce soit, rétorqua-t-elle sur la défensive.

— Je devais m'en assurer. Vous le savez.

— Ce serait bien que vous gardiez mon nom en dehors de tout ça, déclara-t-elle en haussant les épaules.

— Oui, dans vos rêves, pouffa-t-il.

Elle leva les yeux au ciel.

— Je vais préparer du café. Assurez-vous d'être là avant que la cafetière ne s'éteigne.

Elle tourna les talons, et prit le chemin de la maison, accompagnée de ses animaux.

Chapitre 27

D E RETOUR DANS sa cuisine, Doreen mit la cafetière en marche, comme promis, et remarqua que la gamelle de Mugs était presque vide. Elle ne voyait pas Goliath manger les croquettes, mais elle n'allait pas affamer Mugs de toute façon. Puis elle constata que la gamelle du chat était également vide. Elle la remplit elle aussi et leur remit de l'eau fraîche. Puis elle vérifia la nourriture de Thaddeus. Rien à signaler, heureusement. Il s'était endormi sur son perchoir.

Quand le café eut fini de couler, Doreen se servit une tasse et s'installa sur une chaise sur la véranda arrière. Quelle journée… Ce pauvre homme… Et que se passait-il dans son monde pour que ce soit elle qui trouve le corps ?

Ce genre de choses avait tendance à coller à une personne. Elle devait trouver un moyen de remédier à ça, ou le voisinage l'étiquetterait comme la folle du village qui trouvait des morts.

Elle fixait la vieille clôture délabrée qui lui cachait la vue sur le ruisseau mais qui gardait son intimité à l'abri des passants. Cependant, cela fournissait à ces derniers une protection pour les choses secrètes qu'ils pouvaient faire. Le chemin n'avait pas été très utilisé, à ce qu'elle avait pu voir.

Au moins, Nan ne devrait pas être sur la liste des suspects concernant ce nouveau cadavre.

Si ?

Mis à part ses deux satanés paris. Mince.

Les trois morts ne devraient pas être liées… sauf par la maison de Nan comme seul lien ténu.

Doreen resta assise un long moment quand une nouvelle pensée lui traversa l'esprit. Et si les hommes étaient liés ? Peut-être par un travail, un objectif commun ou parce qu'ils s'étaient croisés quelque part dans le passé ? Ou peut-être en étant au mauvais endroit ? Et si les morts les plus récentes étaient des personnes liées à l'homme mort il y a trente ans ? Il aurait été assez vieux pour avoir une famille. Les enfants de Jeremy ? Et les deux autres corps étaient des cousins ou des frères ? Ne pas connaître l'âge des deux derniers cadavres n'aidait pas Doreen dans ses réflexions.

Elle sortit son téléphone et envoya à la hâte un SMS à Mack. *Je n'ai pas vu le visage de l'homme dans le ruisseau. Et je ne connais pas les caractéristiques physiques de l'homme trouvé ici sur ma propriété. Une chance que les deux hommes soient liés ? Et quel âge avaient-ils ?*

Elle eut une réponse dans la foulée. *Voici Robert Delaney, homme à tout faire, qui travaillait à la maison de retraite où vit Nan.*

D'accord. Un nouvel élément qui reliait Nan à tout ça.

Mais le nom de famille de cet homme, Delaney, et le cadavre du jardin de Nan, James Farley, ainsi que l'homme mort sur les photos vieilles de trente ans, Jeremy Feldspar, ne lui disaient toujours rien. Pourtant, ils n'avaient pas besoin de partager le même nom de famille pour être apparentés, ce qui soutenait sa dernière théorie. Ils auraient pu être de la famille de sa femme, ou ils auraient pu être cousins. Ils auraient même pu être apparentés du côté de la mère ; les noms de famille changeaient plus facilement pour les femmes après leur mariage, mais aussi pour une mère qui se remariait ; son nom aurait changé aussi.

Elle lui écrivit rapidement un autre message. *Ne laissez pas les noms vous tromper. Assurez-vous qu'il n'y a pas de lien de sang entre ces deux hommes morts récemment, y compris toute relation avec l'homme qui a disparu il y a trente ans.*

Nous savons faire notre travail.

Court. Succinct… Exact. Bien sûr qu'ils savaient le faire.

Elle aurait dû être reconnaissante pour ce peu de partage. Mack était l'inspecteur chargé de l'enquête, et elle trébuchait sur les corps. Pas nécessairement une bonne chose.

Thaddeus roucoulait à ses côtés. Goliath était monté sur ses genoux et s'était enroulé de son poids non négligeable dans ses bras. Et pour compléter le tableau, Mugs dormait à ses pieds, allongé sur son ventre comme une grenouille.

— Thaddeus, si tu es si intelligent, pourquoi ne peux-tu pas nous dire quelque chose sur ces hommes qui ont été assassinés ?

Là-dessus, elle sortit son téléphone, et déplaça Goliath pour qu'il se couche à côté d'elle. Puis elle téléchargea les images sur son ordinateur portable, qui était posé sur la table basse, pour y regarder de plus près. Oui, elle ne s'était pas trompée. L'homme dans le ruisseau avait été assassiné, comme en témoignait le trou sur le côté de sa tête qu'elle pouvait à peine distinguer au bord de son sweat à capuche. Elle n'y avait pas regardé de trop près dans l'eau, mais cela apparaissait clairement sur ses photos. Il s'était fait descendre, à première vue.

En parlant d'images, elle n'en avait aucune du corps trouvé dans son jardin. Elle frémit en pensant à un corps en décomposition.

Mais elle avait vu des photos de lui dans les publicités pour ses assurances dans le journal. Elle chercha « James Farley » sur Google, ainsi que son entreprise. Et il y avait sa photo. Puis, elle fit également des recherches sur l'homme qu'ils venaient de trouver, Robert Delaney, et son visage apparut sur l'écran.

Elle étudia les traits des deux hommes morts, cherchant quelque chose qui pourrait les relier. Ils avaient tous les deux à peu près le même âge. Elle les situait tous les deux dans la quarantaine. Peut-être même la cinquantaine. C'était si difficile à dire avec certaines personnes. Ils étaient tous les deux assis sur les photos, l'un plus costaud que l'autre. Mais l'homme à tout faire avait un travail plus physique. Aucune comparaison possible pour les muscles et la maigreur. Elle continua à chercher et trouva des avatars des deux. Ils avaient tous deux une bosse au milieu du nez. Mis côte à côte, il y avait clairement une ressemblance. Elle enregistra les deux photos pour les montrer à Mack.

Elle finit par le nom de l'homme dont elle avait trouvé les affaires à l'étage : Jeremy Feldspar.

Comment pouvait-elle faire des recherches sur les actes de mariage, de divorce, ou les dernières résidences connues ? Elle avait vraiment besoin de l'aide de Mack pour ça. Ce dernier dirait probablement qu'il avait besoin qu'elle arrête de s'en mêler. Peut-être qu'il avait raison parce que, honnê-tement, c'était un peu au-delà de ses compétences d'investigation. Elle devait parler à quelqu'un qui était là depuis longtemps. Jusqu'à présent Nan n'avait pas été une source d'information très fiable. Doreen pensa à sa voisine bavarde, Ella. Celle-ci lui avait parlé de sa vie à Mission et ses alentours depuis une trentaine d'années. Mais pas de la maison de ce quartier.

Puis il y avait le retraité qui n'avait pas été sympathique mais qui était très probablement quelqu'un qui connaissait l'ancienne affaire. Elle ne possédait pas son numéro de téléphone, sinon elle aurait essayé de l'appeler. Elle ignorait ce qu'il dirait si elle se présentait à nouveau à sa porte. Mais elle était prête à tenter sa chance.

Après avoir bu une autre tasse de café, elle prit son bloc-notes et son courage à deux mains. Elle sortit par sa porte d'entrée et se rendit à la maison du vieux grincheux, laissant les animaux derrière elle. Elle frappa à sa porte. Il l'ouvrit comme s'il était resté à la fenêtre de devant, à regarder.

— Qu'est-ce que vous voulez, maintenant ? grogna-t-il.

— Je fais quelques recherches et j'espérais que vous pourriez m'aider. Connaissez-vous l'un de ces noms ou de ces visages ?

Elle montra son ordinateur portable, avec des photos côte à côte de trois hommes, à côté de son bloc-notes avec les noms clairement écrits : Jeremy Feldspar, James Farley, Robert Delaney.

Doreen observa le visage de monsieur De Genaro.

Son regard passa des photos aux noms puis revint sur les visages, avant de la fixer elle.

— Pourquoi voulez-vous savoir cela ?

— Eh bien, l'un d'entre eux est l'homme trouvé enterré dans le jardin arrière de ma propriété, donc ça m'intéresse. Je me demandais si ces hommes étaient liés.

Ses sourcils se levèrent. Il secoua la tête, tendit la main et tapa sur un des noms sur son bloc-notes.

— Je connaissais celui-là. Il a disparu il y a trente ans.

— Comment l'avez-vous connu ?

— Nous étions amis pendant un moment, expliqua-t-il

en haussant les épaules. Mais lui et sa femme étaient des arnaqueurs. Vous voyez ? Vous lui achetez une maison, puis vous découvrez qu'il n'y a pas de propriété à acheter. La justice leur courait après, ainsi que beaucoup de gens en colère. Le fait qu'il ait disparu n'était pas une surprise. Je les aurais aidés à disparaître moi-même, mais je ne les ai pas trouvés. Jeremy m'a volé 10 000 dollars.

— Aïe. Je suis désolée.

— Jeremy a aussi été accusé du meurtre de sa mère, mais je n'y ai jamais cru, continua-t-il, avant de froncer les sourcils en étudiant les photos. De quelle façon sont-ils tous liés ?

— Je ne suis pas encore sûre. Mais j'ai les photos de deux hommes, un dont le cadavre a été retrouvé récemment, et ils semblent avoir le même nez.

Elle étudia le visage de monsieur De Genaro, y voyant la colère, la rancœur et la douleur d'il y a si longtemps.

— Pouvez-vous me dire où Jeremy travaillait ? Qui étaient ses amis ? Si des membres de sa famille vivent encore dans le coin ? Et sa femme ?

Le visage de l'homme se tordit de dégoût.

— C'était il y a longtemps. Je ne sais pas où ils sont tous, sauf sa femme. Elle s'appelle Alice. Je n'ai jamais pu savoir si elle en faisait partie ou pas. Mais elle vit décemment pour quelqu'un qui n'a jamais travaillé de sa vie.

Doreen ne savait pas si la pique lui était également destinée, car elle n'avait pas travaillé un seul jour de sa vie, pas un travail *traditionnel* en tout cas. D'un autre côté, elle ne vivait pas au jour le jour. Elle vivait principalement de la charité de sa grand-mère. Et cela piqua quelque peu sa fierté.

— Savez-vous si elle porte toujours le même nom de famille ?

— Aux dernières nouvelles, c'était le cas. Mais je ne suis

plus sûr. Elle doit avoir entre 70 et 75 ans. Elle vit dans la même maison de retraite que Nan.

Doreen grimaça intérieurement. Évidemment qu'elle vivait là-bas. Tout tournait autour de Nan. Une vieille de la vieille dans cette petite ville. Mais ce serait bien qu'un de ces fils conducteurs aille dans la direction opposée.

— Ont-ils eu des enfants ?

— Trois ou quatre, je crois, répondit-il en hochant la tête. Ils étaient assez jeunes à l'époque pour qu'ils ne comprennent pas ce que leurs parents faisaient. Je ne pense pas que les enfants étaient impliqués dans les arnaques. Ils étaient à peine au lycée.

— Outre le fait que Jeremy a disparu, avez-vous entendu parler de ce qui s'est passé ?

Monsieur De Genaro secoua la tête.

— Non, mais j'aurais bien aimé, dit-il d'un ton beaucoup plus aimable. Comme je l'ai dit, nous avons été amis pendant un certain temps. Si vous apprenez quelque chose, faites-le-moi savoir.

Sur ce, il s'apprêta à fermer la porte.

Elle recula d'un pas.

— De même, si vous avez vent de quoi que ce soit concernant ces personnes, faites-le-moi savoir. J'essaie juste de dissiper tout soupçon concernant Nan.

Il la regarda fixement pendant un long moment.

— Comment quelqu'un peut-il penser que Nan a quelque chose à voir avec ça ?

— Oh, je suis d'accord. Mais, depuis que le premier corps a été trouvé dans son jardin… déclara-t-elle en haussant les épaules. Ça la met dans une mauvaise posture.

— Imbéciles. Tous autant qu'ils sont.

Et la porte se referma avec fracas.

Elle acquiesça et rentra chez elle. Tandis qu'elle marchait dans l'allée, un véhicule arriva derrière elle. Elle se retourna et vit Mack, avant de lui sourire et lui faire un petit signe de la main.

Il se gara, sortit, puis désigna le bloc-notes et l'ordinateur portable dans ses mains.

— Qu'est-ce que vous êtes en train de fabriquer ?

Elle le regarda d'un air totalement innocent, mais lorsqu'il plissa les yeux, elle sut qu'elle avait échoué à le convaincre. Elle montra la maison voisine d'une main.

— Richard De Genaro habite dans le coin depuis longtemps. Il est grognon et colérique, mais je me suis dit qu'il pourrait être une source d'informations.

— Sur qui ?

— Lui, répondit-elle en affichant une photo de Jeremy Feldspar, l'homme disparu trente ans plus tôt.

Mack s'arrêta et regarda la photo. Puis il jeta un coup d'œil à la maison du voisin.

— Est-ce qu'il le connaissait ?

Doreen opina du chef.

— Apparemment, Jeremy Feldspar et sa femme étaient impliqués dans une arnaque immobilière, et selon De Genaro, beaucoup de gens voulaient la mort de Feldspar.

Mack hocha la tête, et elle eut un hoquet de surprise.

— Vous le saviez déjà, n'est-ce pas ?

— J'ai jeté un coup d'œil à l'ancien dossier des personnes disparues, et notamment celui de Jeremy. C'est une affaire classée avec des boîtes de paperasse à parcourir. Je n'ai pas eu le temps de le faire, mais j'ai lu le résumé. Les journées sont courtes et, jusqu'à présent, vous faites du bon travail en trouvant de nouveaux cadavres tous les jours.

— Désolée, dit-elle en grimaçant. Ce n'est pas comme si

j'essayais de les trouver. Je suis juste au mauvais endroit au mauvais moment. Comme emménager dans la maison de Nan. Si j'avais emménagé au moment où elle a déménagé, le premier corps n'aurait probablement pas atterri sur sa propriété.

Il s'arrêta et un rictus apparut sur son visage.

— Pas nécessairement.

Elle fixa les maisons positionnées en cercle.

— Quand Nan et moi avons parlé pour la première fois de ce changement de résidence, nous n'avons pas vraiment bloqué les dates. Si nous avions dû toutes les deux vivre temporairement ensemble dans la maison, nous l'aurions fait. Aucun problème. Et, s'il y avait eu un écart entre son déménagement et mon emménagement, ça aurait convenu aussi à Nan, expliqua Doreen avant de se retourner pour regarder l'officier. Ce que j'essaye de dire, c'est que Nan était sur une liste d'attente pour Rosemoor, mais généralement quelqu'un doit mourir pour qu'une place se libère à la maison de retraite. On ne peut pas vraiment prévoir de donner un préavis de deux semaines pour ce genre d'événement. Bien sûr, parfois une famille emmène un résident chez lui et prévient Rosemoor. Mais ce sont des événements rares. Alors, quand une possibilité soudaine s'est présentée, Nan l'a prise plutôt que d'attendre la prochaine… ouverture.

— Et vous êtes venue ici dès que vous avez pu.

— C'est à peu près ça. Ce n'est pas une bonne idée de laisser une maison vide pendant trop longtemps. Mais Nan n'était pas si inquiète que ça. Comme elle l'a dit, il ne se passe rien par ici, et j'essayais de régler autre chose avant de venir.

— Le corps était là depuis au moins deux semaines.

Elle le fixa et déglutit.

— Oh. Donc pendant que Nan était en plein déménagement…

Il hocha la tête.

— Alors quelle est la probabilité que, même lorsqu'elle vivait ici, Nan n'en ait eu aucune idée ?

— Cela dépend si elle portait ses appareils auditifs ou non, déclara Doreen. Sans eux, elle n'aurait rien entendu. Et, si elle dormait, alors elle n'aurait vraiment rien entendu. Ajoutez à cela son déménagement à la maison de retraite et tous les déplacements que cela a dû impliquer, sans compter qu'elle n'est pas allée dans le jardin pendant un certain temps…

— Donc, bien sûr, elle n'en avait aucune idée. Il est probable que l'endroit a été choisi pour cette raison.

Doreen se figea et fixa les images côte à côte de son ordinateur portable dans sa main.

— Ou pour une autre raison plus sinistre ?

À présent debout sur le seuil de la porte d'entrée, il posa sa main sur son épaule.

— De quoi parlez-vous ?

— Je n'arrive pas à me défaire de l'idée que tous les meurtres sont liés, que les victimes pourraient être liées. Mais, et si le premier homme, qui a disparu il y a trente ans, était aussi enterré ici ? Et que le corps que nous avons trouvé dans le jardin était son fils ? Peut-être que le tueur voulait l'enterrer à côté de son père ?

Elle secoua la tête et éclata d'un rire maniaque.

— Vous imaginez ? Cela ferait de cette propriété un cimetière familial.

Chapitre 28

— DOUCEMENT, CALMEZ-VOUS.

Le rire sauvage de Doreen se transforma en sanglots. Elle entendit la voix de Mack à travers ses pleurs. Elle s'excusa et se réfugia dans la salle de bains pendant que Mugs saluait le nouveau venu. Là, elle ouvrit le robinet d'eau froide et s'aspergea le visage, essuyant ses larmes. Quand elle fut assez calme pour lui faire face, elle entra dans la cuisine, s'assit et dit très doucement :

— Je suis désolée.

Mugs frotta sa truffe contre sa jambe. Elle se baissa pour caresser ses grandes oreilles en se demandant ce que Mack devait penser d'elle.

— Pourquoi ? demanda-t-il en la regardant avec surprise. Vous avez trouvé deux cadavres, dont un dans votre propre jardin, et vous avez peut-être découvert une conspiration impliquant le troisième, tout cela durant vos quatre premiers jours ici à Mission. N'importe qui n'appartenant pas aux forces de l'ordre ou au corps médical aurait le même genre de réaction.

Doreen hocha la tête, mais ça ne l'aidait pas beaucoup. Elle ne voulait pas être n'importe qui. Elle avait envie d'être quelqu'un de spécial, d'être quelqu'un de différent. Elle n'avait été qu'une épouse pendant si longtemps, et maintenant elle était une personne à part entière, chez elle. Mais qu'est-ce que cela signifiait ? Qui était-elle ? Elle n'était pas sûre de ce qu'elle devait faire de sa vie à présent.

Elle se sentait perdue dans le nouvel ordre des choses alors que les événements du quotidien se déroulaient ici à Mission. Elle ne pouvait qu'espérer qu'elle trouverait qui elle était assez rapidement.

Elle prit la tasse de café que Mack avait remplie pour elle et en but une grande gorgée. Puis elle serra la tasse à deux mains.

— Avez-vous trouvé un lien entre les hommes ?

— Pas encore, mais s'il existe, je le trouverai. Nous prenons les meurtres très au sérieux ici.

— Monsieur De Genaro a dit qu'Alice Feldspar, la femme de Jeremy, réside à Rosemoor. Je devrais peut-être me renseigner à la maison de retraite ou aller lui parler directement.

— Non, rétorqua-t-il en lui lançant un regard noir. Je vais m'en occuper. Quel est votre problème ? Laissez tomber, s'il vous plaît.

Doreen lui lança le même regard. Au moins, elle n'avait plus envie de pleurer.

— Comment puis-je rester assise ici et ne rien faire ? Le moins que je puisse faire est de parler aux gens, de trouver des informations, et de vous les donner. À moins que vous ne vouliez que je parte trouver le tueur moi-même.

— Vous venez de trouver des informations et de me les donner. La piste Alice Feldspar. Et, bon sang non, je ne veux pas que vous partiez à la recherche du tueur vous-même. Comment pourriez-vous savoir qui est le tueur à ce stade ? Et que feriez-vous ? Vous iriez voir un suspect pour lui demander s'il a commis deux meurtres récemment ? Vous réalisez que quelqu'un a tué deux hommes en deux semaines, peut-être le troisième il y a autant de décennies. Si ce n'est pas vous, et si ce n'est pas Nan, il y a des chances que ce soit quelqu'un que Nan connaît, peut-être même très bien. Ça pourrait même être quelqu'un que vous connaissez. C'est une petite municipalité. Bien sûr, la ville elle-même est grande, mais le quartier dans lequel nous vivons est petit, étroit, et tout le monde se connaît. Vous ne pouvez pas prendre le risque d'énerver la mauvaise personne. Vous ne pouvez pas non plus prendre le risque d'énerver la personne qui a fait ça.

Elle s'assit, mécontente. Mugs la regarda de sa place par terre puis baissa la tête. Doreen finit par hocher la tête.

— D'accord.

Il la fixa comme s'il attendait de voir si elle avait vraiment compris.

— Maintenant, commençons votre déclaration à la police.

Il sortit son bloc-notes et son stylo, mais posa également un magnétophone sur la table de la cuisine et appuya sur le bouton d'enregistrement.

— Qu'est-ce qui vous a fait prendre cette direction en rentrant chez vous ?

Elle fronça les sourcils.

— Je cherchais un chemin le long du ruisseau. C'est joli là-bas. Je ne cherchais pas l'homme disparu.

— Comment avez-vous su qu'il avait disparu ? demanda-t-il, une pointe de suspicion dans la voix.

— Je ne l'ai pas tué, objecta-t-elle en lui jetant un regard sévère.

— Répondez juste à la question, s'il vous plaît, dit-il en

levant les yeux au ciel.

— Nan m'en a parlé.

— Et par pur hasard, vous êtes allée dans cette direction ? Une simple coïncidence que vous soyez tombée sur le deuxième corps ?

— Absolument.

Ça sonnait un peu faux à ses oreilles aussi.

Il l'étudia pendant un long moment, puis hocha la tête.

— OK, donc vous êtes allée directement de la maison de retraite vers ce chemin le long du ruisseau ?

Elle secoua la tête. Elle lui donna tous les détails dont elle pouvait se souvenir sur la façon alambiquée dont elle était rentrée chez elle.

— Je marchais sans but, j'explorais. Je ne connais pas la région. Je me suis dit que j'allais me promener et découvrir la ville. Je suis tombée sur le ruisseau, je l'ai traversé et j'ai continué. Je me suis dit que je finirais par arriver chez moi si je continuais à marcher dans cette direction. J'ai vu le cul-de-sac à côté du nôtre.

Elle désigna d'un mouvement de tête les maisons qu'elle pouvait voir par la fenêtre arrière. Les deux culs-de-sac étaient en forme de trèfle.

— Je savais que je n'étais pas très loin de chez moi.

— Comment avez-vous reconnu les impasses ?

— Une seule maison possède ces grandes tuiles espagnoles sur son toit, dit-elle doucement tandis qu'il prenait des notes. J'observe les choses, vous savez.

— Alors, qu'est-ce qui vous a attirée vers le corps ?

— Mugs.

— Bien, le chien.

— Mais pas tout de suite.

Il releva la tête et la regarda à nouveau.

— Pourquoi pas tout de suite ?

— Nous étions assis sur un rondin à environ dix mètres de l'endroit où se trouvait le corps. Je me reposais, en pensant à la beauté de l'endroit et à la beauté de la ville où l'on vit. Que Nan avait pris une merveilleuse décision en passant autant de temps ici.

— Mugs n'a pas été dérangé ?

Ce dernier leva la tête en entendant son nom. Elle caressa son corps avec son pied et secoua la tête.

— Il y avait une bonne brise jusque-là. Elle venait plutôt de l'autre côté de la rivière. Mais quand une grosse rafale de vent est descendue de cette même rivière, Mugs a aboyé comme un fou. Jusque-là, je pense qu'il était juste fatigué et qu'il dormait.

— Et ensuite, qu'avez-vous fait ?

Elle regarda Mack avec surprise.

— Je me suis levée, et on a marché tous les trois le long du ruisseau vers la maison. Mugs aboyait toujours comme un fou, et il n'a pas arrêté jusqu'à ce qu'on s'approche du corps. J'ai pu voir que l'homme était mort, allongé dans l'eau.

— Et ensuite quoi ? demanda-t-il après avoir terminé d'écrire une note et s'être retourné vers elle.

— Comment ça, et ensuite quoi ? Je vous ai appelé. C'est aussi simple que ça, s'exclama-t-elle en levant les deux mains en signe de frustration.

— Vous n'avez pas vérifié les poches de l'homme ? L'avez-vous déplacé ? Touché de quelque façon que ce soit ? Vérifié s'il était vivant ?

— Il était dans l'eau, s'offusqua-t-elle. Face contre terre mais légèrement tourné sur le côté. Il avait de la saleté dans la bouche à cause de l'eau qui baignait son visage. Ses yeux étaient ouverts. À mon avis, il n'y avait pas la moindre chance qu'il soit encore en vie. Et, non, je ne l'ai pas touché. Je n'ai pas fouillé ses poches. Je n'arrive pas à croire que vous me demandiez ça. Regardez mes chaussures. Elles sont sèches.

Bouleversée, mais ne le laissant pas l'atteindre davantage, elle continua.

— Et puis j'ai fait des allers et retours. J'avais l'impression d'être observée, un sentiment étrange, comme si je devais protéger le corps, et j'avais peur que quelqu'un pointe le bout de son nez avant que vous n'arriviez. J'y étais jeudi. J'avais trouvé le même chemin, mais en partant de la maison. Un garçon avait grimpé dans l'un des grands arbres. Je ne voulais pas qu'il revienne aujourd'hui et voie le corps, expliqua-t-elle en regardant l'officier. Et vous avez dit que vous seriez là dix minutes plus tard. Mais vous en avez mis trente.

C'était au tour de Mack de lever les yeux au ciel.

— Désolé. Je suis venu aussi vite que j'ai pu.

— Ouais, c'est ça. Et puis quoi ? Un cadavre n'était pas assez prioritaire ?

— Je rassemblais une équipe pour ne pas être le seul à venir. Et je devais découvrir exactement où vous étiez. Vos instructions n'étaient pas très claires.

Il se pencha et éteignit l'enregistreur.

— Peu importe, conclut-elle en finissant son café avant de se lever pour attraper la cafetière. Ça devient une sacrée habitude.

— Une dont j'espère vous allez vous débarrasser.

Elle se figea, la cafetière à la main, et le fixa.

— De quoi parlez-vous ?

— Votre habitude de trouver des cadavres.

— Oh.

Le soulagement l'envahit. Elle agita légèrement la cafetière.

— Je parlais du fait de venir prendre un café ici devient une habitude. Une bonne habitude à perdre.

Il sourit, gloussa, puis éclata d'un grand rire ventral qui résonna dans toute la cuisine.

— Ce n'est pas si drôle, dit-elle en remplissant sa tasse de café.

Il haleta et essaya de reprendre son souffle.

— À vrai dire, si, c'est assez drôle. J'avais l'intention de réduire ma consommation de café. Mais c'est pire maintenant parce que je suis toujours là.

— Ce n'est pas ma faute, protesta-t-elle, mais il était difficile de ne pas sourire. Et si vous résolviez simplement ces meurtres ? Cela rendrait ma vie beaucoup plus facile. Bien que j'aie une théorie, si vous voulez l'entendre ?

— Qu'est-ce que c'est ?

Elle aborda le sujet avec précaution, en se penchant en avant.

— Vous savez ? J'y ai beaucoup réfléchi. Je pensais à l'homme qui a disparu il y a des décennies. Je pense que quelqu'un dans cette région l'a probablement assassiné, et je pense que les deux hommes récemment assassinés étaient liés à lui. Ils étaient probablement à la recherche de son assassin.

— Waouh. C'est une sacrée théorie. Vous avez des preuves pour l'étayer ? interrogea-t-il d'un ton moqueur mais avec un sourire, lui faisant comprendre que ce n'était pas une raillerie, mais plutôt une remarque taquine.

— Les complots ne m'intéressent pas, dit-elle. Honnêtement. Il me semble logique que tout cela soit lié. Et je pensais avoir décelé un air de famille.

Elle jeta un coup d'œil à son ordinateur portable, puis

revint vers lui.

— J'ai quelques photos.

En le voyant secouer la tête, elle se mit en rogne.

— J'ai fait ça avant que vous n'arriviez, alors ne vous énervez pas contre moi.

Mugs s'assit et aboya.

— C'est bon, mon chien, il fait juste le difficile.

Il lui lança un regard noir et elle soupira.

— D'accord. Je vous les ai aussi envoyées. Vous les avez reçus ?

— Non. Mais je reçois beaucoup de messages. Certains d'entre nous travaillent pour vivre, vous savez ?

— Certains d'entre nous essaient de trouver un emploi pour pouvoir gagner leur vie, vous savez ?

Elle saisit son ordinateur portable et fit apparaître les photos de Robert et James qu'elle avait mises côte à côte, de profil.

— Voilà ce que j'ai trouvé. Vous voyez la ressemblance ?

Il se pencha en avant et étudia les images.

— Vous savez quoi ? Il se pourrait que vous ayez raison, déclara-t-il, la regardant avec surprise.

Elle rayonnait.

— Je ne suis donc pas une vieille dame stupide après tout.

— Vous n'êtes pas vieille du tout.

Satisfaite, elle passa outre le fait qu'il ait omis de dire qu'elle n'était pas stupide non plus.

— Ce dont j'ai besoin, c'est d'une photo de l'homme qui a disparu il y a des décennies, s'enquit-elle. Une de profil qui pourrait montrer des caractéristiques correspondant à ces deux hommes.

— Il devrait y en avoir dans les archives, dit-il. Renvoyez-les-moi par mail. Je vais vérifier par moi-même.

Elle ouvrit sa messagerie, tapa son adresse électronique et envoya les photos en pièces jointes. Quand elle eut fini, elle s'assit.

— Pouvez-vous m'envoyer l'autre photo quand vous la trouverez ? ajouta-t-elle à la hâte.

Il lui lança un long regard.

— Souvenez-vous. C'est une affaire officielle.

Elle lui retourna son regard.

— Souvenez-vous. Je ne suis pas suspecte.

Il gloussa.

— Vous devez admettre que j'ai été d'une grande aide, n'est-ce pas ?

— Peut-être. Ou peut-être que vous vous accaparez beaucoup de ressources officielles, et m'envoyez sur une fausse piste. Peut-être que vous êtes une magicienne de *Photoshop®* et que vous avez fait en sorte que ces photos ressemblent à ça.

Elle le regarda d'un air choqué.

— Pourquoi est-ce que je ferais ça ? demanda-t-elle avant de tourner son regard vers les photos. Est-ce que les gens peuvent faire ça ?

— Les gens le font trop souvent. Vous ne pensez pas vraiment que les mannequins des couvertures de magazines ressemblent à ça, n'est-ce pas ?

Elle étudia la question.

— Je n'y ai jamais vraiment réfléchi. Mais je sais que mon mari croyait qu'elles ressemblaient à ça.

— Aïe. Ce serait difficile d'être à la hauteur, c'est impossible de l'être. Ces photos ne sont pas réelles. Toutes ces images sont corrigées pour que les femmes aient l'air plus belles.

— Mais qui détermine ce qui est mieux ? interrogea-t-elle en le scrutant.

— C'est exactement le problème, répondit-il en souriant.

Chapitre 29

CE SOIR-LA, DOREEN lutta pour s'endormir. Goliath était pelotonné à ses côtés et Mugs à ses pieds. Thaddeus était joyeusement perché au bout de son lit, où elle était allongée à fixer le plafond. Celui qui cachait l'endroit où tous les vêtements avaient été rangés dans des boîtes. Elle ne pouvait pas ignorer l'idée qu'un autre homme puisse être enterré à proximité. Sinon, pourquoi toutes ses affaires seraient-elles stockées dans le grenier ?

Trouver un autre corps était la dernière chose dont elle avait besoin. Mais elle ne pouvait pas passer outre cette idée. De plus, elle apprenait jour après jour qu'elle était impatiente. Surtout quand il s'agissait d'obtenir des réponses. Et le fait qu'elle dépendait d'autres personnes rendait la situation encore pire. Pourquoi Mack ne pouvait-il pas lui fournir des informations ?

— Parce qu'il n'en a pas encore, idiote.

Elle secoua la tête. Doreen était tentée de retourner chez sa voisine bavarde et de poser d'autres questions le lendemain. Elle se redressa dans son lit et alluma sa lampe, puis attrapa son ordinateur portable. Elle avait creusé plus tôt, à la recherche d'un lien entre les deux hommes. Il serait assez facile pour l'un d'eux d'avoir un père différent avec un nom de famille différent. Mais cela ne répondait toujours pas à la question de savoir quel était le lien avec le premier homme qui avait disparu. Et elle n'avait rien trouvé sur son nom nulle part.

Théoriquement, n'importe lequel d'entre eux aurait pu posséder une propriété dans ce cul-de-sac. Et peut-être qu'il y avait plus de parents que les deux hommes. Sur cette pensée, elle chercha la famille du premier homme retrouvé, James Farley, pour voir s'il avait des sœurs ou quelqu'un de sa famille encore en vie.

Elle ne trouva rien, mais quand elle se pencha sur les membres de la famille de l'homme qu'elle venait de trouver, Robert Delaney, il avait une sœur adoptive, bien que leurs parents soient tous deux morts.

C'était intéressant. Mais elle avait besoin de plus d'informations sur la famille. Des choses que Mack n'avait pas partagées avec elle.

Frustrée, elle finit par tout ranger et se recoucha. Les yeux grand ouverts.

Mugs était si décontracté qu'il était allongé, les pattes en l'air, en train de roupiller. Elle aurait aimé dormir d'un sommeil profond comme lui. Mais ce lit était plus propice à l'éveil qu'à l'endormissement.

Son téléphone sonna à ce moment-là. Étonnée, elle l'attrapa et vérifia l'identité de l'appelant, surprise de voir que c'était Nan. Elle regarda le réveil. Il était tard.

— Nan, tu vas bien ?

— Oui, ma chérie. J'avais juste besoin d'entendre ta voix.

Doreen ne savait pas quoi dire à ce sujet.

— Eh bien, je suis contente que tu aies appelé. Je suis

allongée, incapable de m'endormir.

— Les rumeurs circulent ici, comme quoi tu aurais trouvé un autre corps ?

Sa petite-fille grimaça.

— Oh, mamie, j'espérais que tu n'en entendrais pas parler.

— C'est vrai ? s'exclama la grand-mère. Doreen !

— Ce n'était pas voulu, dit-elle précipitamment. Après t'avoir rendu visite, j'ai pris un chemin différent pour rentrer chez moi, et j'ai trouvé un corps dans le ruisseau.

— Le corps de qui ? interrogea Nan, suspicieuse. Cela n'améliore pas vraiment ta réputation dans la ville, tu le sais, ma chère ?

— Nan, je ne l'ai pas fait exprès, rétorqua la jeune femme en levant les yeux au ciel.

Elle entendait la respiration lourde de Nan à travers le téléphone.

— Non, bien sûr que non. Je suis désolée, ma chérie. Peux-tu me dire à quelle heure tu as trouvé le corps ?

Doreen fixait son téléphone, perplexe.

— Nan, tu veux l'heure exacte ?

— Oui. On a fait un pari sur le temps qu'il faudrait pour retrouver le corps. Certains des paris sont vraiment serrés. J'ai besoin de savoir qui est le gagnant.

Doreen s'adossa contre la tête de lit.

— Nan, je pensais que tu me taquinais quand tu m'as dit ça la première fois.

D'ailleurs, elle avait aussi englouti ces biscuits à la marijuana à ce moment-là.

— Tu n'as pas vraiment parié sur l'heure à laquelle quelqu'un trouverait le corps, n'est-ce pas ? C'est morbide.

— Eh bien, nous n'étions pas sûrs qu'il serait mort

quand on l'a trouvé. Et vous l'avez trouvé, non ?

— Si, répondit Doreen en fronçant les sourcils. Nan, comment sais-tu que j'ai trouvé le bricoleur disparu ?

— Tu viens de le dire, ma chérie.

Oui, à l'instant. Mais Doreen se remémora leurs conversations pour se rappeler si elle avait mentionné spécifiquement le bricoleur auparavant.

— Non pas que ce soit important. Tout le monde en parle, expliqua la vieille dame avant de changer complètement de sujet, d'un air joyeux. Comment va Thaddeus ?

Doreen balaya ses cheveux de son visage, et se demanda à quel niveau de nébulosité, causée par la marijuana, se trouvait sa grand-mère.

— Thaddeus va bien, Nan, répondit-elle en regardant l'oiseau perché au bout du lit. Pourquoi ?

— Eh bien, il a un bon flair. Donc, si tu l'avais avec toi, il n'est pas surprenant que tu aies trouvé notre personne disparue, s'enquit-elle avant d'ajouter d'une voix plus élevée : oh, mon Dieu, c'est une bonne chose. Peut-être qu'on peut vous utiliser, toi, Thaddeus et Mugs pour retrouver les personnes disparues.

— Non, cria Doreen. Non, Nan. Arrête. Je n'ai pas envie que les gens me voient comme ça.

— C'est mieux que les gens pensent que tu as tué tous ces hommes.

Plus franche que la vieille dame, ce n'était pas possible.

— Tu pourrais te mettre à ma place et réaliser qu'ils pourraient penser que tu as assassiné tous ces hommes, déclara lentement Doreen. Nan, j'ai trouvé les corps. Je n'y suis pour rien.

— Bien sûr que non, ma chérie, pouffa sa grand-mère. Je ne faisais que te taquiner. Revenons au moment où tu l'as retrouvé. Te rappelles-tu exactement à quelle heure c'était ?

— J'ai téléphoné aux autorités. J'ai probablement une trace de l'appel, alors attends.

Doreen examina ses appels récents et vit quand elle avait contacté Mack.

— Je pense que c'était vers 15 h 15, annonça-t-elle après avoir remis le téléphone à son oreille.

— Tu penses ? Tu comprends que c'est important de savoir ces choses-là. Les gens sont assez irrités si nous n'avons pas d'informations exactes.

— Je sais que c'était vers 15 h 15, dit Doreen.

Elle n'arrivait pas à croire que sa grand-mère faisait ça.

— Nan, pourrais-tu s'il te plaît arrêter de parier sur des choses comme ça ? C'est très contrariant.

— Nous avons besoin de quelque chose à faire. Rose-moor est un petit endroit où il ne se passe pas grand-chose, et nous avons beaucoup de temps à consacrer à nos activités. Nous avons parié sur beaucoup de choses. Il se trouve que quelqu'un a suggéré la disparition de Robert Delaney. Nous ne savions pas qu'il finirait mort, objecta Nan avant de faire une pause et de dire : Doreen, je déteste dire ça, mais tu as l'air très fatiguée. Tu devrais vraiment aller te coucher. Il est plus de 23 heures, ma chérie.

Sur ce, elle raccrocha, laissant Doreen fixer son téléphone avec surprise.

— Et comment je suis censée dormir maintenant ? interrogea-t-elle dans la chambre vide. Ma grand-mère est à l'origine d'un pari sur la date de découverte d'une personne morte ! Oh, j'ai l'impression d'être tombée dans le terrier du Lapin Blanc.

Thaddeus se redressa légèrement.

— Corps dans le terrier de lapin. Corps dans le terrier de

lapin.

Elle jeta un regard noir à l'oiseau tandis que Goliath se roulait et utilisait ses griffes sur son ventre pour s'installer confortablement et que Mugs donnait des coups de patte à ses pieds pour avoir plus de place.

— Non, il n'y a pas de corps dans le terrier du lapin.

— Tu es sûre ? Tu es sûre ? s'écria-t-il.

Elle gémit, s'allongea dans son lit et tira les couvertures sur sa tête. Elle voulait juste que tout ça s'arrête.

Chapitre 30

Jour 5, dimanche

LORSQUE DOREEN SE réveilla le lendemain matin, elle était étonnamment reposée et dans un état d'esprit détendu. Elle se releva et s'étira. Mugs n'était pas sur le lit, mais couché à l'entrée de sa chambre, allongé sur le dos, les pattes en l'air, ce qui la fit sourire.

— Mugs, tu es toujours en vie ?

Il se retourna, sa langue pendue ballottant. Mais il n'aboya pas. Il n'y avait aucun signe de Goliath ou de Thaddeus.

Elle sauta hors du lit et se dirigea vers la douche. Après s'être séchée et habillée pour la journée, Doreen descendit pour préparer son café et nourrir sa famille à poils et à plumes. En attendant que le café finisse de couler, la jeune femme s'assit à la table de la cuisine et ouvrit son ordinateur portable pour consulter ses e-mails. Elle tomba sur un de Mack, et elle s'illumina avant de cliquer dessus pour l'ouvrir.

— Pas encore de nouvelles. Toujours en train de travailler, lut-elle.

Ses épaules s'affaissèrent. Elle était tellement sûre que de bonnes nouvelles apparaîtraient à un moment ou à un autre.

Au moins, il avait répondu. Le pire, c'était l'attente.

Doreen s'installa sur la véranda arrière, avec sa première tasse de café et ses animaux, pour examiner l'immense jardin. Maintenant que le cadavre était parti, elle avait vraiment besoin d'y faire quelque chose. Avec tout le chaos qui régnait, Mack avait remis à plus tard tout travail dans le jardin de sa mère. Mais il n'y avait aucune raison pour qu'elle ne s'occupe pas du jardin de Nan.

Elle traversa le jardin tandis que Thaddeus se pavanait derrière elle. Heureusement, il était silencieux. Mugs se roulait dans quelque chose. Il était trop tard pour l'arrêter à présent. Tout en gémissant, Doreen se fit à l'idée qu'il aurait probablement besoin d'un bain par la suite. Étonnamment, Goliath se comportait bien et était calme.

Les mauvaises herbes envahissaient le jardin. Elle secoua la tête. Même les extensions avaient mal tourné. Les iris avaient poussé en touffes massives, et d'autres bulbes étaient mélangés les uns aux autres. Les jacinthes étaient fanées, et les tulipes l'étaient presque également. Il pourrait y avoir des bulbes disséminés un peu partout. Nan était passionnée de bulbes. Doreen devrait se poser et dessiner un plan pour le jardin, afin de pouvoir en déplacer une grande quantité. Comme ça, ils auraient plus de place pour pousser.

Ce serait bien d'avoir une plate-bande entière composée de bulbes, surtout si elle pouvait coordonner les couleurs, en mettant des arbustes à floraison estivale pour quand ils auraient fini de fleurir. En regardant le jardin, elle réalisa qu'autrefois, il y avait de l'herbe au milieu. Il fallait soit un nouveau gazon, soit de la terre végétale et des graines.

En marchant, elle pensait qu'un simple apport d'azote pourrait l'aider. Une grande partie du jardin pourrait être sauvée, mais cela nécessiterait un travail considérable. Son travail.

Sa tasse de café maintenant vide dans sa main, elle fit le tour de la maison et atterrit à l'avant de celle-ci, entraînant les animaux avec elle. Quelques heures par jour remettraient ce jardin-là en état. Nan avait mis tout son amour dans celui de devant, et ça se voyait.

Du coin de l'œil, elle crut voir une femme sur le côté de sa maison. Se demandant s'il pouvait s'agir de cette curieuse Ella, Doreen se dirigea dans cette direction, où poussaient principalement de la mousse et des fougères à l'ombre. Elle ne vit personne là-bas mais le sol était spongieux. Mou. Elle se demanda s'il y avait une fuite d'eau dans le coin. Ça semblait vraiment humide. Puis elle aperçut le tuyau d'arrosage des voisins, qui ruisselait progressivement vers sa maison.

Ceci expliquait cela. Elle jeta l'extrémité du tuyau sur la pelouse des voisins, puis retourna dans son jardin pour un dernier coup d'œil, mais ne trouva aucun signe d'Ella. La jeune femme décida qu'elle commencerait à travailler dans ses jardins le jour même. Elle rentra, prépara des toasts et les mangea tout en élaborant un plan pour sa matinée.

Elle monta à l'étage pour enfiler son jean de travail ; confortable, résistant et provenant de la garde-robe de Nan qui ressemblait à un pantacourt sur elle puisqu'elle mesurait quinze centimètres de plus que sa grand-mère. Ensuite, elle prit sur la véranda arrière une paire de gants de jardin appartenant à celle-ci. Avec les outils qu'elle put trouver, elle se dirigea vers le jardin à l'avant. Il y avait moins de travail à faire ici. Puis elle s'affairerait ensuite dans le jardin arrière.

Doreen se mit joyeusement à genoux dans la terre et l'herbe, et arracha avec vigueur les mauvaises herbes devant la maison, saluant plusieurs voisins qui étaient sortis simplement pour voir ce qu'elle faisait.

— Ils veulent probablement savoir si je cherche un autre corps, dit-elle à Mugs.

Le chien aboya, puis lui fit un sourire béat en lui tirant la langue.

— Ce n'était pas censé être drôle, ajouta-t-elle en le regardant fixement.

Avec Thaddeus installé sur la balustrade du porche et Goliath endormi sur l'une des marches, Doreen passa les deux heures suivantes à arracher les mauvaises herbes, à tailler les arbustes et à s'occuper du jardin de Nan. Elle leva les yeux et vit sa voisine bavarde marcher vers elle. Ella souriait. Doreen se releva et sourit.

— Bonjour, Ella.

Le sourire de celle-ci s'étira.

— Bonjour. Je vois que vous nettoyez le jardin de Nan.

Doreen voulut faire un commentaire sarcastique sur le fait que c'était évident, mais elle se retint. Elle avait chaud et était grincheuse. Puis Mugs exprima un grognement du fond de sa gorge.

— Chut, c'est bon, Mugs.

Il s'assit à côté d'elle, mais ne se détendit pas. Il prenait vraiment le rôle du chien de garde au sérieux. Même Thaddeus atterrit sur un rocher à côté de Mugs. Et pour ne pas être en reste, Goliath s'allongea dans l'herbe, sa queue s'agitant par petits coups secs.

— J'ai entendu dire que vous aviez trouvé un autre cadavre, dit sa voisine en s'approchant.

Il y avait quelque chose d'étrange dans son ton. Doreen l'étudia et fit un petit signe de tête.

— Oui, en effet. Mais ne donnez pas l'impression que c'est une habitude. Je serais heureuse de ne plus jamais en trouver.

Immédiatement, Ella arbora un air compatissant. Et pourtant, encore une fois, quelque chose ne tournait pas rond.

La jeune femme baissa la tête, repéra une alchémille et l'arracha d'un coup sec. L'herbe était utile dans certains cas, mais elle avait tendance à prendre le dessus si on lui en donnait l'occasion.

— Certaines personnes sont juste malchanceuses, déclara Ella joyeusement.

— Oui, comme ces deux hommes apparemment, répondit Doreen en scrutant le visage de sa voisine plus âgée. Peut-être le connaissiez-vous ?

Elle la regarda attentivement quand elle mentionna le nom de Robert Delaney. Et vit un scintillement dans le regard immuable d'Ella.

Cette dernière fit semblant d'avoir un frisson et secoua la tête.

— Non. Heureusement, ce n'était pas le cas.

Doreen hocha la tête mais ne crut pas une seule seconde à l'expression appliquée de sa voisine.

— Il travaillait à la maison de retraite, dit Doreen. En fait, il a travaillé à plusieurs endroits, comme homme à tout faire. Je me suis penchée sur sa vie et j'ai découvert toutes sortes de choses.

Elle n'aurait pas dû dire ça, mais elle ne put s'en empêcher. Quelque chose chez cette femme lui donnait envie d'effacer cette expression complaisante sur son visage.

— Oh, ma chère. Je suis désolée d'entendre ça. Ça ne doit pas être agréable d'avoir été celle qui l'a trouvé, s'exclama Ella en frissonnant telle une comédienne. Je ne prendrai plus ce chemin.

Doreen regarda à nouveau le jardin, son esprit étant attiré par le fait qu'Ella savait où l'homme avait été trouvé.

— Vous y allez souvent ? Peut-être avez-vous vu quelque chose qui pourrait être utile à la police ?

— Oh, je n'ai pas pu parler à la police, s'écria Ella, horrifiée. C'est trop perturbant.

— Je leur parle tout le temps, objecta Doreen en étudiant le visage de sa voisine pendant un moment. Je ne vous ai pas dit qu'on l'avait trouvé dans le ruisseau.

Ella s'arrêta et la fixa.

— Ah bon ? Eh bien, ça doit être quelqu'un d'autre. On en parle dans toute la ville.

La femme plus âgée fit un pas en arrière, son regard nerveux passant de Doreen au jardin et inversement.

— C'est une autre raison pour laquelle je ne peux pas parler à la police. Je crache toujours de fausses informations parce que je n'entends plus aussi bien qu'avant.

Elle s'excusa en reculant de quelques pas.

Doreen la regarda faire.

— Avec qui en avez-vous parlé ?

Ella s'arrêta et quelque chose dans son regard s'intensifia.

— Je ne m'en souviens pas, cingla-t-elle. Les gens aiment les ragots. Personne ne peut résister à une occasion de répandre la nouvelle.

Sur ce, elle partit en trombe.

— Je n'en doute pas, dit Doreen aux animaux qui regardaient la femme s'enfuir.

Elle sortit son téléphone et composa le numéro de Mack, tout en scrutant Ella rentrer chez elle.

— Oui, Doreen, répondit-il prudemment.

— C'est comme ça que vous me répondez ? J'essaie simplement d'aider, rétorqua-t-elle en fronçant les sourcils.

— Qu'avez-vous fait à présent ? explosa-t-il après un court silence.

— C'est tellement injuste, haleta-t-elle. Je n'ai rien fait.

— Alors pourquoi appelez-vous ?

— Je viens de discuter avec Ella, ma voisine bavarde. Elle savait déjà que le corps avait été retrouvé dans le ruisseau près de chez moi. Comment tout le monde peut-il être au courant aussi vite ?

— L'un des plus grands mystères de la vie est la rapidité avec laquelle les ragots circulent, ironisa-t-il. Vous vous souvenez quand vous étiez derrière les maisons ? Quelqu'un a pu vous voir.

— Elle ne m'a pas dit de qui provenait l'information.

Mack était silencieux à l'autre bout du fil.

— Elle est très nerveuse, insista-t-elle. Je pense qu'elle en sait beaucoup plus qu'elle ne le dit.

Doreen s'accroupit quand quelque chose lui vint à l'esprit.

— Et il y a quelque chose de familier dans son visage. Peut-être qu'elle est liée aux deux hommes.

— Attendez une minute, protesta Mack. Nous ne savons même pas encore si les hommes sont liés.

— Eh bien, mettez-vous au travail, gémit-elle. Son nom est différent parce qu'elle est mariée. Ce pourrait être la sœur. Je travaille dans le jardin avant en ce moment, alors pourquoi ne pas passer dans quelques heures ? Vous pourrez aller lui parler à ce moment-là.

— J'essaye d'enquêter. Arrêtez d'interférer, rétorqua-t-il.

— Bien, dit-elle en souriant. Je reste à l'affût pour voir si elle fait quelque chose de suspect.

— Non, objecta-t-il, une inquiétude dans la voix. Laissez-la tranquille. Je ne veux pas qu'elle devienne plus suspecte, au cas où elle serait impliquée. Restez en retrait jusqu'à ce que je puisse lui parler. J'ai besoin que vous vous mêliez de vos affaires et que vous restiez en dehors de la mienne.

Comme elle ne répondit pas, il ajouta :

— Nous sommes formés pour traiter avec des meurtriers. Vous ne l'êtes pas.

Elle n'apprécia pas cette remarque, mais c'était logique.

— D'accord, très bien.

— Je le pense vraiment.

— J'ai compris, s'exaspéra-t-elle.

Doreen raccrocha et finit de désherber le parterre de fleurs. Pourtant, elle était absorbée par autre chose. Elle voulait maintenant faire des recherches sur sa charmante voisine bavarde et voir ce qu'elle avait fait. Parce que Doreen était sûre qu'Ella préparait quelque chose. À présent, il fallait trouver quoi.

Incapable de penser à autre chose une seconde de plus, elle se précipita à l'intérieur, et les animaux furent excités par le changement de rythme. Après s'être lavé les mains, elle se prépara une tasse de thé, s'assit à la table et alluma son ordinateur portable, avant de prendre son bloc-notes d'informations qu'elle avait rassemblées sur l'affaire jusqu'à présent. Dieu merci, elle avait eu la prévoyance de prendre des notes de toutes ses conversations avec les voisins. Elle tapa le nom de sa pipelette de voisine — Ella Goldman, d'après Brenda — et fit apparaître tout ce qu'elle put trouver sur Google.

Comment les gens faisaient-ils pour obtenir des informations dans le passé ?

Des pages s'affichèrent instantanément.

— La voilà, dit Doreen à haute voix.

Elle lut les différents articles en sirotant son thé. Le premier évoquait le mariage d'Ella, un autre la mort de sa mère. Quelque part au milieu d'un article sur son travail de charité, elle découvrit qu'Ella avait été adoptée.

Doreen se redressa et étudia cette information pendant un long moment. Adoptée. Elle retourna à l'article et le relut. Il ne disait pas par qui ni quand. Doreen savait que ces particularités avaient de l'importance, car elle avait elle-même été adoptée par le second mari de sa mère.

C'était un homme bon avec de fortes convictions sur le bien et le mal.

Doreen n'avait aucun moyen de savoir comment Ella était au courant pour le dernier homme mort. Peut-être que c'était juste un coup de chance. Ou peut-être qu'Ella était une menteuse.

En parcourant divers articles, la jeune femme apprit qu'elle avait vécu toute sa vie à Kelowna. Un autre disait qu'elle avait été mariée deux fois. Son premier mari était mort d'une crise cardiaque quelques années après leur mariage. Pour Doreen, ce seul fait était suspect. Bien sûr, elle cherchait des raisons d'être méfiante.

— Une crise cardiaque ? Quel âge avait-il ?

C'était son premier mari après tout. Il aurait pu être trop jeune pour avoir une crise cardiaque.

Ella s'était retrouvée avec la maison, les véhicules et l'argent que son premier mari avait laissé derrière lui, comme c'était le cas dans la plupart des mariages. Au final, elle s'en était très bien sortie. Cela ne voulait pas dire qu'elle lui avait fait du mal. Cela pourrait signifier qu'elle avait obtenu une indemnisation pour faire face à la perte de son mari.

Mugs aboya. Elle se leva, prit son thé et se dirigea vers la pièce principale. Quelqu'un était derrière la porte d'entrée, mais personne n'avait frappé. Doreen arriva à la fenêtre du salon à temps pour voir sa voisine Ella traverser son jardin.

Allait-elle se promener ? Pourquoi serait-elle derrière la porte d'entrée et ne frapperait-elle pas ? Doreen n'était pas sûre de ce qui n'allait pas, mais tout semblait aller de travers.

Cachée derrière les rideaux, elle observait ce que sa voisine faisait. Ella était sur le point de faire quelque chose, probablement voir si Doreen était chez elle. Elles s'étaient parlé plus tôt ce matin. Et la voiture de Doreen était toujours garée devant. Pourquoi Doreen ne serait-elle pas à la maison ? Sur un pressentiment, elle attendit et regarda sa voisine remonter son allée et contourner le côté de sa maison. Les mains d'Ella étaient vides, et elle souriait. Qu'est-ce qu'elle préparait ?

Doreen attrapa son téléphone et appela Mack.

— Quoi encore ? répondit-il, exaspéré.

— C'est la même voisine. Elle est de retour dans mon jardin, elle se promène, elle est bizarre. Je pense qu'elle essaie de savoir si je suis à la maison, ce qui est le cas puisque ma voiture est là.

Elle n'eut pour réponse que le silence.

Il était toujours là d'après le bruit de friture, comme si elle perdait la connexion.

— Je n'invente rien.

— Non, c'est trop fou pour que vous l'ayez inventé, déclara-t-il d'un air résigné.

À ce moment-là, elle entendit la poignée de la porte d'entrée tourner.

— Quelqu'un essaie d'ouvrir la porte d'entrée, chuchota-t-elle.

— Comment ? demanda-t-il, alarmé. Vous êtes sûre ?

— Oui, j'en suis sûre. Je dois y aller.

Elle raccrocha, remit son téléphone dans sa poche et regarda Mugs courir vers la porte d'entrée en aboyant. Utilisant son agitation pour distraire sa voisine, Doreen monta les escaliers jusqu'au premier palier. De là, elle attendit, et écouta pour savoir ce que la femme allait faire.

Ella entra.

— Gentil chien. Comme tu es gentil.

Mugs ne voulait pas entendre parler d'Ella. Il aboyait, encore et encore.

Goliath était introuvable. Mais c'était assez typique de lui. Le chat disparaissait quand on avait besoin de lui.

Thaddeus, par contre, hurla.

— Oh, mon Dieu ! C'est un vrai zoo ici, cria la femme.

Celle-ci traversa le salon en courant, et Doreen pouvait entendre des bruits de tiroirs qui s'ouvraient. La seule chose dans le salon possédant un tiroir était la table basse. Qu'est-ce qu'Ella cherchait ? L'ordinateur portable de Doreen et ses notes manuscrites étaient sur la table de la cuisine. Elle se demanda si elle devait aller les chercher. Si Ella ouvrait l'ordinateur portable, elle verrait ce que Doreen cherchait : l'histoire d'Ella. Et la jeune femme ne voulait pas que sa voisine bavarde, et peut-être folle, soit au courant.

Cependant, tandis qu'elle était dans le salon, Doreen put se faufiler dans la cuisine. Elle prit le risque de descendre tranquillement les escaliers, heureusement elle était pieds nus. Dans la cuisine, elle attrapa son ordinateur, et se retourna. Puis s'arrêta.

Sa voisine lui faisait face avec un sourire féroce sur les lèvres et leva une main.

La mâchoire de Doreen se décrocha.

— C'est un pistolet ?

Son regard se fixa sur le canon pointé dans sa direction.

— Oh, mon Dieu ! cria Ella. Vous êtes si stupide que ça ? Vous êtes vraiment l'incarnation de la blonde stupide, n'est-ce pas ? Évidemment que c'est un pistolet.

Doreen leva le regard, et vit la colère et la détermination dans les yeux de sa voisine.

— Pourquoi possédez-vous une arme ? Et pourquoi la pointez-vous sur moi ? Que faites-vous dans ma cuisine ? C'est une entrée par effraction.

— Non. La porte n'était pas verrouillée, objecta-t-elle. Idiote. Ce n'est peut-être pas légal, mais je ne suis pas entrée par effraction.

Doreen continua de la regarder, immobile, son esprit allant à toute allure pour rassembler les pièces du puzzle. Et puis elle eut un déclic.

— Vous avez tiré sur l'homme dans mon jardin.

— Je n'ai tiré sur personne, se défendit Ella.

Mais celle-ci n'était plus aussi convaincante qu'auparavant. Doreen secoua la tête.

— Que vous a-t-il fait ? Cet homme était inoffensif.

— C'était mon frère. Et un connard aussi.

— Oh, mon Dieu ! Vous avez tué votre propre frère ? s'exclama la jeune femme. C'était un membre de votre famille.

— Non, je ne l'ai pas tué, rétorqua sa voisine en lui lançant un regard noir. C'est mon frère qui l'a fait.

— Quoi ?

Doreen était trop choquée pour comprendre.

— Alors comment a-t-il atterri dans le jardin de Nan ?

— Je lui ai dit de se débarrasser du corps. Mais c'est un idiot et il l'a enterré sur votre propriété.

Doreen était chancelante, et ses jambes ressemblaient à du caoutchouc.

— Pourquoi l'a-t-il tué ? demanda-t-elle d'une voix faible.

La situation était saugrenue.

— C'était un accident. Ils se sont battus pour une femme qu'ils voulaient tous les deux. Robert a mis un coup de poing à James, et ça l'a tué. Il lui a enfoncé son nez dans son cerveau. Robert est venu me demander de l'aide après coup, et on a trouvé une solution. Mais, au lieu de l'enterrer dans les bois, comme je l'avais suggéré, il a dit qu'il connaissait un endroit qui avait été récemment retourné.

— Bien sûr… C'est un homme à tout faire. Ce n'est pas par hasard qu'il a demandé à Nan si elle voulait qu'il fasse des travaux de jardinage dans le jardin. Il a ajouté une petite extension à la terrasse pour qu'elle puisse marcher plus facilement. C'était un énorme désordre, et il savait que ça la dérangeait.

Ella hocha la tête.

— Elle lui a dit qu'elle ne se dérangerait pas, que vous alliez bientôt arriver et que vous vous en occuperiez. Il l'a vue creuser il y a quelques mois et a pensé que ce serait l'endroit le plus facile pour cacher le corps, mais c'était un crétin. Il faut enterrer un corps bien plus profondément que ça.

— Deux mètres, dit Doreen. Deux mètres pour empêcher les chiens de le sentir.

— Eh bien, mon frère était paresseux. Il l'a toujours été. Maintenant je dois tout faire moi-même pour réparer ça.

— Si je puis me permettre, vous n'avez pas non plus enterré votre frère à deux mètres de profondeur. Comment pouvez-vous reprocher à Robert d'être paresseux alors que vous avez fait la même chose ? Bon sang, vous ne l'avez même pas enterré. Vous l'avez laissé pourrir dans le ruisseau, s'exclama Doreen avant de faire une pause, puis demanda.

Vous l'avez tué, n'est-ce pas ?

La femme agita la main dans laquelle se trouvait l'arme, balayant la question, comme si prendre une vie était aussi simple que cela.

— Ça n'a pas d'importance. Ce qui importe pour le moment, c'est que j'ai besoin de vos notes, et j'ai besoin de savoir à qui vous avez pu dire quelque chose.

— Pourquoi voulez-vous mes notes ?

La femme plus âgée lui lança un regard noir.

— Oh, pour l'amour de Dieu. Êtes-vous vraiment si stupide ?

— Êtes-vous vraiment aussi cinglée pour continuer à m'insulter ? s'emporta Doreen. J'ai supporté ces conneries de la part de mon mari pendant longtemps. Je n'ai pas à les supporter de votre part également.

— Je n'arrive pas à imaginer pourquoi il est resté marié avec vous, pouffa-t-elle en agitant son arme. Puis j'ai lu des choses sur le divorce, en ligne. J'ai vu des photos de lui et de sa nouvelle petite amie beaucoup plus jeune. Vous auriez dû comprendre ce qui se passait. Une fois la quarantaine passée, on vous remplace systématiquement.

Doreen lui lança un nouveau regard noir.

— Je n'ai pas quarante ans.

— OK, donc dans votre cas, trente-cinq ans, et il en a eu marre assez tôt. En quoi c'est mieux ? s'enquit Ella en souriant.

— C'est une conversation ridicule. Vous ne pouvez pas me tuer. Comment expliqueriez-vous ma mort ? Et, si la même arme a été utilisée pour tirer sur votre frère, la police fera le lien entre tous les meurtres, dit-elle, espérant faire parler Ella assez longtemps pour donner à Mack le temps d'arriver.

— Bien sûr, ce ne sera pas lié. Je vous tirerai dessus de telle façon qu'on croira que vous vous êtes tiré dessus vous-même, annonça Ella, un éclat de malice dans le regard. Accablée par la culpabilité d'avoir tiré sur mon frère.

Doreen resta bouche bée.

— Je n'ai pas tué votre frère.

Sa voisine leva les yeux au ciel.

— Non, mais les flics ne le savent pas. Vous voyez ? Ils vont rassembler toutes les preuves, prouvant que vous l'avez tué, puis que vous êtes rentrée chez vous et que vous vous êtes suicidée. Après tout, vous êtes déprimée et abattue d'avoir perdu votre train de vie et votre mari.

D'un air sombre, Doreen se demanda si ça pouvait fonctionner. Mack verrait sûrement qu'elle n'avait aucun mobile pour ces meurtres. Se battrait-il pour sa cause ? Comprendrait-il qu'elle n'était pas si stupide et qu'il avait été averti que Doreen soupçonnait Ella en premier ? Ou s'en moquerait-il, puisque cela lui permettrait de clore plusieurs affaires ?

Avec un peu de chance, il était déjà en route pour venir ici.

Soudain, elle se souvint du bureau d'assurance.

— C'est vous qui avez mis le bazar au cabinet d'assurance de James Farley aussi ?

— Non, c'était mon crétin de frère. Il a essayé de faire passer ça pour un vol et un kidnapping ou un truc du genre.

Mugs renifla autour des jambes de sa voisine. Thaddeus était dans le coin de la cuisine. Doreen pouvait le voir marcher d'avant en arrière dans une détresse évidente, sa tête se balançant de haut en bas, ses ailes battant alors qu'il regardait autour de lui. Quelque part se trouvait Goliath. Ce dont Doreen avait vraiment besoin, c'était d'une attaque furtive de Mugs, Goliath, Thaddeus ou les trois. Quelque chose pour distraire cette femme afin qu'elle puisse prendre l'arme.

La jeune femme baissa les yeux vers Mugs et dit d'une voix déterminée :

— Attaque, Mugs.

Celui-ci lui sauta dessus en aboyant.

— Pas moi, Mugs, elle.

— Vous êtes pathétique, gloussa Ella. Votre chien ne sait pas ce que ça veut dire.

Mais une traînée orange déboula depuis la cuisine lorsque Goliath se précipita en avant, esquivant entre les jambes d'Ella. Cette dernière poussa un cri, trébuchant un peu, et attrapa le montant de la porte pour éviter de tomber.

Mugs se retourna, aboyant sur Goliath, et se mit à le chasser à nouveau. Les deux se heurtèrent à Ella qui essayait de se redresser et de s'écarter du chemin des animaux.

Doreen obtint sa chance. Elle fit un pas en avant et fit un croche-pied à sa folle de voisine. Alors qu'elle chutait, Doreen fit tomber l'arme de la main d'Ella et la frappa durement au visage avec son poing fermé. Ce n'était pas vraiment un coup de poing, mais compte tenu du fait qu'elle avait encore des bagues aux doigts, il fit des dégâts importants à la joue de la femme, et ce n'était pas si mal.

Elle s'assit sur sa voisine, étalée sur le sol du couloir, à l'entrée de la cuisine. Elle cherchait quelque chose pour la maintenir par terre mais ne trouva rien.

Ella arqua son dos et essaya de déloger Doreen, en vain. Alors elle lui griffa les bras tout en criant :

— Lâchez-moi !

Pendant ce temps, Mugs aboyait comme un fou, Goliath hurlait et Thaddeus volait dans la cuisine.

Doreen secoua la tête et saisit l'un des grands livres empilés au sol — une autre collection de choses inutiles appartenant à Nan — et frappa la tête d'Ella avec. Cela n'aurait pas dû être un coup fort, mais ses globes oculaires rentrèrent dans leurs orbites, et elle s'effondra, inconsciente.

À ce moment-là, les portes avant et arrière s'ouvrirent, et les policiers affluèrent dans leur direction. Elle leva les mains et désigna le sol où l'arme d'Ella avait atterri. Mack la ramassa et demanda :

— Que vient-il de se passer ?

Lentement, alors que les flics rangeaient leurs armes, Doreen se leva.

— L'homme dans le ruisseau était son frère. Elle l'a tué, d'après ce que je sais, parce qu'il n'avait pas enterré leur autre frère assez profondément dans le jardin de Nan.

Les flics la regardèrent, puis passèrent à la femme inconsciente sur le sol et revinrent vers Doreen.

— Si l'on croit tout ce que dit Ella, Robert Delaney a accidentellement tué James Farley. Puis Ella a tué Robert Delaney parce qu'il s'y est mal pris pour enterrer le corps de James. Tu parles d'un amour familial.

Mack secoua la tête.

— Vous ne pouvez pas vous tenir à carreau plus de cinq minutes ?

— J'aimerais que ce soit le cas, rétorqua-t-elle.

— Il n'y a donc aucun lien entre ces meurtres récents et les objets trouvés à l'étage ? interrogea Mack, en fronçant les sourcils.

— Je n'ai pas vraiment eu l'occasion de lui demander, mais je pense que ces trois frères et sœurs étaient les enfants de Jeremy Feldspar.

— Vous pensez qu'ils l'ont tué ? s'enquit Mack, en haussant les sourcils.

Un des policiers tenait les bras d'Ella derrière son dos, et lui passa les menottes. Elle ouvrit les yeux alors qu'elle était encore au sol.

— Non, c'est notre mère qui l'a tué.

— Pourquoi ? demanda Doreen en s'accroupissent à côté d'elle.

— Parce qu'il avait une liaison avec Nan. Mère et Père s'étaient disputés. Quand papa est venu chez Nan, maman est arrivée et l'a tué dans son sommeil.

— Et où est le corps ?

Ella se contenta de la fixer.

Doreen scruta le jardin arrière, en particulier le long carré d'azalées colorées.

— Ne vous inquiétez pas. Je pense savoir où il se trouve.

Les yeux d'Ella s'embuèrent.

— J'ai vécu avec ça pendant si longtemps. Et tout ce que nous avons fait depuis n'a fait qu'empirer les choses. Tout ce que nous pouvions faire pour protéger Mère était de cacher le corps. Alors quand Robert a enterré James ici, probablement pour être proche de notre père, je savais que le meurtre précédent ressortirait. J'étais tellement en colère contre lui. Contre sa stupidité. Je ne pouvais pas laisser faire ça.

— Vous n'aviez pas à me tirer dessus, protesta Doreen. Je n'ai rien à voir avec ce désordre.

— J'étais tellement frustrée par tout ce qui allait mal que je ne savais pas quoi faire d'autre. Vous sembliez être partout, tout le temps. À creuser là où vous n'auriez pas dû. Puis vous avez trouvé les corps de mes frères. Celui de James d'abord et celui de Robert peu après. Je me suis dit que si je pouvais faire croire que vous aviez tué Robert, vous seriez la principale suspecte pour le meurtre de James.

— Vous avez caché tous les vêtements de votre père dans

le grenier ? C'était pour accuser Nan ? Est-ce qu'elle était au courant de ça ?

— Je n'en ai aucune idée, répondit-elle en haussant les épaules. Je ne sais pas ce qu'elle a pensé quand il a quitté sa maison et n'est jamais revenu.

Doreen secoua la tête.

— Pour autant que je sache, Nan n'a eu aucune relation avec Jeremy Feldspar. Il peut même avoir été dans sa maison sans que Nan le sache ou l'autorise.

— Mère était sûre qu'ils avaient une liaison. Elle l'a trouvé en train de dormir ici.

— Ici, oui. Mais dans la chambre d'amis.

Ella écarquilla les yeux et fixa Doreen avec horreur.

— Il faisait certainement une pause avec votre mère tandis qu'ils traversaient une période difficile dans leur relation. Pendant des années, quand Nan était plus jeune, elle allait et venait régulièrement, voyageant beaucoup autour du monde. Il savait probablement qu'elle n'était pas chez elle la plupart du temps. Peut-être même qu'il s'occupait de la maison pour elle. Je sais qu'il se trouvait dans la chambre d'amis. Il n'était pas dans la chambre de Nan.

À ce moment-là, Ella éclata en sanglots.

Doreen se leva, et marcha jusqu'à la table de la cuisine où elle s'effondra sur une chaise. Elle fixa son thé maintenant froid.

— Tous ces morts pour rien.

— C'est souvent le cas, constata un des officiers à côté d'elle.

— Comment votre mère l'a-t-elle tué ? demanda Doreen après s'être retournée vers sa voisine.

Ella sanglotait toujours quand les hommes la ramenèrent à ses pieds.

— Elle l'a empoisonné. Elle est venue ici, soi-disant pour lui dire qu'ils pouvaient arranger les choses, et elle a mis de l'arsenic dans son thé.

— Et sa mère ? Votre grand-mère ? Votre père l'a tuée ?

Les sanglots d'Ella s'intensifièrent. Elle se calma et répondit.

— C'est pourquoi Mère a choisi l'arsenic. Il avait tué sa propre mère de cette façon.

Puis ses sanglots reprirent de plus belle.

La jeune femme regarda depuis le porche d'entrée les officiers conduire Ella à la voiture de police qui l'attendait.

— C'est ce qu'on a trouvé dans le coffre de la banque, déclara Mack qui se trouvait à présent à ses côtés. Une confession signée de Jeremy. Il a dit qu'il l'avait détestée toutes ces années pour la façon dont elle avait traité son père. Il avait idéalisé l'homme et sa mère le trompait constamment. Il a regardé son père le supporter aussi longtemps qu'il le pouvait, puis il s'est suicidé. Jeremy a ensuite pris la vie de sa mère. Il a écrit la confession et l'a gardée toutes ces années. Peut-être pour soulager sa conscience, ou peut-être en attendant que sa conscience le dérange assez pour la donner à quelqu'un. Mais nous l'avons trouvé, et maintenant nous pouvons clore quatre affaires en même temps.

La satisfaction dans sa voix fit rire la jeune femme.

— Vous voyez ? Je n'étais pas si encombrante après tout, s'exclama Doreen avant d'ajouter. C'est peut-être le moment de prendre une bonne tasse de café.

— Peut-être préférez-vous du thé ? demanda Mack avec un sourire malicieux.

— Plus jamais, répondit Doreen en frissonnant. Le thé de Jeremy était empoisonné, et sa femme l'enterre dans les azalées et y jette la bouteille d'arsenic vide avec lui.

Mack s'esclaffa.

— Les meurtres sont souvent simples.

— De l'arsenic dans les azalées. Quelle façon de terminer l'histoire.

Épilogue

Municipalité de Mission, ville de Kelowna, Colombie-Britannique.
Jeudi, pas tout à fait une semaine plus tard…

DOREEN MONTGOMERY SE tenait dans l'ouverture de sa cuisine. *Sa* cuisine. Ça lui faisait quelque chose de s'installer enfin dans cette maison, le tumulte sous contrôle et ce qu'on appelle la normalité entrant dans sa vie… Enfin, tant que la « normalité » comprenait ses trois animaux de compagnie très uniques et sympathiques. C'était bizarre, mais l'expression « s'installer dans cette maison », pour elle, signifiait boire une tasse de café ou de thé quand elle le voulait, aller au lit quand elle en ressentait le besoin, et s'asseoir dans le jardin parce qu'elle le souhaitait. Et, bon sang, elle désirait tout ça. Mieux encore, certains jours, elle pouvait franchir le seuil de sa porte sans être accostée par quelqu'un qui voulait plus de détails sur les meurtres récemment résolus.

Elle était devenue une célébrité dans la petite ville de Kelowna. Mais elle ne voulait vraiment pas de ce rôle. Au moins, cela permettait aux habitants de ne plus se focaliser sur son statut de trentenaire, presque divorcée et sans le sou, vivant dans la maison de sa grand-mère.

Pourtant, Doreen était déterminée à gérer sa nouvelle vie, sans chefs, jardiniers, domestiques et chauffeurs. Elle gérait la plupart de ces choses elle-même, sauf une. Doreen ne savait pas cuisiner. C'est pourquoi elle dut faire face à la chose la plus terrifiante de toutes dans sa cuisine. Elle s'avança pour remplir la bouilloire de Nan et la plaça sur la cuisinière, l'appareil avec lequel elle avait une relation haineuse. Elle tourna le bouton pour allumer le gaz, mais, bien sûr, il n'y eut pas de flamme bleue. Cependant, elle sentit immédiatement une odeur de gaz flotter vers son nez.

Elle remit le bouton en place et lança un regard noir à la cuisinière.

— Tu n'es pas une gazinière. Tu es un démon diabolique. Je ne comprends pas comment tu fonctionnes, ce qui te fait fonctionner, et pourquoi quelqu'un voudrait quelque chose comme toi chez lui, annonça-t-elle.

Les seuls qui écoutaient étaient Mugs, son basset pure race — satisfait d'être allongé au sol — et Thaddeus, le grand et magnifique perroquet bleu-gris de Nan avec de longues plumes rouges à la queue, qui se promenait sur la table de la cuisine, à espérer des restes.

— Je t'ai déjà nourri ce matin, Thaddeus, s'exaspéra Doreen en secouant la tête.

Elle n'aurait jamais dû le laisser manger là. Maintenant, elle ne pourrait plus l'éloigner de la table du petit déjeuner.

Goliath profita de ce moment de calme pour se précipiter dans la cuisine, glisser entre les jambes de Doreen, et ressortir dans le salon.

— Goliath ! cria-t-elle en se redressant. Arrête de faire ça, ou tu vas finir par me faire mal et à toi aussi.

Goliath était le gigantesque chat doré Maine Coon — de

la taille d'un lynx — qui avait été livré avec la maison. Le chat, fidèle à lui-même, était perturbateur, agissant à chaque moment inopportun, mais dormait le reste du temps. Au départ, Doreen pensait qu'il poursuivait des souris à travers la maison — Dieu nous en préserve — mais elle n'en avait jamais vu à l'intérieur. Elle en conclut que c'était le comportement « normal » de Goliath.

Doreen jeta un nouveau regard sévère à sa cuisinière en soupirant. Est-ce trop demander d'avoir de l'eau chaude pour mon thé ? Les autres arrivaient à cuisiner des repas incroyables en utilisant cette chose.

Puis il y avait Doreen.

Sa cuisinière était un diable noir fonctionnant au gaz. Pourtant, elle était déterminée à ne pas la laisser prendre le dessus. Elle s'avança à nouveau pour allumer le gaz, puis se figea. Elle ne put le faire. Et si quelque chose n'allait pas avec la conduite de gaz ? Et si quelque chose était vraiment cassé ? Au moins, cela lui donnait une excuse pour ne plus tenter de cuisiner. Elle sourit en y pensant.

Sentant l'échappatoire s'offrant à elle, mais néanmoins reconnaissante, elle prit la bouilloire électrique qu'elle avait trouvée au fond du garde-manger de Nan quand elle était arrivée, la remplit d'eau et la brancha. Puis elle appuya sur le bouton sur le côté et attendit que l'eau chauffe. C'était la meilleure façon de faire du thé de toute façon. Elle se réconforta avec cette pensée alors que son regard revenait sur la cuisinière.

— Saloperie.

Juste derrière elle, une voix surgit.

— Saloperie. Saloperie.

Les perroquets parleurs devraient être fournis avec un mode d'emploi et un manuel des propriétaires circonspects.

Elle se retourna et agita son doigt vers Thaddeus.

— Ne répète pas ça.

— Saloperie. Saloperie. Saloperie.

Elle fixa le Gris du Gabon, les mains sur les hanches, inquiète de voir Thaddeus jurer à des moments plus qu'inopportuns. Comme toutes les autres choses terribles qu'il avait appris à dire depuis qu'elle était arrivée.

Une autre première. Doreen était libre de jurer maintenant. Libre de dire tout ce qu'elle voulait. Se débarrasser des chaînes de son mariage avait aussi libéré sa parole. Ce n'était peut-être pas une si bonne chose. Elle avait une image à maintenir. Elle n'était pas encore sûre de cette image, mais elle était là quelque part, et elle était censée la défendre. La réputation de Nan avait été un peu ternie par les récentes affaires de meurtre. Mais Doreen avait blanchi son nom, et c'était ce qui comptait.

Un tel sentiment de paix la traversait à présent, comme si elle avait réussi un test important, probablement l'un des nombreux tests qu'elle allait devoir passer suite à cette importante transition de vie.

Mugs se dandina et se frotta contre sa cuisse en aboyant.

— Je ne t'ai pas oublié, petit sot.

La jeune femme se pencha pour lui frotter l'oreille. Quand il aboya de nouveau, assis à ses pieds, lui jetant un regard triste, elle lui rappela :

— Je t'ai déjà nourri aussi.

Alors que la bouilloire était en route à côté d'elle, elle ouvrit la porte arrière de la cuisine et s'engagea sur la longue véranda qui longeait l'arrière de la maison. L'entaille sombre à côté de la deuxième série de marches à l'extrémité, où l'un des corps avait été déterré, était encore une insulte brute au jardin qui aurait dû se trouver à cet endroit. Et, bien sûr, le reste du jardin était encore pire. Elle voulait flâner, planifier et concevoir ce qu'elle pourrait faire dans cet espace et comment, mais, comme elle n'avait pas d'argent, il était difficile d'imaginer des options réalisables pour le moment. Au moins, elle n'avait aucune pression pour tout faire sur-le-champ.

Cela lui rappelait des souvenirs, lorsqu'elle n'était qu'une décoration au bras d'un homme riche, comment elle avait ordonné aux jardiniers de faire ce qu'elle voulait, quel qu'en soit le prix. Alors qu'elle fixait l'espace massif, les idées ne cessaient d'affluer. Elle sourit de plaisir, puis retourna à l'intérieur, prit son bloc de papier et un crayon, et était sur le point de sortir à nouveau quand elle réalisa que la bouilloire était toujours allumée.

Cela ne l'avait jamais dérangée auparavant, mais maintenant elle ne pouvait pas quitter la maison tant qu'un appareil était en marche. L'idée que cette maison, son foyer, soit réduite en cendres était trop perturbante. Elle ne s'était installée que récemment dans un endroit à elle et ne pouvait pas supporter l'idée de le perdre.

Se faire du thé ces deux derniers jours avait été une expérience révélatrice. Elle avait l'habitude d'acheter des cafés au lait fantaisistes avec de beaux motifs sur le dessus sans réaliser qu'ils sortaient d'une machine à cinq mille dollars aux mains d'un barista compétent. Elle imagina ce qu'elle pourrait faire avec cinq mille dollars en ce moment... Elle grimaçait chaque fois qu'elle pensait au coût apparemment insignifiant d'un de ces cafés fantaisie qu'elle consommait quotidiennement lorsqu'elle était mariée. Une humble tasse de thé fait maison était un plaisir simple aujourd'hui, ces cafés fantaisie une gourmandise. Quelque chose qu'elle ne pouvait plus se permettre.

Elle attendit que la bouilloire arrive complètement à ébullition, puis déposa un sachet de thé dans une grande tasse ébréchée que Nan avait laissée derrière elle et versa l'eau bouillante dessus. En regardant dans le frigo, elle fut soulagée de trouver un peu de lait dans une bouteille en carton.

Elle ouvrit le couvercle, sentit, et sourit. Il était encore bon. Elle en versa un peu dans son thé, remit la boîte dans le réfrigérateur, prit sa tasse et dit à Mugs :

— Tu es prêt à sortir ?

Le chien aboya joyeusement en entendant le mot déclencheur.

La porte était déjà ouverte, mais elle avait calé une des chaises de la véranda pour qu'elle reste ainsi. Mugs courut, ses grosses bajoues flasques vacillaient et tremblaient à chaque pas. Thaddeus volait au-dessus de leurs têtes, bien que Doreen ne sache pas comment l'oiseau pouvait voler. Quand elle était arrivée, il ne volait pas beaucoup. Maintenant, il s'élançait, à moitié entre le vol plané et la chute libre. Mais il le faisait très élégamment. Ou du moins, ce serait élégant si les mots qui sortaient de sa bouche n'étaient pas « Saloperie. Saloperie ».

Pourquoi devait-il se répéter ? Elle l'entendait très bien la première fois… malheureusement.

Goliath accourut, la queue en l'air.

Apparemment, c'était une sortie en famille.

Elle gloussa. C'était une belle journée, et tout semblait… aller bien.

Doreen se promena dans la partie arrière de la propriété, accompagnée de son entourage. Les papiers étaient en cours de traitement pour transférer légalement la maison, offerte par sa grand-mère, à son nom. Nan avait choisi de déménager dans une maison de retraite voisine et avait laissé sa maison à sa petite-fille. Elle avait été absolument stupéfaite et réconfortée par la générosité de la vieille femme à un moment où Doreen avait désespérément besoin d'un endroit où se sentir chez elle et d'un oreiller sur lequel poser sa tête la nuit.

Thaddeus fit un piqué et se posa sur son épaule. Elle caressa la tête du bel oiseau.

— Gentil oiseau.

Mais Thaddeus ne le répéta pas. Allez comprendre.

À présent, elle se promenait dans le jardin, se délectant de celui-ci, sachant qu'il était à elle pour toujours. Même s'il était envahi par les mauvaises herbes, le jardin avait tellement de potentiel. Voyant plusieurs arbustes dans le mélange, Doreen s'en approcha et fut surprise.

— Des arbres fruitiers, s'écria-t-elle avec joie.

Elle se baissa pour éviter les branches indisciplinées, et étudia les feuilles qu'elle identifia comme étant un prunier italien, peut-être un abricotier aussi, et un dont elle n'était pas sûre, peut-être un cerisier.

Les arbres fruitiers étaient un ajout délicieux à son jardin. Cet endroit serait resplendissant avec un peu d'effort, tout ce qui se trouvait à l'extérieur prenait vie dans son esprit alors qu'elle envisageait les améliorations qu'elle pourrait apporter.

Doreen entendit des grognements étouffés et s'arrêta pour voir ce que Mugs déterrait. Heureusement, c'était juste de la terre cette fois.

Le jardinage était le seul et unique talent de Doreen. C'était différent de concevoir un jardin que quelqu'un d'autre mettrait en œuvre et le réaliser soi-même avec de l'huile de coude. Elle ne se souvenait pas de la dernière fois où elle avait tenu une pelle dans sa main. Elle n'était pas du tout certaine de la force physique qu'il lui faudrait pour nettoyer ce jardin. De plus, elle avait signé pour faire un peu de jardinage pour la mère de Mack, en espérant obtenir un peu d'argent dont elle avait bien besoin. Le simple fait de penser au détective local qui l'avait aidée à surmonter le cauchemar de la découverte de plusieurs corps dans son jardin la semaine précédente la fit glousser.

C'était un homme très intéressant…

Et il pensait certainement qu'elle était folle. Mais ça avait été une semaine de folie, sa première semaine à vivre dans l'un des plus vieux quartiers de Kelowna, alors elle pouvait difficilement lui en vouloir.

Mack l'avait aidée à traverser cette période difficile. Il avait été un don du ciel quand les corps s'étaient accumulés chez elle. Non pas que les cadavres étaient de sa faute, mais elle était tombée dessus. Ou peut-être qu'elle devrait blâmer Goliath. Ou Mugs. Ils avaient tous deux aidé… ou gêné. Et puis il y avait Thaddeus…

Elle fronça les sourcils en regardant sa nichée, et surtout le chien qui reniflait profondément dans les broussailles.

— Mugs, ne t'avise pas de trouver un quelconque corps de plus, prévint-elle. Nous avons eu plus qu'assez de cadavres dans notre monde.

Le chien aboya fort et continua à se dandiner, l'herbe se fendant pour laisser passer sa taille. Elle sourit. Il était avec elle depuis cinq ans déjà. Elle avait hérité de Goliath et Thaddeus de sa grand-mère, comme partie intégrante de sa maison. Goliath avait un sale caractère. Il allait et venait de son propre chef et exigeait toujours qu'elle s'occupe de lui quand il pointait le bout de son museau. Un peu comme son futur ex-mari. Cependant, les manières de matou de Goliath avaient été corrigées, ce qui n'était pas le cas de son presque ex-mari.

Le sujet la fit glousser de plus belle.

— C'est ce que nous aurions dû faire. On aurait dû l'envoyer au dressage. Comme ça, il n'aurait pas ramené une autre décoration avec laquelle se pavaner et ne m'aurait pas mise à la porte.

Quoi qu'il en soit, elle était mieux sans lui. Maintenant, tout ce qu'elle avait à faire était de trouver comment gagner de l'argent. Tout du moins, assez pour payer les factures d'électricité et ses courses. Cela s'avérait être un plus grand défi qu'elle ne le pensait.

Mais ce n'était pas le problème du jour. Elle se dirigea vers la clôture délabrée, construite à partir de plusieurs matériaux différents, chacun d'entre eux trouvant sa propre façon de s'effondrer partiellement sur le sol. Elle pouvait empêcher certaines personnes d'entrer, mais elle ne pouvait pas empêcher ceux qui ne voulaient pas rester à l'extérieur.

Le point de départ serait de pouvoir s'offrir une toute nouvelle clôture tout autour de la propriété. Le gros œuvre d'abord, puis les belles choses. Dans ce cas, elle n'était pas sûre de savoir comment faire les premiers travaux, surtout avec un budget restreint.

Elle marcha jusqu'à la porte branlante, maintenant cassée, Mugs sur ses talons, Thaddeus toujours sur son épaule, et Goliath quelque part. Elle détacha le fil du poteau et l'ouvrit. Elle fit un pas dehors sur le chemin et vers le joli ruisseau qui coulait derrière sa propriété. Elle ne voulait pas du tout de la clôture le long du chemin. De toute façon, une grande partie était irrattrapable.

Depuis son jardin, la vue sur le ruisseau, d'une longueur de cinquante mètres environ, était magnifique, bien plus qu'une clôture délabrée. Elle regarda l'eau de plus près, ne sachant pas s'il s'agissait d'un ruisseau ou d'une rivière. Pour l'instant, c'était plutôt un ruisseau gazouillant. Mais elle imagina que, plus tard ce printemps, ça pourrait devenir un peu plus laid. Cependant, la rive du ruisseau avait une bonne pente, donc les inondations ne devraient pas être un problème. Elle repéra un endroit où elle pourrait installer un petit patio en dalles pour s'asseoir et profiter de l'eau.

Thaddeus s'envola de son épaule pour atterrir près de l'eau, et se pavana, cherchant avec espoir des poissons et des insectes.

Il n'y avait pas de sentier défini de ce côté du ruisseau, et les autres propriétés étaient également clôturées à ce niveau. Elle pensa que c'était une honte. Le ruisseau offrait une vue magnifique et paisible.

Elle retourna à la clôture la plus éloignée, posa son bloc-notes et sa tasse à thé sur un rocher, puis saisit un poteau de clôture et le secoua pour voir s'il était solide. Instantanément, la clôture émit un faible grincement et se plia sur le côté.

— Oh, non ! s'écria-t-elle en sautant en arrière.

Mais ce qu'elle avait fait était trop dur pour le vieux bois. Plusieurs panneaux de la clôture basculèrent sur le côté, créant un plus grand désordre que prévu. Mugs s'approcha, mais elle le repoussa.

— Non, Mugs. Reste où tu es. Tu pourrais te blesser avec un clou.

Alors qu'elle se retirait dans son jardin, en amadouant son chien, et qu'elle regardait fixement le ruisseau, elle se mit à rire.

— Ce n'est peut-être pas la façon dont j'avais prévu de le faire, Mugs, mais le résultat final est merveilleux. Ça a vraiment ouvert la vue.

Elle prit le silence de Mugs pour un acquiescement.

De très beaux saules surplombaient l'autre côté du ruisseau, et sa propriété était parsemée d'autres arbres le long des restes de sa clôture arrière. Il y avait un petit pont juste à l'autre bout de la propriété auquel elle pouvait accéder. En fait, c'était un paysage fabuleux.

Enthousiasmée par ce qu'elle avait accidentellement commencé, elle retourna au reste de sa clôture et donna une secousse. Bien sûr, les trois quarts du reste de la clôture tombèrent au sol, presque reconnaissants de ne plus être debout.

Avec un grand sourire, elle se dirigea vers le dernier morceau de cette section, un grillage avec des tiges de fer enfoncées dans le sol. Elle poussa et tira sur la première barre de fer, en espérant qu'elle soit mal fixée. La première l'était, mais pas la seconde. Elle réussit à en soulever une et vit la plupart du grillage tomber en un grand désordre autour du poteau suivant, toujours debout. Ce dont elle avait vraiment besoin, c'était d'un homme à tout faire pour finir d'arracher la clôture et la transporter hors de chez elle, mais ce n'était pas le cas. Cela lui rappela des souvenirs indésirables des événements de la semaine passée. Le seul homme à tout faire qu'elle connaissait en ville avait été assassiné.

Elle secoua la tête, puis se concentra sur son problème. Elle n'était pas certaine de la quantité de débris de jardin qu'elle pourrait transporter dans sa petite Honda. Un camion serait utile pour aller à la déchetterie. Elle se demanda ce qu'il faudrait faire pour que quelqu'un de grand et fort vienne lui donner un coup de main.

Mack lui vint à l'esprit. Encore une fois. Le détective mesurait bien plus d'un mètre quatre-vingts, ses épaules étaient presque aussi larges que sa taille. Cet homme était une montagne. Mais, jusqu'à présent, il avait été très doux et gentil avec elle. Même si elle l'exaspérait plus que tout.

Mais c'était à bon escient…

Malheureusement, Doreen n'était pas sûre que Mack la croie. Il ne l'avait pas non plus crue au début pour les cadavres. Il lui avait fallu résoudre une vieille affaire classée et plusieurs autres affaires en cours pour que ce soit le cas. Donc, dans l'ensemble, Mack devrait la remercier. Peut-être même qu'il devrait la payer pour son aide. Elle s'illumina un instant, contemplant l'idée d'un gros chèque de la Gendarmerie Royale du Canada, puis secoua la tête.

— Ça n'arrivera pas.

Elle haussa les épaules. C'était sa réalité. Et, quoi qu'il en soit, elle était beaucoup plus heureuse maintenant que lorsqu'elle était une Barbie en plastique qui ne s'inquiétait jamais de l'argent.

Elle regarda l'éraflure sur sa paume, le sang qui coulait déjà. Elle aurait dû porter des gants de jardinage. Pas la peine de regarder ses ongles abîmés. D'ailleurs, elle ne pouvait pas les voir à cause de la saleté.

— Doreen ?

— Je suis à l'arrière ! cria-t-elle en se retournant.

Elle fit de nouveau face à la clôture en fil de fer coupé et soupira. Ça allait lui abîmer les mains. Et peut-être même son dos. Elle se dirigea vers sa tasse de thé, la prit et but une gorgée. Quand elle entendit des pas, elle pivota et vit Mack marcher vers elle, tenant Goliath dans ses bras tout en grattant sa tête poilue, et parlant à Mugs qui avait couru pour l'accueillir. Elle posa sa tasse et rayonna. Il y avait quelque chose de spécial chez Mack…

Celui-ci grimaça, libérant le chat sur l'herbe, avant de lancer un sourire au chien et de lui frotter rapidement l'oreille.

— Je vous laisse seule pendant une semaine et regardez-vous. Vous mettez l'endroit à sac.

Doreen gloussa.

— Eh bien, quelqu'un devait le faire, dit-elle avec un sourire.

Thaddeus décida à ce moment de les rejoindre, et atterrit dans le jardin.

— Hé, mon garçon, dit Mack, attendant que l'oiseau se dirige vers lui pour lui donner une petite tape sur la tête.

Les trois animaux se regroupèrent à proximité pour observer le grand homme.

— Qu'est-ce qui vous amène ? demanda Doreen.

— Est-ce que cette foule vous dérange ? s'enquit le policier en désignant la façade de la maison.

— Ce n'est pas le même type de notoriété, répondit-elle en haussant les épaules. Je ne peux pas dire que je m'y suis habituée. Cependant, le stress s'atténue légèrement.

— Eh bien, vous êtes habituée à la notoriété, mais pas nécessairement à ce niveau.

Elle grimaça à l'évocation de son riche mari, dont elle était aujourd'hui séparée, et du nombre de fois où elle avait été photographiée comme sa compagne à un moment ou à un autre.

— Un point pour vous, acquiesça-t-elle. Cela ne signifie pas nécessairement que j'aime le sensationnalisme.

— Vous vouliez l'enlever ? interrogea-t-il en faisant un signe en direction de la clôture.

— Est-ce que j'ai l'air d'avoir fait ça par accident ? rétorqua-t-elle en le fixant du regard.

— Avec vous, tout est possible, plaisanta-t-il, avant de s'approcher d'un des poteaux dans l'angle. Ça ne tiendra pas longtemps non plus.

Il regarda la longue clôture délabrée qui se trouvait sur le côté de la propriété qu'elle partageait avec un voisin et la grande clôture chic qui se trouvait juste à côté et qui appartenait à son autre voisin.

— Allez-vous retirer ce côté aussi ?

— Y a-t-il une raison pour que je ne puisse pas utiliser la clôture du voisin ?

Il haussa les épaules.

— C'est ce que je ferais.

— Pouvez-vous retirer le dernier de ces poteaux ? demanda Doreen avec un grand sourire.

Elle se frottait presque les mains de joie à l'idée de se débarrasser de cette énorme horreur. Avoir enlevé cette partie de la clôture en lambeaux libérait une grande partie de la beauté naturelle du ruisseau. Par conséquent, elle était impatiente de se débarrasser du reste de sa clôture.

Il lui fallut autant d'efforts que pour soulever une tasse de café, et il sortit l'énorme poteau en fer du sol.

Elle ne pouvait même pas le faire basculer légèrement.

— C'est un grand bazar ici, dit Mack. Pour l'instant, le seul endroit disponible où laisser cette vieille clôture est au milieu du jardin. Une partie de ces plantes ira avec.

— Ces plantes dont vous parlez se trouvent être des buissons vivaces que j'aimerais garder.

Il la regarda fixement, mais se tordit pour tenir le poteau à deux mains, le tira plus haut au-dessus de sa tête et traîna ce qu'il put vers le centre de son jardin, où il finit sur la pelouse.

— Vous aurez besoin d'une bonne pince coupante pour couper tout ça en morceaux maniables.

— Ce dont j'ai besoin, c'est d'un camion pour faire un voyage à la décharge, déclara-t-elle. Je ne peux pas mettre beaucoup de choses dans ma voiture.

— Après avoir travaillé sur le jardin de ma mère, nous ferons probablement un voyage à la déchetterie. En fonction de la quantité de déchets dont nous devrons nous débarrasser chez ma mère et de la quantité de terreau que nous devrons peut-être ajouter. Nous pourrons toujours prendre certains de vos déchets en même temps.

— Ce serait charmant, rayonna-t-elle, avant de froncer les sourcils. Je ne pense pas avoir d'outils pour découper cette clôture en fil de fer.

— Je ne sais pas. Nan en avait une pile entière dans le placard de l'entrée.

Doreen lui jeta un regard de surprise, puis se souvint du fameux placard rempli d'un étrange assortiment de choses.

— Vous avez sûrement raison. Je vais aller vérifier.

Elle se dirigeait vers la maison, puis se retourna soudainement.

— Attention ! N'abîmez pas ces plantes ! cria-t-elle.

Il la regarda longuement, avant de continuer à se battre avec les poteaux.

Elle le laissa debout, à tirer sur le grillage, essayant de l'arracher sans endommager les plantes, et rentra pour aller voir dans le placard. Une fois là, elle ne savait pas exactement à quoi ressemblait une pince coupante. Elle trouva cependant un marteau – elle en avait besoin pour retirer les clous des planches de bois sur les morceaux de clôture tombés.

Elle attrapa ce qui ressemblait à deux paires de quelque chose — peut-être ce dont elle avait besoin — et, avec le marteau, courut à l'extérieur.

— Ta-da ! s'exclama-t-elle en montrant ses trouvailles à Mack.

Ce dernier y jeta un coup d'œil, puis son sourire disparut, et il se mit à rire.

— Qu'est-ce qui ne va pas ?

— C'est un coupe-ongles fantaisie pour chien, expliqua-t-il en désignant une des paires.

Elle les fixa, puis regarda Mugs, qui lui lança un regard qui aurait pu dire « N'y pense même pas ».

— Je n'en avais jamais vu.

— Ça ne coupera certainement pas de fil. Ceux-ci, par contre, dit-il en prenant l'autre paire qui ressemblait à des cisailles bizarres pour elle, vont probablement le faire.

Il les testa sur le poteau central qu'il avait retiré. Instantanément, le fil cassa sous sa prise. Il se rendit à la tige principale, coupa le fil à cet endroit et dit :

— Maintenant, faites de même pour chacun de ces poteaux et séparez le fil pour pouvoir le rouler en un paquet.

Elle hocha la tête avec enthousiasme.

— C'est dans mes cordes.

Pendant qu'elle cherchait des outils, il avait sorti le reste des poteaux. Certaines des plantes étaient probablement endommagées, mais elle passerait l'après-midi à couper cette monstruosité de clôture pour pouvoir la manipuler. Elle sourit.

— Vous voyez à quel point c'est déjà mieux.

Il se retourna et étudia son immense jardin jusqu'au ruisseau et opina du chef.

— Vous avez raison. Le fait de se débarrasser de cette affreuse chose a dégagé cette merveilleuse vue. Mais vous ne voulez pas de clôture à l'arrière ?

— Non, je veux voir le ruisseau, annonça Doreen en secouant la tête. C'est très beau.

Elle le conduisit à l'endroit où elle s'était tenue quelques instants plus tôt.

— Je pense que je mettrai un patio ici.

— Faites en sorte que le gouvernement n'en sache rien, prévint Mack. C'est une zone riveraine. Vous n'avez pas le droit de faire quoi que ce soit sans un tas de permis.

— Permis ? s'enquit-elle en levant les sourcils. C'est mon terrain. Pourquoi je ne peux pas poser des dalles ?

Il haussa les épaules.

— Tout ce que je peux vous dire, c'est que vous aurez probablement besoin d'un permis pour faire ne serait-ce que ça.

Elle fronça les sourcils, mécontente. La dernière chose qu'elle voulait, c'était qu'on l'empêche de jardiner.

— Je peux juste poser du gravier alors. Je ne sais pas. Ce n'est pas une priorité absolue. J'ai cette jolie berge, un petit chemin et le pont. Même si c'est vieux, ça reste solide.

Sauf à l'endroit où son pied était passé à travers l'une des planches la semaine précédente.

Le pont pouvait théoriquement être utilisé par n'importe qui, mais elle n'avait jamais vu personne emprunter ce chemin au bord du ruisseau, car il était envahi par la végétation et pas très populaire. Mais, pour Mugs, c'était un bon moyen de faire de l'exercice. Il pouvait l'utiliser.

C'est alors que Thaddeus sauta sur le bloc de papier sur le rocher, l'envoyant voler avec son crayon dans sa tasse à thé. Cette dernière tomba avec fracas sur les pierres en contrebas, et Thaddeus sauta plus loin des dégâts. Mais, bien sûr, de sa voix aiguë et perçante, il cria :

— Saloperie. Saloperie.

— Oh, Thaddeus, pourquoi dis-tu ça ?

Elle s'approcha, ramassa les morceaux de porcelaine cassés et le bloc de papier, maintenant couvert de thé. C'était sa faute. Elle n'aurait pas dû le mettre ici. Mais elle n'avait pas de table ou de chaises extérieures à cet endroit qu'elle aurait pu utiliser.

— Je vois que vous lui apprenez plus de mots.

Mack avait gardé sa voix soigneusement fade.

Doreen lui répondit par un regard suspicieux.

— Pas intentionnellement.

Le policier gloussa.

— Je suis presque sûr que ce satané oiseau ramassera tout ce que vous ne voulez pas qu'il ramasse.

Thaddeus regarda Mack avec des yeux curieux, et inclina sa tête sur le côté, avant de dire :

— Satané oiseau. Satané oiseau. Satané oiseau.

Doreen grogna.

— Faites attention à ce que vous dites en sa présence.

Mack leva les mains en l'air.

— Moi ? Ce n'est pas moi qui lui ai appris la première phrase.

— Mais maintenant, vous lui en avez appris une deuxième, objecta-t-elle. Il connaîtra tous les jurons et choquera les voisins avant même que l'on s'en rende compte.

— Je pense que vous avez déjà choqué les voisins, rétorqua Mack avec un sourire. Trouver des corps, capturer un meurtrier, et résoudre une affaire classée depuis longtemps, tout cela compte définitivement comme choquer les voisins.

Elle rougit devant l'admiration qu'elle entendit dans sa voix.

— Eh bien, j'ai fait de mon mieux. Et puis, vous aviez besoin de mon aide.

— Je n'avais pas besoin de votre aide, fanfaronna-t-il. Je suis détective depuis longtemps, j'ai résolu des crimes bien avant que vous ne veniez ici.

— Oui, mais vous n'avez pas résolu celui-ci, n'est-ce

pas ?

Elle ne pouvait s'empêcher de le taquiner.

— Comment aurais-je pu savoir que vous aviez un corps caché sur votre propriété ?

Elle haussa les épaules.

— Au moins, nous l'avons résolu, ajouta-t-elle, magnanime. Tous les deux, ensemble.

Il hésita, puis inclina la tête dans sa direction.

— OK, je vous l'accorde. On l'a fait ensemble.

Elle était rayonnante.

— Maintenant que Thaddeus a vidé mon thé et cassé ma tasse, voulez-vous entrer et prendre une tasse de thé ?

Il a secoué la tête.

— Ce serait avec plaisir, mais une prochaine fois. Je me suis arrêté pour vous demander si vous pouviez passer chez ma mère. Elle a un carré de bégonias qui la tracasse. Je ne sais pas si vous pouvez les remettre d'aplomb. Mais, pendant que nous sommes là, nous pourrions discuter de ce qu'il faut faire et quand.

Doreen afficha son visage de jardinière experte.

— Bien sûr que je sais comment traiter les bégonias malades. J'en ai ici qui ont besoin d'être mis en terre. Ils ont été déterrés quand votre service est venu enlever le corps. Le premier.

— Et depuis que j'ai mentionné que les bégonias avaient été arrachés ici, ma mère s'inquiète pour ceux de son jardin.

— Quand voulez-vous y aller ?

— Je ne veux pas qu'elle s'inquiète, alors pourriez-vous venir avec moi maintenant, juste pour jeter un coup d'œil rapide ? Nous allons décider de ce que l'on peut faire.

— Absolument. Allons-y, s'extasia Doreen.

Ils marchèrent jusqu'à l'allée. Ignorant les gens qui se

tenaient devant sa maison pour regarder, et sans dire un mot à personne, Doreen sauta dans le véhicule du policier, Mugs essayant de la suivre.

— C'est bon si Mugs vient avec nous ?

Mais il n'y avait pas que le chien, car Goliath courait dans leur direction, et Thaddeus criait depuis le porche avant de s'envoler.

— Tout le monde ? Vraiment ?

Mack soupira et laissa le temps à Doreen de récupérer sa ménagerie. Une fois qu'ils furent tous dans le véhicule, il sortit en marche arrière de son allée et conduisit les cinq minutes qui les séparaient de la maison de sa mère. Ils auraient pu y aller à pied, mais ils auraient alors été accostés par tous les curieux.

— Elle doit être en train de faire la sieste, annonça-t-il en sortant du véhicule. Je l'ai laissée prête à s'endormir et je suis venu directement chez vous.

Ils se glissèrent à l'arrière de la maison, et il désigna une grande parcelle qui ne se portait pas très bien.

Doreen soupira.

— Si ce sont des bégonias, ils ont certainement connu des jours meilleurs.

Elle se promena dans le grand carré, puis mit à quatre pattes, avant de plonger ses doigts dans la terre, pour vérifier l'état du sol.

— Je ne suis pas exactement sûre de ce qui ne va pas. Y a-t-il une pelle à portée de main ?

Mack apporta une petite bêche. Elle creusa près des racines du premier buisson, soulevant un peu de terre pour pouvoir voir le système racinaire. Après avoir enlevé plusieurs pelletées, elle s'arrêta, brossa la terre contre les tubercules et regarda de plus près.

— Regardez. Ils ne sont pas heureux du tout. Ils sont arrosés régulièrement ?

— Il y a des arroseurs et des tuyaux d'arrosage sur minuterie. Ils devraient donc recevoir de l'eau en quantité.

Elle acquiesça et recula un peu sa bêche pour pouvoir extraire plus de terre. Il y avait un peu de perlite tout autour de la base de la plante, mais la terre était convenable. Bien qu'il y eût beaucoup d'argile ici aussi, elle semblait absorber suffisamment d'eau. Alors qu'elle en tirait une autre poignée, elle se figea.

Mack se pencha à côté d'elle.

— Qu'est-ce qu'il y a ?

Elle arracha quelque chose de blanc, et le laissa tomber dans la main du détective. Elle se retourna pour le regarder.

— C'est bien ce que je crois ?

Il fronça les sourcils, secoua la tête, mais sa bouche s'ouvrit, puis il se figea.

— J'espère bien que non.

— Ce serait approprié, dit-elle d'un ton sombre.

— Comment ? aboya-t-il, le regard fixé sur ce qu'il tenait dans sa main.

— Des os dans les bégonias, ça vous dit ? ricana Doreen.

C'est la fin du tome 1 de *Jolis Jardins Maudits,*
De l'arsenic dans les azalées.

Découvrez *Un os dans les bégonias :*
Jolis Jardins Maudits, tome 2

Jolis Jardins Maudits : Des os dans les bégonias, tome 2

Un nouveau polar « cozy mystery », par Dale Mayer, auteure de best-sellers au classement du USA Today. Suivez les aventures de Doreen Montgomery, jardinière et détective en herbe, et de ses adorables assistants (un chat, un chien et un perroquet) dans leurs enquêtes criminelles dans la jolie ville de Kelowna au Canada.

Du luxe à la misère… Le chaos continue… Les meurtres se succèdent… Non mais, franchement ?

La nouvelle vie de Doreen Montgomery à Kelowna devait être un nouveau départ après la rupture difficile qui a mis un terme à quatorze années de mariage, une chance de se retrouver et de remettre sa vie sur les rails. Au lieu de quoi, elle a passé sa première semaine dans sa ville natale à déterrer des cadavres, à traquer les indices et à taper sur les nerfs du caporal Mack Moreau.

Maintenant que cette affaire a été résolue et que le meurtrier est traduit devant la justice, Doreen compte enfin se reposer cette semaine. Lorsque Mack lui demande de rafraîchir le jardin de sa mère, elle accepte la mission. Ce sera un second souffle dans sa nouvelle vie à Kelowna ainsi que dans sa relation naissante avec Mack.

L'ennui, c'est qu'en déterrant les racines récalcitrantes des bégonias de Madame Moreau pour les planter ailleurs, Doreen découvre de nouveaux ossements… et un autre mystère à résoudre. Tandis que les indices s'accumulent, Mack lui fait clairement comprendre qu'il n'a ni envie ni besoin de son aide, mais Doreen ne peut résister à l'attrait d'une nouvelle enquête. Alors qu'ils enchaînent les impasses et les fausses pistes, Nan, la grand-mère de Doreen, s'en amuse et lance des paris. Lequel des deux résoudra le crime en premier ?

Tout cela sous l'œil d'un assassin…

Le tome 2 est disponible !

Pour en savoir plus, visitez le site web de Dale Mayer.

https://geni.us/DMFRBonesUni

Jolis Jardins Maudits :
Un cadavre dans les œillets,
tome 3

Un nouveau polar « cozy mystery », par Dale Mayer, auteure de best-sellers au classement du USA Today. Suivez les aventures de Doreen Montgomery, jardinière et détective en herbe, et de ses adorables assistants (un chat, un chien et un perroquet) dans leurs enquêtes criminelles dans la jolie ville de Kelowna au Canada.

Du luxe à la misère… Le chaos s'apaise… Les crimes cessent… À moins que… ?

Après avoir été impliquée dans deux affaires de meurtres depuis qu'elle est revenue vivre, il y a peu, dans la ville pittoresque de Kelowna, après son divorce, la jardinière Doreen Montgomery a acquis une réputation à la hauteur de celle de sa grand-mère. Le seul moyen d'empêcher les gens de jaser, c'est de mener une vie paisible à la limite de l'ennui jusqu'à ce que les médias et les voisins finissent par l'oublier. C'est ce que compte faire Doreen en prévoyant une visite du célèbre jardin des œillets, à Kelowna. Des plantes, encore des plantes, personne n'y trouvera à redire.

Mais quand elle assiste à une dispute entre une belle jeune femme et son petit ami, elle ne peut s'empêcher d'être inquiète. Suffisamment pour suivre le couple sur le parking et dans la ville. Lorsqu'une fusillade interrompt l'après-midi placide, il est trop tard pour se demander comment son meilleur ennemi, le caporal Mack Moreau, réagira en apprenant qu'elle est impliquée une fois de plus dans une autre de ses enquêtes.

Entre les nouveaux cadavres dans les œillets et les rebondissements dans une vieille affaire de disparition d'enfant, Doreen ne chôme pas, même si elle essaie tant bien que mal de cacher son implication à Nan, à Mack Moreau et surtout aux médias. Mais une certaine personne ne quitte pas Doreen des yeux… une personne qui ne peut pas se permettre qu'elle découvre les réponses aux questions qu'elle pose.

Le tome 3 est disponible !
Pour en savoir plus, visitez le site web de Dale Mayer.
https://geni.us/DMFRCorpseUni

Note de l'auteure

Merci d'avoir lu *De l'arsenic dans les azalées : Jolis Jardins Maudits, tome 1* ! Si vous avez apprécié le livre, merci de prendre un moment pour laisser votre avis.

Chers lecteurs,

J'aime avoir de vos nouvelles, alors n'hésitez pas à me contacter sur mon site web : www.dalemayer.com ou sur ma page d'auteure Facebook. Pour être informés des nouvelles parutions et des offres spéciales, inscrivez-vous à ma newsletter ou suivez-moi sur BookBub. Si vous souhaitez rejoindre mon groupe de lecteurs, voici la page d'inscription sur Facebook.

À bientôt,
Dale Mayer

À propos de l'auteure

Dale Mayer est une auteure de best-sellers au classement de *USA Today*, connue pour ses romances militaires sur les forces spéciales, sa série *Psychic Visions* et sa série *Jolis Jardins Maudits*, dans le genre cozy mystery. Ses romances contemporaines sont vibrantes d'émotion et de passion (série *Broken But... Mending, Hathaway House*). Ses thrillers vous laisseront à bout de souffle (séries *By Death* et *Kate Morgan*) et ses comédies romantiques vous feront rire aux éclats (*It's a Dog's Life*, une novella hors-série, et la série *Broken Protocols* avec Charming Marvin, le chat).

Elle laisse libre cours aux séries qui lui viennent... dont certaines sont carrément folles, enfreignant toutes les règles et croisant différents genres !

En plus de ses romans de fiction, elle écrit également des textes documentaires dans de nombreux domaines, dont la rédaction de CV, le jardinage de loisir et le système de crédit immobilier américain. Elle a récemment publié la série professionnelle *Career Essentials*. Tous ses livres sont disponibles aux formats papier et ebook.

Contactez Dale Mayer en ligne

Site web de Dale – www.dalemayer.com
Twitter – @DaleMayer
Facebook Page – geni.us/DaleMayerFBFanPage
Facebook Group – geni.us/DaleMayerFBGroup
BookBub – geni.us/DaleMayerBookbub
Instagram – geni.us/DaleMayerInstagram
Goodreads – geni.us/DaleMayerGoodreads
Newsletter – geni.us/DaleNews

www.ingramcontent.com/pod-product-compliance
Lightning Source LLC
Chambersburg PA
CBHW071411200726
48294CB00002B/351